書下ろし

儚(はかな)き君と

蛇杖院(じやじよういん)かけだし診療録

馳月基矢(はせつきもとや)

祥伝社文庫

目次

向島若宮村
椿屋敷
小梅村
源森川
業平橋
蛇杖院
駒形長屋
吾妻橋
浅草寺
東本願寺
中之郷
三笠町
両国広小路
浅草見附
（浅草御門）
馬喰町
回向院
竪川
横川
米沢町
大黒屋
織姫屋
小名木川
佐賀町
深川
大川
鉄砲洲稲荷
深川西永町
光鱗寺
北
西
東
南

『僂き君と』の舞台
根津
不忍池
神田佐久間町
新李朱堂
豊島町
くわだて屋
神田川
麹町
長山家
大伝馬町
賀田屋
通旅籠町
雲母橋
江戸城
北町
奉行所
日本橋
南町
奉行所
日本橋瀬戸物町
唐物問屋　烏丸屋

#『儚き君と』主な登場人物

長山瑞之助……二十二歳。旗本の次男坊。「ダンホウかぜ」で生死を彷徨い蛇杖院に運ばれる。堀川真樹次郎らの懸命な治療に感銘を受け、医師になることを目指している。

堀川真樹次郎……二十七歳。蛇杖院の漢方医。端整な顔立ちながら気難しく、それでいて面倒見はよい。瑞之助の指導を任されている。

鶴谷登志蔵……二十八歳。蛇杖院の蘭方医。肥後、熊本藩お抱えの医師の家系ながら、勘当の身。剣の腕前も相当で、毎朝、瑞之助を稽古に駆り出す。

桜丸……十八歳。蛇杖院の拝み屋。小柄で色白。衛生部門も差配する。遊女の子で花のように美しい。

玉石　……三十五歳。蛇杖院の女主人。長崎の唐物問屋・烏丸屋の娘。蘭癖（オランダかぶれ）で、蛇杖院も、道楽でやっていると思われている。

船津初菜　……二十五歳。産科医。ごく幼い頃から、産婆である祖母の手伝いの傍ら、新李朱堂系列の漢方医の父から医術を教わっていた。

岩慶　……三十八歳。僧、按摩師。「天眼の手」と呼ばれるほど、手指の技に優れる。六尺五寸の大男。朗らかな性格。旅暮らしが長く、野生動植物を使う薬膳に詳しい。

おそよ　……二十五歳。日本橋大伝馬町にあった呉服屋・賀田屋の一人娘。十年前の疫病神強盗事件で両親や家を失い、多摩郡日野宿の石田村へ移り住んでいた。二年ほど前から「足萎えの病」を発症。

地図作成／三潮社

序

おそよは階段の下に身を潜めていた。

息が上がり、心ノ臓はばくばくとせわしなく高鳴っている。今にも口から悲鳴が飛び出しそうだった。いけない。もしも叫んで、あの恐ろしい連中に見つかってしまったら、きっと命はない。

なぜ、こんなことになったのだろう？

これからどうなってしまうのだろう？

階段の下は物置になっている。幼い頃、母やお稽古事の師匠に叱られたときは、ここに隠れてべそをかいたものだ。そのまま眠ってしまい、目覚めたときにはとっぷりと日が暮れていて、父や母や奉公人たちが血相を変えて、おそよを捜し回っていた。そんなこともあった。

十五になったおそよが真夜中に階段の下に隠れていたのは、恋文を読むためだった。初めてもらった恋文である。送り主は友達の兄で、扇屋の若旦那だ。呉服を商う賀田屋の一人娘のおそよは、いずれ婿を取る。真っ赤な顔をして恋文をくれたあの人は、若旦那として商いの道を歩んでいる。一緒になれるはずもない。

ままならない恋路であると、あの人ももちろんわかっていた。それでもどうしても読んでほしいんです、と震える声で告げて走り去った。

今まで気にもしたことのない相手だった。優しくて妹思いなのは知っていたが、取り立てて秀でたものがあるわけではないらしい。残念ながら二枚目でもない。

けれども、おそよはその恋文を大切に読んだ。誰にものぞかれないよう、一人きりで何度も読んだ。

おそよは、振る舞いに愛敬があるとは言ってもらえるものの、見目はせいぜい十人並みだ。それだというのに、恋文には「あなたは誰よりも輝いている」と書いてある。

気恥ずかしくて嬉しくて、とても眠れなかった。

布団の中で何度も寝返りを打ち、やっぱりどうしてもまたあの文面を読み返したくなって、おそよは起き出した。階段の下に隠れ、手燭の明かりを頼りに恋文を開いた。

おかげで、たまたま難を逃れたのだった。

荒々しく床を踏み鳴らす足音が絶えず響いている。幾人の足音なのだろうか。最初に廊下を歩く人の気配を感じたとき、おそよはとっさに手燭を吹き消した。こんなところに隠れているのを誰かに知られたら気まずいと、そのときはほんの軽い気持ちだった。

薄く開けた戸の隙間から、手代の小卯吉の姿がちらりと見えた。

小卯吉は、おそよより三つ年上だ。呉服屋で働くのは初めてだというが、呑み込みも早ければ手先も器用で、客受けもよい。目尻の垂れた甘い顔立ちがまた、女客からの評判を呼んでいる。

もしも奉公人の中からおそよの婿を選ぶなら、小卯吉も白羽の矢が立ちうる者の一人だ。おそよは小卯吉を憎からず思っている。勤め始めて日が浅い小卯吉が一人前になるのを待つくらい、どうということもない。

しかし、その小卯吉の姿に、おそよは眉をひそめた。なぜ今、こんな刻限に、小卯吉が賀田屋にいるのだろう？

賀田屋には住み込みの奉公人がほとんどいない。家の仕事をする女中と下男が一人ずつ一階で寝泊まりしているだけで、店に出る者たちは皆、通いだ。店のすぐ近所に長屋を持っていて、奉公人の多くをそこに住まわせている。

小卯吉は確か、少し遠い谷中のほうから日本橋の大伝馬町の賀田屋まで通ってくる。今日も普段どおり、暮れ六つ（午後六時）を過ぎた頃に谷中へ帰っていったはずだ。

行灯を手にした小卯吉の横顔は、いつもとはまるで違っていた。ひどく陰気な目でまっすぐ前を睨んでいたのだ。しかも、腰に長ドスを差しているように見えた。行灯を持っていないほうの手には、奇妙なお面をつかんでいるようだった。

おそよは口を押さえ、声も息も殺した。

勘が告げたのだ。小卯吉に見つかってはならない、と。

ほどなくして、勝手口から何者かが幾人も店に押し入ってきた。

初めはひそやかな足音だった。足音は二手に分かれた。一階と二階だ。おそよの頭上で、階段が軋んだ。おそよは首を縮めた。

この人たちは、誰？

これはどういうこと？

いや、答えはわかっている。わかりきっているではないか。真夜中に明かりもつけず黙って店に押し入ってくる者たちなど、まともな人間のはずがない。

足音も衣擦れの音も、ひどくうるさく聞こえた。それくらい静かな夜だ。こんなに音が立っているのだから、きっと両親も女中も下男もすぐに起き出すに違いない。そうであってほしい。

おそよは祈った。

だが、祈りは通じなかった。

二階でどたどたと暴れる音がした。短い悲鳴が聞こえた。それがぶつりと途切れた。

ひとたび音を立て始めると、足音の主たちは遠慮がなくなった。一階も二階も、足を踏み鳴らす音が響いた。どすん、ばたんと、何かがぶつかるような、倒れるような音がした。獣じみた男の唸り声。悲鳴。

階段の下の暗闇の中、おそよには何も見えなかった。ただ、耳は音や声を拾い続けていた。

どれくらいの時が経っただろうか。

突然、名を呼ばれた。

「おそよがいねえ。あの小娘、どこに行きやがったんだ？」

小卯吉の声だ。舌打ち交じりで、忌々しそうに、おそよを呼び捨てにした。信じられない。いつもは甘い声音に柔らかな口調で、おそよお嬢さんと呼んでくれていたのに。

別の男の声がした。

「情けをかけて逃がしたんじゃあるめえな？　ねんごろにしてたんだろ？」

「馬鹿言え。あんなへちゃむくれに本気で熱を上げるわけねえだろうが。賭けのためだよ。惚れさせて、押し込みの夜までに股を開かせりゃ俺の勝ちだったんだが、ちくしょうめ！」

「振られて大損したってか。どんだけ賭けてたんだ？」

「黙れ！　ふん、頭でっかちなだけで、中身はてんで餓鬼だぜ、あのお嬢さんはよぉ。この俺が粉かけてやったのに、お高くとまるばっかりで、なびきゃしねえ。奉公人どもの前で恥をかかせやがって。くそ、探し出してぶっ殺してやる」

また別の男が、がらがら声で怒鳴った。

「俺が斬るんだよ！　ぶっ殺すのは俺がやる！　もとからたった五人しか斬れね

えってのに、何だって一人足りねえんだ！」

「うるせえ。耳元で怒鳴るな」

おそよは戸の隙間から見てしまった。

小卯吉が大柄の男の胸を小突いていた。大柄な男は片方の手に刀を握り、もう一方の手の爪をがりがりと噛んでいた。

薄明かりを映して、二人の目が爛々と光っている。二人とも、鬼のお面のようなものを、額にずり上げている。

おそよは息ができなかった。見るのをやめたほうがいい。隠れなければならない。このままでは目が合ってしまうかもしれない。

しかし、恐ろしさのあまり体が動かない。

小卯吉ががなり立てている。

「てめえら、ぼさっとしてんじゃねえ！　いただくもんをいただいて、さっさとずらかるぞ。金庫はあっちだ！」

幾人もの男たちの声が、へい、と重なった。幾人もの足音が、ずしずし、どかどかと廊下を歩いていく。

おそよは喉が干上がっていた。あの人たちがどうか早く去っていきますように、と願った。

唐突に、すぐそばで声がした。

「何だ、こりゃ？　こんなところに戸があるぞ。階段の下が物置にでもなっていやがるのか？」

がたがたと戸が鳴った。戸を横に引こうとしているのだ。違う。ここの戸は引いても開かない。外開きだ。それを知らない男は、毒づきながら、がたがたと戸を揺らし続ける。

おそよは身じろぎどころか、まばたきもできずに、ただ固まっていた。

戸を開かれてしまったら、おしまいだ。殺される。

どん、と戸が大きな音を立てた。業（ごう）を煮やして、蹴破ることにしたらしい。みしりと戸板が軋んだ。

そのときだった。

別な大勢の気配が賀田屋になだれ込んできたのだ。

「御用だ！　神妙にお縄につけ！」

若い男の凛（りん）とした声が、おそよの耳に飛び込んできた。

奉行所の捕り方たちが駆けつけたらしい。たちまちのうちに大騒ぎが起こった。
捕り方たちと押し込み強盗が激しく争う声と物音を聞きながら、おそよは気を失った。

第一話　足萎えの病

一

水の冷たさに、瑞之助は驚いた。

これほどに冷たいのは、地中深くから湧き出る雪解け水だからだという。暑さの盛りの頃であっても、この小川だけはいつも指先が痺れるほどに冷たいらしい。

丘のふもとの木立を縫って走る小川は、このすぐ北で浅川へと流れ込む。その浅川はほどなくして多摩川と合流する。多摩川の水は十里（約三十九キロメートル）余りの水路を用いてはるばる運ばれ、江戸一円の上水として使われている。

瑞之助は、桶に汲んだ小川の水で、顔や首筋の土埃をこすり落とした。冷たさに慣れたところで、着物を脱いで頭から桶の水をかぶる。

ぴりりとした冷たさは、早朝からの長旅と初秋の日差しに火照った体に心地よい。しばし小川で沐浴をして、旅塵をしっかりと落とす。

瑞之助は、ざっと手ぬぐいで肌の水気を拭い、着物を身につけた。絞った手ぬぐいを桶に突っ込んで抱え、もと来た道を歩き出す。

鮮やかな彩りの雉が、茂みからひょっこりと顔を出した。雉は瑞之助の姿に驚くでもなく、悠々と横切っていく。

ひぐらしの声がどこからともなく聞こえてくる。

夕暮れ時である。

「江戸とも小梅村とも違うんだな。景色も、風の匂いも」

何となく独り言ちた。

瑞之助は、武蔵国多摩郡にある日野宿の、石田村というところを訪れている。

江戸の日本橋から甲州街道を歩くこと十里ほど。十番目の宿場が日野宿である。大人の足なら、早朝に発てば日暮れまでにたどり着ける路程だ。

日野よりも西、甲州へと続く山々は、稜線だけが赤く染まっていた。田んぼでは黄金色の稲穂がこうべを垂れている。そろそろ稲刈りの時季らしい。

瑞之助は千波寺に戻った。小高い丘の石段を上るうちにまた少し汗ばんだが、木立を渡る夕風が涼しい。肌もすぐにさらりと乾いた。

夕のお勤め、というものだろうか。寺の本堂では二人の僧が声を合わせて読経をしていた。この寺の住職である行海と、蛇杖院の僧医である岩慶だ。

行海は齢七十を超えているらしい。背筋はぴんとしているが、小柄で痩せている。隣に身の丈六尺五寸（約一九七センチメートル）の岩慶が並んでいると、なおのこと小さく見えた。

瑞之助はなるたけ音を立てないように本堂に上がり込み、隅のほうで経を聞いていた。

暗がりにたたずむ仏像は、穏やかな面差しをしている。それでいてどことなく厳しそうにも見えるのは、瑞之助があまたの煩悩を振り払えずにいるせいだろうか。

やましい気持ちを一切抱かない人間だとは申しませんが、醜い下心を他人に押しつけるような真似はいたしませんので、と瑞之助は胸中で言い訳をした。

「私はただ、病に苦しむ人の力になりたいだけなのです。ほんの少しでも、何かの役に立てるのならば」

読経は、ほどなくして終わった。

岩慶は振り向いた。仁王像か明王像のように彫りの深い顔に、柔和な笑みが浮かんだ。

「待たせたようだな、瑞之助どの。これから夕餉である。明日に備えて腹を満たそうぞ」

「はい。英気を蓄えておかないといけませんからね。夜明け前に発つことになるんでしょう？」

「うむ、そのつもりである。瑞之助どのはこれが初めての旅にもかかわらず、実に頼もしいな」

瑞之助は、己の両脚を掌で叩いてみせた。

「正直なところ、一日に十里も歩いたらどうなることかと思っていました。脚はやはり疲れていますが、幸いなことに、つらくて倒れるほどではありません。ひと眠りすれば、明日もちゃんと歩けますよ」

瑞之助が岩慶に連れられて日野宿へやって来たのは、ある病者を出迎えるためだった。珍しい病にかかっているので、蛇杖院で預かって面倒を見ることになったというのだ。

その人はすでにずいぶんと病が進み、自分の足で日野宿から小梅村の蛇杖院まで歩くことができない。駕籠を使うのも難しいらしい。

「ゆえに、拙僧が負ぶうなり何なりして、小梅村まで導こうと考えておるのだ。瑞之助どの、ともに来てはもらえぬか？」

そんなふうに声を掛けられ、瑞之助は二つ返事で岩慶の誘いを受けた。

薬膳の知恵と接骨の技に長ける僧医の岩慶は、たびたび蛇杖院を離れて旅をし、行く先々で病やけがの治療にあたっている。江戸で生まれ育った瑞之助にはうまく思い描けないが、日ノ本じゅうを旅すれば、医者のいない村が実に多いらしい。

瑞之助は、いつか岩慶の旅についていってみたいと思っていた。その一方で、蛇杖院を長く離れることは望ましくないとも考えている。

しかし、日野宿までなら往復で二日だ。天気の都合で旅路が阻まれることがあっても、三、四日あれば十分に帰ってこられる。蛇杖院の主、玉石からもすぐに許しが出て、瑞之助は齢二十二にして初めての旅装に身を包んだ。

岩慶は、これから出会う病者について、あまり詳しいことを瑞之助に教えなかった。その人が日野宿石田村の千波寺で世話をされていることと、寺の住職と岩慶は数年来の友人であることを、さらりと告げた程度だ。

重ねて尋ねてみると、岩慶はいくぶん口ごもるような様子を見せた。

「どう言えばよいのであろうな……うつる病ではないゆえ、そういった懸念はいらぬのだが。その病の様子を目の当たりにするまでは、言葉で説いても、うまく伝えることができぬ」

「わけありということですか。そのかたに失礼のないよう、気をつけますね」

「いや、瑞之助どのはあれこれ思い悩まずともよい。おかしな振る舞いはせぬはずと信用しておる。むしろ、あまり気を張りすぎぬほうがよいかもしれぬな」

試されているのだろうか、と瑞之助は思った。であるならば、岩慶の信用に応えてみせたいところだ。

病を患う人がその病のために周囲に疎んじられることは、悲しい話だが、瑞之助もよく耳にする。はぐれ者の医者が集う蛇杖院には、他の医者に忌み嫌われた病者が担ぎ込まれることがままある。こたびもどうやら、そういった経緯であるらしい。

日野宿までの旅路は順調だった。

石田村の千波寺に着くなり、住職の行海は、境内の隅にある庵へと瑞之助たちを案内した。近所の女たちが代わりばんこに寺へやって来て、行海の食事の面倒を見たり、病者の世話をしたりしているという。

しかし、と行海は声をひそめた。

「このところ、あの子の世話をするのが難しくなってきてしもうたのだ。面倒を見に来る女たちも畑仕事に鍛えられて体が強いが、それでも、足の萎えた者を支えて厠へ連れていくのは大仕事であろう？　あの子もそれを申し訳ないと言っておってな」

行海は庵の戸の前に立つと、中の人に声を掛けた。

「儂じゃ。入ってよいか？」

「はい」

女の可憐な声が、庵の中から聞こえた。

えっ、と瑞之助は声を上げそうになった。息を呑み込んだのを、岩慶も行海も気づいたらしい。目顔で、どうしたのかと問われた。

瑞之助は苦笑し、内緒話の声音で言い訳をした。

「いえ、女の人だとは思っていなかったので。蛇杖院では、女の人を抱えるときは、巴さんが率先してやってくれますし」

　同い年の女中の名を挙げると、岩慶はかぶりを振った。

「拙僧は、瑞之助どのにこそ江戸の外を見せたいと思った。それに、女人にとっての旅は、我ら男が考えるよりも苦難が多い。小梅村への帰り道は、腕の立つ男を連れておきたいのでな。瑞之助どのが駄目なら、登志蔵どのに声を掛けるつもりであった」

　行海は庵の戸を開けた。

　庵は思いのほか明るかった。部屋は四畳半ほどの板敷きで、南側に大きな窓がある。

　その人は部屋の隅にいた。壁に背を預け、まっすぐ前に脚を伸ばし、膝の上に手を置いて座っている。一人で立てないというから、あまり外に出ていないのだろう。肌が白い。

　人形のようだ、と瑞之助は感じた。それもほんのわずかのことだった。

　その人が微笑んだ。途端、ぱっとこの場が光で満たされたかに思えた。両頰にえくぼができ、歯がちらりとのぞく。朗らかな笑顔だった。

「岩慶さん、お久しぶりです。そちらのお医者さまは初めましてですね。こんな格好でごめんなさい。お呼び立てしてしまったのに、今のわたしは、お辞儀ひとつできないんです」

女は頭を下げる代わりに、小首をかしげるような会釈をした。

年の頃はよくわからなかった。いかにも病者然とした身なりのためだ。寝巻のようにゆったりとした着物をまとい、肩の長さの髪は下ろして一つに括っている。

瑞之助は土間にさっとひざまずいた。立ったままでは、相手を見下ろすことになってしまう。目の高さは、瑞之助のほうが低いくらいでちょうどいい。

「初めまして。蛇杖院の医者見習いの、瑞之助と申します。小梅村までの道中は私が用心棒を務めますので、どうぞよろしくお願いします。あなたの名前を教えてもらえますか?」

女は目をぱちぱちさせ、恥ずかしそうな小声で言った。

「あっ、ごめんなさい。そよ、といいます」

「そよ風の、そよですか?」

「はい」

「おそよさん、と呼んでいいですか?」

「は、はい。よろしくお願いします」

頰を染めるおそよの姿に、岩慶がなぜ旅の伴に自分を頼んだのか、瑞之助にもありありと理解できた。

人形のように身動きのとれない、可憐な女。おそよに対してよからぬことを企てる輩（やから）が出うる、という懸念が頭をよぎるのも道理だ。

行海は上がり框（かまち）に腰掛けた。

「すまぬな、おそよ。儂はおぬしをずっとここに置いてやりたいのだが」

「わかってます、和尚（おしょう）さま。わたしも石田村が好きだし、お寺で暮らすのも好きです。でも、何のお仕事もできなくなったのに、ここにいられるわけがないもの」

「何を言う。今も、字の苦手な者の代わりに手紙を読んでやっておるだろう。あれも立派な仕事だ」

「けれど、代わりに手紙を書いてあげることは、もう難しいんです。ちょっと前まではどうにかできていたのに、近頃、腕が持ち上がらなくて」

瑞之助は、自分の顔から笑みが失（う）せたのを感じた。

「体が動かなくなっていく病なのですか？」

おそよはうなずいた。

「力が入らないんです。初めは、足がもつれて転ぶことが増えて、何だかおかしいと思った。それから、鍬や鎌の柄がうまくつかめずに、取り落とすようになりました。握る力も弱くなっていたんですよね。その頃には、帯もうまく締められなくなってました」

「痛みはどうですか?」

「腕や脚にはいつも鈍い痛みがあります。ほら、重いものを運んだ後なんかに、腕の肉が何だか痛くなることがあるでしょう? ああいう痛みが、よく転ぶようになった頃から、ずっとあるんです。大した痛みではないけれど、ちょっと気が滅入りますよね」

おそよは、あえて軽やかな声音をつくっているようだった。

行海が静かに言った。

「今では、おそよは自力で布団から身を起こすことができぬ。座らせてやれば、こうして座ったままでいられる。立たせてやれば、支えられながらゆっくりと歩を進められる。だが、それがいつまでできるかわからぬのよ」

瑞之助は我知らず額を押さえた。めまいがするような心地を覚えたのだ。

「そんな病があるんですね。体を起こしたり立ち上がったり、そういう当たり前のはずの動きができなくなっていくだなんて。おつらいでしょう?」

おそよは、えくぼを刻(きざ)んで微笑んだままだった。

「慣れました。あれもこれもできなくなっていくことにも、人の手をたくさん借りなければならないことにも、もう慣れたんです。こんなわたしでも生きていていいと言ってもらえるのなら、これからどうぞよろしくお願いしますね」

瑞之助は、ぎゅっと胸が痛むのを感じた。痛みの意味はよくわからなかった。ただ、おそよの力になりたいと、素直にそう思った。

二

おそよが江戸へ持っていく品は、小さな風呂敷包みひとつぶんだった。二十五の女の持ち物としては、おそらく少ない。

てきぱきと荷をまとめたのは、手伝いに来た齢十六の娘だった。江戸に行く用事もあるので、おそよに付き添うという。

娘は、お由祈(ゆき)と名乗った。

お由祈は、石田村を治める豪農土方家の娘だという。眉もくっきりとしたきれいな顔立ちで、いかにも気が強そうだ。

「あたしも弟の裕吾も子供の頃、おそよ姉さんに手習いや三味線や長唄を教わってたの。おそよ姉さんの遠縁のそのまた親戚がうちのお隣さんでね、土方家の分家筋なんだけど、おそよ姉さんはその家で暮らしてたんだ。あたしの本当の姉さんみたいだったんだから。ね？」

水を向けられて、おそよは応じた。

「そうね。体がこんなふうになる前までは。石田村のみんなは、疫病神のわたしを働き手として認めてくれていた」

「おそよ姉さんは疫病神なんかじゃないよ。そんな噂、年寄りしか信じてないんだったら。だいたいさ、今までどおり働けなくなったからって、村から出てくことないんだよ。うちに住めばいいって、おっかさんも言ってる。なのに、おそよ姉さん、どうして首を縦に振らないの？」

おそよはにこにこしたままで口をつぐんでいた。幾度も蒸し返されてきた話なのだろう。

お由祈は岩慶のことを知っていた。というよりも、石田村で岩慶を知らぬ者はいないらしい。

「大雨が降って川があふれたとき、岩慶さんが助けてくれたんだもの。男三人で動かせなかった岩を一人でひょいと持ち上げて、落ちた橋を直してくれてさ。それに、食べられる草や茸、木の実の灰汁や毒の抜き方、何でも知ってる。災いを退けてくれる神さまみたいな人だ」

仏僧に神さまみたいと言うのも少しおかしなものだが、瑞之助にも、お由祈が岩慶を敬う気持ちはよくわかった。

岩慶は、桁違いに器の大きな男なのだ。何があっても受け止め、あるいは笑い飛ばすことができる。まだ三十八だと初めて知ったときは仰天した。実の齢よりずっと老成している。

岩慶の剛力と頑健さも、瑞之助は身をもって知っている。幾度か体術の稽古に付き合ってもらった。岩慶がどっしりと踏ん張ると、瑞之助がどんな技を仕掛けても、びくとも動かすことができない。

一方、多摩の地を初めて踏んだ瑞之助である。

お由祈は、瑞之助に対して当たりがきつかった。にこりともしないし、この男はいかほどのものかと値踏みするような目で見てくる。

「ねえ、岩慶さん、どうしてこんな武士なんか連れてきたの？　本当に役に立つ人なの？」

慕っているはずの岩慶にまで苦情をぶつける始末である。何かわけがあるらしい。岩慶はやんわりと笑って、お由祈を咎めることも瑞之助の肩を持つこともしなかった。おそよは困ったような顔で微笑むばかりだった。

夜八つ半（午前三時）。明けやらぬ刻限はずいぶん涼しかった。

おそよは体を冷やさぬように、一枚余分に着物を羽織らされていた。手甲や脚絆もきっちりつけられたのは、転んでも身を守れないおそよが傷を負わずに済むようにとの配慮だ。

見送りは、行海ひとりではなかった。おそよの面倒を見てきたという女が二人、こんな刻限にもかかわらず来ていた。おそよと同じ年頃だろう。二人ともすっかり涙でぐしゃぐしゃになっており、瑞之助が聞いた声はわずか一言だった。

「これ、道中で食べて」

四人ぶんの弁当である。朝餉と昼餉を詰め込んであるらしく、風呂敷包みはずっしりと重かった。

「ありがとうございます」

瑞之助は、受け取った風呂敷包みを背負った。見送りの女は二人とも瑞之助のことなど目に入らない様子で、ただただ、おそよの手に取りすがっていた。

おそよは一人、ずっと笑顔だった。お辞儀をすることも手を振ることもできない代わりに、頬にえくぼを刻んで、明るい声で皆にさよならを告げた。

日野宿から小梅村まで、十里（約三十九キロメートル）の旅が始まった。

おそよは、背負子に椅子を据えつけたものに腰掛け、それを岩慶が背負って歩いている。

提灯を手にしたお由祈が先導し、おそよを背負った岩慶が真ん中で、瑞之助はしんがりについた。瑞之助の背には、四人ぶんの弁当とおそよの荷物がある。

瑞之助はおのずと、おそよと向き合う形になる。おそよはにこりと愛想よく微笑んだ。瑞之助も笑みを返し、一言添えた。

「何か不都合なことがあれば、言ってくださいね」

はい、と、おそよは素直に応じた。

岩慶の歩みは大股で豪快そうに見えて、頭の高さが少しも変わらない。すいすいと滑っていくかのような歩みだ。おそよもあまり揺れを感じていないだろう。

瑞之助は、岩慶の身のこなしに舌を巻いた。

空は薄曇りだった。このままずっと照りも降りもしないであろう、と岩慶が言った。まだ暑さの残る初秋の旅にはもってこいの天気だ。

まだ真っ暗な中、おそよの顔は白く浮かび上がっているように見えた。

多摩は天領や旗本領が入り交じる地だ。ゆえに、知行(ちぎょう)のあり方も複雑にいろいろあるという。

江戸ではお上の力が強く、役所の領分もそれぞれ固まっている。町人地での騒ぎは奉行所が治め、武士が罪を犯せば目付(めつけ)が検分をおこない、寺社の取り締まりは寺社奉行が担(にな)う、といった具合だ。

しかし、多摩はそうではない。誰がどの地を取りまとめ、罪を取り締まるのか、はっきりしないところも多い。そのため、八王子千人同心(はちおうじせんにんどうしん)など、在郷の農民が武器を取って自治を担っている。荒っぽい土地柄であるのは否(いな)めない。

お由祈も農家の娘だが、刀は見慣れているらしかった。お由祈自身、帯に小太刀(こだち)を差している。

「あたしだって、ちょっとした腕前なんだ。いざってことが起こっても、足を引っ張りやしないよ。おそよ姉さんのことはあたしが守るんだから！」

負けん気の強いことを言ってのけるのも、あながち、はったりではあるまい。かなりの健脚であるのは間違いなく、弾むような足取りでひょいひょいと街道を進んでいく。

朝日が差す頃、府中宿で一休みして朝餉をとった。弁当は握り飯で、茄子の漬物が添えてあった。

おそよの食事は、お由祈がつききりでこなした。握り飯を食べさせ、水筒の水を飲ませる。さらに肩を貸して厠に連れていき、暑くないか寒くないか、痛いところはないかと、こと細かに世話を焼いた。

「手伝いましょうか？」

瑞之助は一度、声を掛けてみた。おそよの体を支えたり抱えたりするときなど、お由祈ひとりでは心許なく感じられたのだ。

だが、お由祈は、おそよを樫の木にもたれさせると、きつい目つきで瑞之助を睨んだ。

「どこの馬の骨とも知れない男に、おそよ姉さんの体をさわらせたりなんかしないから！」

瑞之助は思わず苦笑した。

「そんなに信用なりませんか？」

「ならないね」

「私は、これからおそよさんの家となる蛇杖院の医者見習いで、下男としても、かれこれ一年半ほど働いているんですが」

「でも、あんた武士だよね？ 月代を剃ってないせいで、その立派な刀が不釣り合いにも見えるけどさ。しかしまあ、本当にお高そうな刀だこと。金持ちの武家のお坊ちゃんなんでしょ？」

お由祈は瑞之助の愛刀を指差した。

黒漆塗りの鞘には菊の花の象嵌がある。鍔は梅の透かし彫りだ。ずしりとした重みが心地よい相棒は、肥後同田貫の気鋭の刀工の手によるものだ。

確かに瑞之助はお坊ちゃん育ちである。だが、この刀を手にすることになった経緯は、親に買い与えられたとか、そういうわけではない。

愛刀の紹介をしようかとも思ったが、瑞之助はそれよりも、昨日から気になっていたことを尋ねてみた。

「お由祈さんは武士が嫌いなんですね？」

「嫌いだよ。馴れ馴れしく名前を呼ばないで。特に江戸の直参の連中は嫌い」

「なぜそんなに嫌いなのか、わけを教えてはもらえませんか？」

「武士って連中は、えらそうな顔なんかしちゃってさ、多摩の田舎者なんかどう扱ってもいいと思ってるやつばっかりだもの。おそよ姉さんが何をされても抗えないのを、都合がいいって言ったやつだっていたんだよ」

瑞之助は眉をひそめた。

「そんなことがあったんですか？　おそよさんに狼藉を働いた武士がいた？」

「働こうとしたやつがいたの。あたしと弟で力を合わせて追い払ってやったわ」

「それは大変でしたね。なるほど、武士に対して、いい感情がないのも道理です。事情を知らぬまま、馴れ馴れしく声を掛けて嫌な思いをさせてしまって、すみません」

お由祈はさらに言葉を重ねようとした。

おそよがそれを止めた。

「お由祈ちゃん、あまりお医者さまを困らせないで。江戸の武士が皆、人でなしということはないわ。あのときだって、何事もなくて済んだんだから」

「それは、あたしたちが止めに入ったからでしょ！　ちょっとでも遅れてたら、どんな目に遭わされてたか、わからなかったんだよ」

「でも、昔わたしの命を助けてくれた人だって武士だったのよ」

「八丁堀の旦那ってやつ？　でも、おそよ姉さんは動転しちまって、顔もろくに覚えてないんでしょ」

おそよはかすかにうなずいた。

岩慶が口を挟んだ。

「おそよどのが多摩に移ったのは十年ほど前と聞いておる。それまでは江戸で暮らしておったそうだな。こたびは久方ぶりの帰郷ということになるか。顔を出すべきところがあれば、どこなりとも連れていってしんぜよう」

「いえ、そんなご迷惑、掛けられません。江戸には家族も親戚もいないし、顔見知りだった人たちもわたしのことなんか忘れてしまっているでしょう。行きたいところもありません。ただ静かに過ごさせてもらえれば、それで十分です」

おそよは少し早口になって言った。わがままを言えば面倒を見てもらえない、とでも思っているのだろうか。

瑞之助は、樫の木に背を預けているおそよの顔をのぞき込んだ。

「何がしたいとか、どこへ行きたいとか、あれを食べたいとか、望むことがあれば何でも口にしてもらってかまわないんですよ。体の具合がどんなふうかというのも、医者の目から見てわかるときもありますが、わからないときだって多いんですから」

「はい。どうしてものときは、ちゃんと言葉にしますので」

おそよはにこにこしてうなずいた。

瑞之助は一抹の不安を覚えた。何となく壁を感じたのだ。愛敬のある笑顔につい丸め込まれそうになるが、おそよは本当に納得して肯んじてくれたのだろうか？

何となく瑞之助が感じていた不安が的中したのは、昼四つ（午前十時頃）の休息を終えた後のことだった。

おそよがいきなり脱力した。背負子の椅子から転げ落ちそうになるのを、とっさに駆け寄った瑞之助が抱き止めた。

「危ない！」

岩慶もお由祈も慌てて足を止め、振り向いた。

「いかん」

「おそよ姉さん！」

瑞之助は、おそよをしっかりと抱き寄せながら、そろりと腰を下ろした。

おそよは手をついて体を庇うことができない。疲れてしまったせいか、今は両脚で立つこともままならず、瑞之助が体を沈めるのにしたがって、力なく膝を折った。

瑞之助の耳元で、おそよがささやいた。

「ご、ごめんなさい」

瑞之助は息をついた。

「あのまま落ちなくてよかった。どこか痛むところは？」

「いえ、け、けがはしていませんから」

「ですが、体が痛むのではありませんか？　顔色を見ていて、そんな気がしたんです。ずっと同じ格好で座っていたら、どうしても腰や背中が強張ってしまうはず。そのせいでつらいのでは？　少し休んで、体をほぐしましょう」

岩慶がおそよの体をひょいと抱え、路傍の木陰へ導いた。

「すまぬな、おそよどの。拙僧としたことが、気がつかず、申し訳なかった」

おそよはか細い声で「いいえ」とつぶやいた。

やはり顔色が優れない。薄曇りの空の下とはいえ、おそよの頬から赤みが失せているのは、誰の目にも明らかだ。

お由祈は泣きそうな顔をして、おそよに尋ねた。

「おそよ姉さん、どこが痛むの？　それとも気分が悪い？　江戸に入る前に宿をとったほうがいいかな？」

「違う、平気。わたしは座っているだけだもの。何てことないの。少し、あの……うとうとして、転げ落ちそうになっただけだから」

居眠りというのは、とっさに出た嘘だろう。瑞之助は、おそよが目を開けているのを見ていたし、妙に張り詰めた様子なのが気になっていた。体の痛みを顔に出さないようにしていたのではないだろうか。

瑞之助とまなざしが絡むと、おそよは気まずそうに目を伏せた。瑞之助はおそよの嘘については触れず、別のことを言葉にした。

「では、おそよさん、ちゃんと休める茶屋か何かを見つけるまで、私が負ぶっていきましょう。それなら、眠ってしまっても大丈夫ですよ。ずっと背負子に座ったままでいるより、たまに違う格好をしてみるほうが、体も楽だと思います」

お由祈が瑞之助を睨(にら)んだ。おそよ姉さんの体にこれ以上さわるな、とでも言いたいのだろう。

けれど岩慶が瑞之助に賛同した。

「瑞之助どのの案がよかろう。このような道端では体も休まらぬ。屋根の下で落ち着いて、一息入れるのがよい。どれ、瑞之助どの。拙僧には荷物のほうを任されよ」

「お願いします、岩慶さん」

瑞之助は岩慶に荷物を預けた。

おそよは困惑げに目を泳がせていた。だが、岩慶は手際よく、おそよの体を瑞之助に背負わせた。瑞之助は立ち上がって歩き出す。

軽いな、と思った。

「あ、あの、申し訳ないです。疲れませんか？」

おそよが震える声で言った。瑞之助は笑ってのけた。

「お気になさらず。軟弱そうに見えるかもしれませんが、これでもけっこう鍛えているんですよ」

「でも、お医者さまとはいえ、お武家さまの背に負われてしまうだなんて」

「私に限って言えば、畏(おそ)れ多いことなど一つもありませんよ。生まれ育ちは武家でも、今は医者見習いの瑞之助です。どうぞ身構えないでください」

瑞之助は、あえて名字を冠さなかった。武士には名字があるが、瑞之助はすでに家を離れた身だ。医者にも名字の名乗りが許されるものだが、瑞之助はまだ一人前ではない。ただ瑞之助とだけ名乗るのが、今はちょうどよい。

おそよの困惑の気配が肩のあたりに伝わってくる。何かを言おうとして、うまく言えずにいる。しかし、会話が途切れるのもまた気まずい。そんなふうだ。

瑞之助は、代わりに言葉を発した。

「おそよさん」

「は、はい」

「私の肩の骨に当たって痛いとか、喉が押されて苦しいとか、つらいところがあれば正直に言ってくださいね」

「大丈夫です。あの、でも……やっぱり、重たいでしょう？」

そんなことはない。むしろ軽すぎる。手足の長さから思い描いていたよりも、ずっと軽いのだ。

おそよの体は肉づきがきわめて薄い。

さっき正面から抱き止めたときも、何て華奢なのかと思った。今こうして背負っていても、おなごらしい肉の柔らかさより、ばらばらに壊れてしまいそうな脆さばかりを感じている。

瑞之助は、なるたけ明るい声で言った。

「ちっとも重たくなんてありませんよ。仕事柄、いろんな人を抱えたり負ぶったりするんですが、おんぶされるのが下手な人もいるんです。おそよさんはお上手ですね。体をすっかり預けてくれているからでしょう」

「申し訳ないです。この格好では本当に力が入らなくて、自分で体を支えられなくて」

「それでいいんですよ。力を抜いて、できるだけ楽にしていてください。そうしてもらえると、私も背負いやすいですから」

おそよは遠慮がちに笑った。

「……ありがとうございます」

やっとその言葉が聞けた。おそよは謝ってばかりなのだ。そうではなく、ありがとうと言ってもらえるほうが、瑞之助もほっとする。

「どういたしまして。話をしていれば、気が晴れますか？」

「ええ。でも、瑞之助さまの負担になるんじゃありませんか？」

「さまなどと付けるのはよしてください。お武家さまのさまでしょう？　そんなんじゃなくていいんですよ」

おそよは、おずおずと呼んだ。

「瑞之助さん？」

胸の内側のくすぐったさに笑ってしまいながら、瑞之助は、はいと答えた。

三

あどけない声が少し遠くで瑞之助を呼んでいる。

「瑞之助さぁん！　どこにいるの？」

おうただ。年は七つ。長患いの母を支えるため、幼いながらに、姉のおふうと一緒に蛇杖院に通ってきて、仕事を手伝ったり手習いに励んだりしている。

瑞之助は、おそよのほうをちらりと振り向いた。

日当たりのよい裏庭の隅である。風のない日だ。瑞之助は、広げた茣蓙の上で、干した薬草を選り分けていた。

おそよは椿の木に寄りかかり、うとうとしている。

膝の上に広げた本は、真名本の『曽我物語』である。吐息のようにひそやかな声で読み進め、次をめくる段になったら瑞之助に声を掛ける。そうやって書見をしていたはずが、先ほどから夢心地なのだ。

おそよが蛇杖院に来て、十日が過ぎている。初めの二日は長旅の疲れで熱を出し、それなのにうまく眠ることができず、うなされてばかりだった。

熱が引いてからも、どうやらあまり寝つきがよくないらしい。

齢七十一の女中頭のおけいが、夜中に必ず一度は厠に行くので、そのついでにおそよの様子を見に行っている。部屋をのぞくと、いつもおそよは起きていて、寝返りを打たせてほしいと訴えるそうだ。

夜に眠れない代わりに、昼にこうして短い間、まどろむことがある。ほんの些細な音で目を覚ましてしまうので、あまり深い眠りではないのだが。

おそよは、おそらく、かなりのお嬢さん育ちだ。読み書きそろばんはもちろんのこと、詩歌や古典についてもきちんと学んだためしがあるようだった。

今おそよの手にある『曽我物語』は、女中の満江に借りたものだ。細かな字でびっしりと綴られた写本である。

おそよは、かつて江戸に住んでいた頃、芝居の曽我ものを観たこともあるそうだ。でも、あの頃はこの物語の意味がよくわかっていなかった、と言った。

わたし、若くて勇ましい曽我兄弟の姿に見惚れるばかりでしたから。曽我兄弟が仇討ちを果たすためにどんな思いを抱えていたか、ちっともわかっていなかったんです。

　武家育ちでもないおなごが仇討ちに思いを馳せるというのが、瑞之助には何となく不思議に感じられた。六百年以上も前に命を賭して仇討ちを遂げた兄弟の顚末など、それを凛々しく演じきる美男の役者に見惚れるくらいがちょうどよいはずだ。

　おうたの声が近づいてきた。

「ねえ、瑞之助さぁん、どこー？」

　瑞之助は立ち上がって手を振った。

　おうたは、ぱっと顔を輝かせた。手習いに使っている『庭訓往来』を胸に抱えて、ぱたぱたと駆けてくる。

「見ーつけた！　ここにいたのね！」

　瑞之助は「静かに」と人差し指を口許で立てた。

　おうたは足音を忍ばせて近づいてきた。が、突然足を止め、むっと唇を突き出した。

「どうしたの、おうたちゃん？」

「何でもない。うた、一人で字の稽古をするから、別にいい」

「今やっているのは、急ぎの仕事ではないよ。書き取りの稽古、見てあげる。どこまで進んだ？」

「言わない。一人でできるもん」

おうたは意地を張った。少し声が大きくなった。

その途端、おそよが、はっと目を開いた。まばたきを繰り返す。おそよは、瑞之助とおうたの姿を目に留め、はにかむように微笑んだ。

「少し眠っていたみたい。おうたちゃんは、これから手習い？　瑞之助さんに教わるんでしょう？」

おうたは、唇を尖らせて何も答えず、『庭訓往来』を抱きしめ、きびすを返して駆け出した。

「まいったな。どうしたんだろう？」

瑞之助は頭を掻（か）いた。

「わたしのせいかしら。おうたちゃんは人見知りをするんですか？」

「そんなふうに感じたことはないんですが」

「瑞之助さんは、初めから仲良くなれました？」

「初めは、私のほうが世話を焼かれていましたよ。一昨年から去年にかけて、江戸ではダンホウかぜという病が流行ったんです」

「あ、日野でもそうでした。岩慶さんが来て、いろいろ教えて助けてくれたおかげで、石田村では人死にが出ずに済んだんですけど」

「あのとき、私は死にそうになったんですよ。あっという間にひどくなって、肺まで患って、蛇杖院に担ぎ込まれたんです」

　高熱が続いたせいで、立って歩くことはもちろん、まともに起き上がることもできなかった。結局、麹町の屋敷から大八車で運び出された。あのときは、自分はもう死んでしまい、これから焼き場にでも捨てられるのだと思っていた。

　そんなありさまだったから、蛇杖院の東棟の一室で目覚めたとき、何が何やらわからなかった。

　しかも、ダンホウかぜがうつるのを防ぐため、看病をする者は皆、髪を頭巾でまとめ、口や鼻も布で覆っていた。顔すら見えず、気味が悪くもあった。

　ただし、幼いおうただけは、覆面をしていても、はっきりとわかった。齢六つにして、おうたはすでに病者の世話に慣れていた。あどけない声で励まされるのも、瑞之助には嬉しかった。

そういう思い出話を、瑞之助はおそよに語って聞かせた。手と目は薬草の選り分けをしながらである。

「熱が高かったときのことはあまり覚えていません。でも、強く印象に残っている思い出もいくつか。おうたちゃんが立派に働いて私を救ってくれたことや、大八車で運ばれている最中に真樹次郎さんが掛けてくれた言葉が、ずっと胸にあるんですよ」

「何と言ってくれたんです？」

「あきらめるな、治してやる、と。あのときの真樹次郎さんの力強いまなざしが忘れられません。それで私は真樹次郎さんに憧れて、医者になりたい、弟子にしてほしいと頼み込んで、ここに住み着いたんです」

「そういうことだったんですね。珍しいんじゃありません？　お医者さまって、親が医者だから自分もその道を進む、という人が多いでしょう？　拝み屋の桜丸さんだけは、持って生まれた力に導かれたんでしょうけど」

漢方医の堀川真樹次郎は大きな医家の子だ。兄をしのぐほど優秀だったため、真樹次郎こそが次の当主だと目されていたらしい。

蘭方医の鶴谷登志蔵は、肥後熊本藩の藩士にして、代々医業を営んでもいる家に生まれた。父や兄は漢蘭折衷の医者だという。

産科医の船津初菜も、祖母が産婆、父が漢方医という家で育った。産婆の技も医書による医術も、両方を身につけている。

蛇杖院の女主である玉石は、長崎に本店のある唐物問屋、烏丸屋の娘だ。舶来の珍品がいくらでも手に入る中で育った。和、漢、蘭すべての医書に学び、薬はもとより毒についてもよく知っている。

「家柄によらないといえば、岩慶さんもですよ」

「あ、確かに」

僧医の岩慶は、とある山寺で育った。しかしその山寺は、村もろとも流行り病に襲われ、岩慶だけが生き残った。岩慶は、医者のいない寒村を病から救える者になりたいと心に誓い、医術を学んだ。

「でも、私がいちばんの向こう見ずかもしれませんね。屋敷に帰らず蛇杖院に居着いて、いきなり医術の修業を始めたのが、二十一の頃ですよ。ずいぶん遅いでしょう?」

「思い切りましたね。じゃあ、今は二年目？」

「二年目と言っていいのかな。初めは下働きをしながら、課された試験に及第できるよう、ひたすら素読をしていました。試験に受かったのが今年の正月で、そこでようやく医者見習いと名乗れるようになったんです」

下働きの皆も、それぞれわけありだ。行くあてがなくなって、たまたま蛇杖院で働くことになった者ばかりらしい。あっけらかんと話してくれた者もいれば、話すつもりがない様子の者もいる。

おそよがぽつりとつぶやいた。

「わたしも働けたらいいのに」

「働きたいですか？　今はまだのんびりしている時季ですが、流行り病が広まる頃には、とんでもない忙しさになったりするんですよ」

「ええ。だからこそ、わたしも手伝えたらいいのにと思って」

瑞之助は薬種を選り分ける手を止め、何の気なしに、おそよの顔を見た。その途端、おかしな感じがした。

暖かい日だまりにいるのに、おそよの顔色は、血の気が引いたような白さだ。薄く開いた唇も、ひどく乾いている。

肌が乾いて血の気が薄いのは、肺が弱っていることの表れだ。よく見れば、おそよは口で息をしている。

瑞之助は眉をひそめた。

「息が浅い？　もしかして、おそよさん、気分が悪いのでは？　ここ、少し風が当たって冷えますか？　それとも、疲れがまだ残っていますか？」

おそよは目を泳がせた。

着物の裾と足袋の隙間に、おそよの白い脛がのぞいている。瑞之助はまた、おかしなところに気がついた。

骨が浮き出るほどに痩せているはずのその脛が、妙に太い。むくんでいるのだ。

「おそよさん、この脚のむくみは……」

「見ないで」

鋭くささやくように、おそよは言った。瑞之助はその言葉のとおり、おそよの脚からはっきりと目をそらしてみせた。

「私は見ませんから、大丈夫ですよ。さわったりもしません。でも、誰かに診せてください。誰になら話せますか？」

「……女の人なら」

瑞之助は、帯に挟んでいた手ぬぐいを広げ、おそよの脚にかけると、さっと立ち上がった。

「おけいさんや満江さんが厨にいるはずですから、呼んできますね。少しだけ待っていてください」

おそよはうつむいて目を伏せた。

瑞之助は厨へと急いだ。

その日の夕刻、湯屋から戻った瑞之助は、おけいに呼ばれた。

「瑞之助さん、ちょいと頼まれてくれるかね。お湯を張った桶を、おそよさんの部屋に運んでおくれ」

おそよは、北棟の東端の部屋を使っている。南側は中庭に面し、東にも窓が設けられているので、この部屋がいちばん日当たりがよいのだ。

「私が、おそよさんの部屋まで運ぶんですか？」

「この年寄りに力仕事をやらせようってのかい？」

おけいにじろりと睨まれる。

働き者のおけいは背筋がぴんと伸びており、体も強くてかぜひとつひかない。古希を超えているのが信じられないほどだが、さすがに力仕事は瑞之助が引き受けるべきだ。

瑞之助は、おけいとともに湯殿に赴き、桶に熱めの湯を張った。桶を抱え、およその都屋に向かいながら、つい眉間に皺を寄せてしまう。

「男の私が行って、おそよさんに嫌がられなければいいんですが。昼間は脚のむくみのことで私の気配りが足りず、傷つけてしまいました」

「いや、あんたならかまわないそうだよ、瑞之助さん。昼間、一緒にいて、何の話をしたんだい？」

おけいは、にんまりと笑った。おもしろがって探るような目つきだ。

「私も蛇杖院で世話をされたことがある、と話しただけですよ。大したことない身の上話でしょう？　あの後、おそよさんの脚のむくみは取れました？」

「さすってやるうちに、いくらかはよくなったけどね。ありゃあ、一度や二度の按摩で治るもんじゃあないね。しかも、あちこちの凝りもひどい。あの子の体、さわってみたかい？」

瑞之助は慌ててかぶりを振った。

「さわってませんよ。抱えたり負ぶったりはしますが、余計なところには指一本触れていません。おかしな言い方をされると困ります」

おけいは、瑞之助の慌てぶりを鼻で笑った。が、すぐにしかめっ面になり、声を低くした。

「おそよさんはまだ若いってのに、ガタがきた年寄りみたいな体になっちまってるよ。自分で動かせないぶん、肩を回してやったり、背中をほぐしてやったり、脚をさすってやったり、何かしてやらなきゃまずい」

「初菜さんがそういう技に詳しいのでは？　臨月の妊婦も自分で動けなくなったりしますよね。そういう女の体の気、血、水の巡りをよくするために、特別な按摩の技や体のほぐし方があるそうです。巴さんも教わっていましたよ。初菜さんはおそよさんと同い年だし、巴さんも年が近い。二人になら、体のことも相談しやすいでしょう」

「そりゃそうなんだがね。あの二人は、今は慌ただしいんだよ。ほら、本所三笠町の旭さんがそろそろ臨月だろう？」

宮島家の旭は、つわりがひどかった頃から初菜が診ていた妊婦である。旭の姉である渚が蛇杖院の通いの女中として働いており、その縁だった。

渚はたいそう頼りになる人だったのだが、今は蛇杖院にも宮島家にも顔を出せなくなってしまった。小普請入りしていた夫がようやくお役に就けたというので、神田のほうへ越していったのだ。

「では、おそよさんの体の凝りは、岩慶さんに診てもらいましょう。おそよさんも、岩慶さんのことは以前からよく知っているようですし」

おけいは鼻を鳴らした。

「瑞之助さん、あんたもこの機に学んで身につけるんだよ。自分では立てない者の体を、代わりに動かしてやったり、按摩でほぐしてやったりするのは、やっぱり力が必要な仕事だ。あんた、体術の筋もいいんだって？」

「はい、それなりに」

「だったら安心だ。人の体をどう扱ったらいいか、体術を通して、ちゃんと知ってるってことだからね。岩慶さんにしっかり習って、おそよさんの役に立ってみせな」

瑞之助は曖昧に答えた。

「ええ、まあ、お役に立てればいいんですが、難しいんですよね」

「そうびくびくするもんでもないと思うけどねえ」

「いえ、怖いんですよ。おそよさんは、痛いとか恐ろしいとか感じたとしても、とっさに手足を引っ込めることができません。力の強い私が不用意なさわり方をしたら、おそよさんの体を傷つけてしまいそうで、本当に怖いんです」

おけいはいきなり、瑞之助の背中を平手で叩いた。ばしん、と実によい音がした。瑞之助は驚いたが、桶の湯はこぼさなかった。

「まったく、乱暴者はもってのほかだが、臆病者にも腹が立つね。女の体は、子を孕んで産むなんていう無茶ができるよう、初めから丈夫につくられてるもんさ。あんたみたいな甘ちゃんがおっかなびっくりさわったくらいで、壊れるもんかい」

「し、しかし、おそよさんは病のために体が弱っていますから……」

「お黙り！　腰が引けて、みっともないったらありゃしないね！　おなごの求めには精いっぱい応じてみせな。それでも武士かい？」

瑞之助は首をすくめて苦笑した。おけいに叱り飛ばされるのは久しぶりだ。初めはおっかなくて仕方なかったが、今となっては、この威勢のよさが頼もしくて心地よい。

部屋におとないを入れ、襖を開くと、おそよは丸めた布団を背もたれにして座っていた。

瑞之助は、おけいに指図されるがまま、湯の桶をおそよのそばに置いた。

おけいは襷掛けをした。

「さて、おそよさん。足の湯あみをしよう。桶の湯で足を温めるんだ。これだけでずいぶん体がぽかぽかして、血の巡りがよくなるもんさ。脚にたまっちまった余分な水が、汗になって出ていく。むくみが取れるはずだよ」

瑞之助は、北棟の物置から椅子を持ってきた。この物置には、外科手術をおこなうための大型の道具が揃っている。いろんな高さの椅子や台も備えてあって、おそよのためにも何かと役に立ちそうだった。

瑞之助がおそよを抱えて椅子に掛けさせると、おけいがおそよの着物の裾を膝までまくり、足袋を脱がせた。白い足を桶の湯に浸す。

おそよは、ほっと息をついた。

「気持ちいい。足だけでも、お湯につかることができるなんて」

おけいは微笑んだ。

「蛇杖院には風呂があるからね。あんたの体の具合がよくて、巴の手が空いてるときには、しっかり肩まで湯につからせてあげられるさ。足の湯なら、毎日でもいい。ねえ、瑞之助さん。この桶を運ぶくらい、何てことないだろう?」

瑞之助は、おそよの素肌から目をそらしながらうなずいた。

「おそよさんの具合が少しでもよくなるように、お手伝いしますよ。それから、もし一緒に働いてもらえるなら、やってもらいたいことがあって」

「わたしにできること、ありますか?」

「ありますよ。おうたちゃんの手習いを見てもらえると助かります。私も忙しい日には素読に付き合ってあげられなくて、おうたちゃんに申し訳ないんです」

「素読、ですか?」

「はい。声に出して、字や文の読みを教えてほしいんです。それから、百人一首。おそよさん、歌をたくさん覚えていますよね?」

「ええ。百人一首や、ほかにも有名な歌なら、それなりに」

「よかった。おうたちゃんの姉さんの、おふうちゃんが、歌に興味があるようなんです。百人一首をすべて諳(そら)んじられるようになりたいと言っていたので、手伝ってあげてください」

おそよの顔が、ぱっと明るくなった。頬にえくぼが刻まれる。

「わたしでよければ、ぜひ!」

「よろしくお願いしますね」

笑顔を返してみせながら、瑞之助はふと、登志蔵が昨日こぼした不吉な一言を思い出した。

おそよさんの体、あの様子じゃあ、じきに声も……。

居合わせた真樹次郎も桜丸も初菜も岩慶も、登志蔵のその言葉を否定しなかった。

蛇杖院には、中庭を囲んだ東西南北の四棟から成る「館」と、向かい合う二棟の長屋、厨や湯殿、あちこちに置かれた厠と、薬草を育てる中庭の畑、日当たりのよい裏庭がある。瑞之助の実家である麴町の旗本屋敷と比べても、蛇杖院の敷地のほうが広い。

おそよの部屋を辞し、湯の桶を片づけた後、瑞之助は西棟に向かった。

オランダ風にしつらえられた西棟には、玉石の住まいと薬庫、古今東西の膨大な書物を納めた書庫がある。

瑞之助は、足音をすっかり吸ってしまう絨毯（じゅうたん）を踏んで廊下を渡り、書庫に入った。

書庫には明かりがともっていた。玉石がいるのかと思ったが、違った。明かりのそばにいるのは、長さ一尺（約三十センチ）ほどの小さな蛇だ。日和丸という名の、雄の蛇である。

「おまえは千里眼なのかな、日和丸。私が書庫を訪ねるときには必ず、おまえがここにいるね。会えて嬉しいよ。でも、玉石さんの部屋のほうが暖かいだろうに」

瑞之助が手を差し伸べると、日和丸はするすると上ってきた。黒くつぶらな目で瑞之助を見つめ、小首をかしげるような仕草をする。

日和丸は薩摩の南の島々に住む珍しい蛇だ。体は全体が黄金色で、黒い帯のような模様が七本入っている。顎の奥に生えたちんまりとした牙には、とんでもない猛毒があるらしい。

瑞之助は洋灯を手にし、日和丸を肩に乗せて、和書を納めた棚に歩み寄った。人の声を聞くのが好きな日和丸に、ひそひそと語ってやる。

「確か『本朝故事因縁集』という書物なんだ。百年余り前に編まれた本で、日ノ本各地の珍しい出来事について書かれているらしい。変わった病のことや、不思議な術によって病や傷が癒えたという話も載っているそうだよ。その中に、おそよさんが患っているのと似た病の話もあるんだって」

史書や説話集を紐解けば、いつの世も、どんな地でも、人が病と闘ってきたことが垣間見える。医の道の師である真樹次郎からは、医術や薬について書かれた本だけでなく、もっと幅広い目で本を読めと言われている。

瑞之助は和書の棚を隅から隅まで探したが、『本朝故事因縁集』は見つからない。探し方が悪いのだろうか。もう一度、同じ棚を見ようとしたとき、出入り口の扉が開く音がした。

振り向けば、明かりを手にした玉石が立っている。

「日和丸の帰りが遅いと思えば、やはり瑞之助か。どうした?」

玉石はいつも男のような話し方をする。男物の装いを好んでもいるので、二枚目と言いたくなるような美女だ。玉石贔屓のおなごも実は少なくないと聞く。年は、瑞之助より一回りほど上らしい。

蛇杖院は玉石の道楽のためにある。あくどい金持ちをつかまえて治療し、さらにあくどいくらいのやり口で大金をせびるのが楽しいそうだ。

とはいえ、もともと裕福な玉石にとって、金儲けなど二の次である。だから、身寄りがなく働くこともできない、おそよのような者を引き取って療養させることができる。

「玉石さん、『本朝故事因縁集』という書物、このあたりにありませんか？」

瑞之助が問うと、淡い明かりの中で玉石はため息をついた。

「おまえも、足萎えの病について読みたいのか？　そういう病が紀州の古座というところで見られると載っているだけで、治術は書かれていないぞ」

「岩慶さんからもそう聞きました。ただ、やはり原典を自分で確かめたくて」

「原典に当たれというのは、真樹次郎の教えだろう。件の本は真樹次郎が持っていった」

「そうでしたか。道理で見つからないはずです。真樹次郎さんも、おそよさんの病の治術を探しているんですね」

玉石は絨毯の上を滑るようにやって来た。陰影に縁取られた美貌は、難しげに沈んでいる。

「あの病については、蛇杖院の医者が誰ひとりとして治し方を知らん。療養の目安を定めるため、皆それぞれのやり方でおそよの体を診たときに、登志蔵がおそよの膝の節を打って、動きを調べただろう？　何の問題もなければ、節を打たれた弾みで、動かすつもりがなくとも足が軽く動くものだが」

昨日のことだ。登志蔵はおそよを椅子に掛けさせ、膝の節をこんと打った。細い脛はだらりと垂れたまま、動かなかった。

登志蔵の顔が強張(こわば)るのが、瑞之助にはわかった。

おそよの部屋から辞した後、登志蔵は、今度は瑞之助を椅子に掛けさせ、膝の節を打ってみせた。瑞之助が力を入れていないのに、膝の節がおのずと軽く伸びた。左右差もなかった。ほかの者の膝で試したときも同じ結果だった。

そのときの登志蔵の説明を思い出しながら、瑞之助は言った。

「膝の節の然(しか)るべきところを打つと、足を動かす神経にじかに刺激を与えることができる。だから、足が勝手に動くんですよね。ですが、神経が傷んでいると、足が動かなかったり、逆に動きすぎたりする。おそよさんの足は、応えがありませんでした」

「登志蔵の診立てでは、おそよの体がどんどん動かなくなっていくのは、体の筋や肉を動かすための神経が萎えて働かなくなるせいだろう、とのことだった。足萎えの病の正体がそれだ、とな」

瑞之助は体が冷たくなるかのように感じた。おのずと声が硬くなった。

「病の進みを止める手立ては、本当にないんでしょうか？」

「どうなのだろうな。神経が萎えるといっても、すべての神経が働かなくなるわけでもないらしい。肌で感じる暑さや寒さ、痛みや痒みを伝える神経は、しっかり生きている。だから、おそよは肩や背中や腰の痛みに悩んでいる」

「手足に動きを指図するための神経だけが萎える、ということですか？」

玉石はうなずいた。

「肌にできた傷は、いずれふさがる。肉が裂けたり骨が折れたりしても、正しくくっつけてやれば、もとのとおり動かせるようになる。だが、今の世の医術では、傷ついた神経をもとに戻す手立てはない。萎えた神経というのがどういった具合なのか、はっきりとはわからんが、治せる見込みは……どうなのだろうな」

瑞之助は思わず額を押さえた。日和丸が瑞之助の肩の上で伸び上がり、瑞之助に頬ずりをした。

玉石は、瑞之助の背中をぽんと叩いた。

「おそよは、体の凝りや冷えに悩んでいるようだな。寺の庵で世話をされていた頃は、つらいと言えなかったらしい。どうも遠慮がちなんだ、あの子は。今まで口に出せずにいた不調を、まずは癒やしてやらねばならん」

瑞之助は嘆息とともに言った。

「肺腎気虚ですよね。腎気が不足しているので、肺やほかの臓腑にも不調が出やすくなっている。特に、肺が陽虚に傾いているのだと思います。だから息が浅く、気をうまく取り込みきれないので、どうしても体が疲れやすい。顔は血の気が引いて青白く、冷えやすくて、むくみやすい。そんなふうに見えました」

　ふっと玉石が笑った。

「なるほど。それで、どうしてやればよい？」

「小青竜湯……いえ、苓甘姜味辛夏仁湯のほうが、合うでしょうか。小青竜湯に含まれる麻黄は、少し刺激の強い薬ですから。おそよさんは、疲れからくる熱が引いたばかりで、胃腸が弱っていると聞きました」

　夕餉は、雑炊だった。実にうまそうな匂いに誘われて厨をのぞいたら、多めに作ってあるから召し上がれと、女中のおとらに笑われた。

　雑炊の具は枝豆と茄子、細かく刻んだ大葉で、体のむくみを取る効果があるそうだ。仕上げに溶き卵を加え、ふわふわになった頃合いで器に盛る。その優しい色味がまた食欲をそそった。瑞之助は舌鼓を打ったし、おそよも気に入って、茶碗に一杯、しっかり食べたらしい。

　玉石はまた、瑞之助の背中に手を添えた。

「この暗がりの中で探し物をするのは、目にこたえる。今日のところは引き揚げろ。おそよの病については、真樹次郎も登志蔵も初菜も、各々の持ち味を活(い)かして調べてくれている。病との闘いが、ようやく始まったところなんだ」

瑞之助は素直にうなずいた。

「そうですね。気になることがあったら、また相談しに来ます」

「気になることがあろうがなかろうが、西棟に遊びに来ていいんだぞ。そろそろ日和丸が瑞之助のぬくい肌を恋しがる季節だ」

玉石にそっと背を押されながら、瑞之助は書庫を後にした。

四

黄昏時(たそがれどき)である。

小卯吉は、小石川(こいしかわ)から根津(ねづ)のほうへ抜ける道を急いでいた。

暖簾(のれん)を掛けることのない、うらぶれた小料理屋の前を通り過ぎようとしたときだった。

「おい、小卯吉よぉ」

がらがら声に呼び止められた。

小卯吉は舌打ちを呑み込んで振り向いた。

「てめえ、でかい声でその名を呼ぶなと常々言ってるだろうが。何の用だ？」

小卯吉を呼び止めた男は、ねじくれた傷が目立つ顔をにやりと歪めた。月代も伸ばしっぱなしの半白の髪に、大柄な体軀、一本差しの浪人である。

名は隆左衛門という。姓は早見だか早川だかと言っていた。

年の頃はよくわからない。くすんだ肌のせいで老人にも、いやに爛々とした目のせいで若造にも見えるのだ。小卯吉とは十幾年かの付き合いになるが、隆左衛門は初めから半白頭で一本差しの浪人だった。まるで年を取っていないかのようだ。

「小卯吉よぉ、そう睨むな。ひとけのない道だからいいだろう？　この道は、俺のようなやくざ者が通るってんで、堅気者はめったに使わねえ。そう教えてくれたのは、小卯吉、おめえじゃねえか」

柄の悪い賭場が途中にある、昼間でも薄暗い路地だ。「方違えの道」と呼ぶ者もいる。方違えというのは、大昔、京の都のお公家さまが凶方位の道を避けたという、あれのことだ。

小卯吉には好都合だった。根津の外れにある家へは近道になるし、人に聞かれたくない話をするにはちょうどいい。実際、小卯吉の左右の腕とも呼べる二人、栄二と松九郎が耳寄りな第一報をもたらすのは、黄昏時のこの道であることが多い。

面倒があるとすれば、こうして隆左衛門につかまることくらいだ。

「金の無心なら、話は聞かねえぞ」

「わかってらあ。女房にどやされるんだろ？　子供を育てるのは何かと物入りらしいな。どうしても入り用のものがあったら、俺に任せろ。かっぱらってきてやる」

隆左衛門は親切そうに言った。

小卯吉は眉間に皺を寄せた。

「どやされやしねえよ。ただ、女房は俺をありふれた鋳掛屋だと信じている。鋳掛屋の稼ぎにふさわしくねえ額の銭を扱うところを、万が一にも見られてみろ。厄介だろうが」

「女房を巻き込みたくねえってか」

「違う。何度言やぁわかるんだ？　あいつは俺の隠れ蓑だ。俺の正体を知らねえからこそ用をなす。尻尾をつかまれちゃならねえんだよ」

そもそも小卯吉は、日頃は別の名を使っている。昔の名で呼ばせる相手はごく少数だ。小卯吉は周囲を見回した。

暖簾の掛かることのない小料理屋の戸が、いつの間にか開いている。そこから顔をのぞかせているのは、小卯吉の腹心、栄二と松九郎だ。

小料理屋の奥には、井戸に見せかけた横穴があって、二軒隣の賭場に通じている。この小料理屋と賭場と横穴が、小卯吉と腹心ふたりの隠れ家だった。横穴には、賭場での荒稼ぎと押し込み強盗によってせしめた大金が隠してある。

隆左衛門は笑った。

「だから、そんなにきょろきょろしなくても大丈夫だってんだよ。俺だって、近頃はうまくやれるようになってんだ。岡っ引きにつけられるようなへまもしなくなった」

すげえだろう、と言わんばかりに、隆左衛門は胸をそらした。若造どころか、子供じみた仕草である。

隆左衛門のこういうところが不気味なのだ。腹の中で何を考えているのか、読みようがない。

小卯吉は苛立ち交じりに嘆息した。

「金の無心でないなら、何だ？　俺に何を告げに来た？」

その途端、隆左衛門の調子が一転した。上機嫌そうな笑みが消えた。隆左衛門は牙を剝くような形相で唸り、吠えた。

「斬らなけりゃならねえんだよ！　十年前に斬りそこねた小娘が江戸に戻ってきやがったんだとさ。だから俺は斬りに行かねばならねえ！」

「十年前の小娘だと？」

隆左衛門は前のめりになった。並みの男よりいくぶん背の低い小卯吉は、大柄な隆左衛門に覆いかぶさられる心地がした。

「ああ、そうだ！　あの疫病神だよ！　十年前の冬だ。俺らの仲間が大勢捕らえられて打ち首にされた。それなのに、あの小娘だけは生き残りやがっただろう？　ほら、あの賀田屋の一人娘だ！」

小卯吉は一瞬のうちに血の気が引いた。

「賀田屋の、おそよか……！」

「そうだった、そうだった。そんな名だったな。あの疫病神め、多摩だかどこだかに逃げやがったんだ。俺が斬るはずだったのに！」

隆左衛門は爪をがりがりと噛んだ。昔から変わらない癖だ。隆左衛門の両手の爪はぎざぎざでちびている。

小卯吉は、目の前が暗くなるような心地がした。

「あの疫病神めは、俺があの夜、賀田屋にいたことを知っていやがる。確かに俺の姿を見たと、奉行所で訴えたらしいな。この俺を袖にして人前で恥をかかせやがった上に、江戸での居場所を奪いやがって……！」

小卯吉は我知らず、左腕に爪を立てていた。そこに古傷がある。古傷は、ふとした弾みで、痒くてたまらなくなる。つい掻きむしってしまえば、まだ固まりきっていないかさぶたが剝がれ、血がにじんだ。

小卯吉は生まれ故郷がどこの何という村であったのか覚えていない。山がちの貧しい村だったはずだ。乾いた土の段々畑の景色はうっすら頭の隅にある。

生まれつき器用なたちだった。手先が器用なだけではない。生きていくのに必要な技や知恵を身につけるのにも、苦労したためしがないのだ。言葉を話すのも早かったし、教わるまでもなく字の読み書きや金勘定ができた。

だが、村には小卯吉の器用さや賢さを活かせる道がなかった。とにかく貧しい土地柄で、痩せた畑を耕すことのほかに生業となるものがなかったのだ。日々どうにか過ごしていくだけで、身を削られる。そんな暮らしで一生を終えるなど、小卯吉にはとても耐えられなかった。

村に人買いがやって来たとき、小卯吉はみずから進んで人買いについていった。村を出られるなら何でもよかった。どう取り入ったのか忘れたが、江戸に着く頃には人買いの仲間になり、いっぱしの悪事を働いていた。

江戸に住み着いた小卯吉は、初めは女衒の手伝いをしていた。目尻の垂れた甘い顔立ちは、女をなだめるのに便利だった。いくらか小柄な体つきも、女に恐れを抱かせないから役に立った。

だが、女衒は退屈な仕事だった。小卯吉はもっと危険な仕事がしたかった。

それに、もっと暴れてもみたかった。刃物の扱いはすでに身につけていた。せっかくだから、とんでもないものを切り刻んでしまいたかった。

あの頃は、まだ人を殺めたことがなかった。記念すべき最初の殺しは、とびきり罪深いものを手に掛けたい。小卯吉はそう望んでいた。

小卯吉が望み、策を巡らせて手を打てば、たいてい何でも叶うものだ。

賭場の仲間に誘われて、小卯吉は押し込みに手を貸した。これが見事にうまくいった。

小卯吉がねんごろにしていた相手が、そこそこ羽振りのいい古着屋の一人娘だった。なかなかの美人で気立てもよかった。何より、小卯吉に首ったけなのがいじらしく、愚かしくて愉快な娘だった。

夜半、小卯吉は甘い声でその娘を呼び、勝手口を開けさせた。夜闇に身を隠して会いに行く、と約束しておいたのだ。娘は小卯吉の誘いに疑いを抱きもしなかった。

目を輝かせて恋人を迎え入れようとした娘を、小卯吉は匕首の一突きで殺した。人の体は、思っていたよりずっと柔らかかった。柄の根元まで傷口に埋もれるほど、ずっぷりと深く、小卯吉は娘の胸を刺し貫いた。

小卯吉は仲間たちとともに嬉々として古着屋に押し込んだ。

寝入った連中を殺して回り、奪えるだけの金品を奪って逃げた。つかまれば首を刎ねられる大罪を犯すのはぞくぞくして心地よく、何にも代えがたい興奮を小卯吉にもたらした。

むろん小卯吉は翌朝、すっかり荒らされた古着屋に駆けつけ、変わり果てた恋人のために泣いてみせることも忘れなかった。誰ひとりとして、押し込み強盗の正体に気づく者はいなかった。

何もかもうまく、ことが運んだ。

小卯吉たちはいつ頃からか、一ツ目の鬼のお面をかぶって凶事に及ぶようになった。人斬りの隆左衛門と知り合ったのはその頃だ。

鬼面の強盗は好調だった。小卯吉が策を立て、みずから奉公人として入り込んだり店の者と懇意になったりして油断を誘い、頃合いを見て決行に及んだ。

こうした引き込み役を担うのは、通常、下っ端であることが多い。だからそこいらの阿呆な悪党どもはしくじるのだ、と小卯吉は思っていた。最も頭を使うからおもしろいのが、引き込み役の仕事だ。仲間内で最も賢い者が担うべきだろう。

途中から、奪う銭の額など二の次になっていた。小卯吉は、人を騙して出し抜くのがただ楽しかった。より大掛かりな騒ぎを起こそうとも画策していた。

だが、たった一度だけ、小卯吉はしくじった。

それが賀田屋の一件である。

後で聞いたところによると、裏切り者がいたらしい。小卯吉に心酔していたはずの、女衒をしていた頃からの仲間が、いつの間にか奉行所の手先に取り込まれていた。そこから策が漏れたのだ。

疫病神に祟られた、と小卯吉は思った。

賀田屋に強盗に入った夜、突然、奉行所の捕り方たちが乱入してきた。すでに取り囲まれているのは、夜の闇をも退ける明かりの群れを見れば一目瞭然だった。

隆左衛門は凄まじい速さで逃げていった。なりふりかわまぬ後ろ姿に、小卯吉は舌打ちした。

「役立たずどもめ！　くそ、何なんだ。どうして今宵はうまくいかねえんだ？　ちくしょう、ちくしょう……！」

そしてお面を踏み割り、自分の左腕を匕首で傷つけると、のたうち回って大声を上げた。

「うわあ、賊にやられた！　だ、誰か、誰か助けてくれ！」

捕り方どもに「助けられた」小卯吉は、得意の口車で言い逃れをした。南町奉行所のとある同心に甘い汁を吸わせておいたおかげで、追及の手が緩んでいたのも幸いした。

小卯吉と隆左衛門と裏切り者を除いた十名は、捕らえられてそれっきりになった。言い逃れできた者はおらず、首を刎ねられたのだ。腕利きのはずの疫病神強盗は、あっけなく壊滅してしまった。

裏切り者は白洲に出る前に隆左衛門が口を封じた。おかげで小卯吉は嘘の訴えを押し通すことができた。まったく、首の皮一枚で助かった。

だが、解き放たれた小卯吉も、さすがに江戸にはいられなかった。疫病神強盗に関わりのある者だと知られると、行き場がなかった。

聞けば、おそよが小卯吉を引き込み役だと訴えていたらしい。小卯吉も仕返しに、おそよこそが真の引き込み役だったと、読売屋に作り話を売っておいた。そして江戸を離れた。

小卯吉は名を変え、東海道の宿場を、小田原のあたりまで転々としていた。ところを移るたびに、でたらめな身の上話をでっち上げた。飽きたと感じれば、次の地に移る。

どこへ行っても、まったく新しい仕事を始めてみても、小卯吉はすぐに馴染んだ。手先が器用で頭も回るので、たいていのことはどうにでもなるのだ。

住む場所にも困らなかった。小卯吉は色男だ。口説く手間をかけずとも、小卯吉の世話をしたがる女や、ときには男さえ、たやすく見つかった。

江戸に戻ってきたのは二年ほど前だ。

根津で茶屋を営む年増女と所帯を持つことになったのは、成り行きだった。身持ちの固い女だったが、小卯吉にかかれば落とすのはわけもなかった。やはり、狙いを定めたのに同衾まで持っていけなかったのは、あの厄病神、おそよだけなのだ。

女には思いのほか蓄えがあった。親きょうだいは他界しており、面倒を見るべき親戚もいない。小卯吉が堅気者のふりをするには、まさにおあつらえ向きの女だった。

幾度か肌を合わせるうちに子ができた。それもまたちょうどよかった。旅暮らしの間にも何人か孕ませ、そのたびに捨ててきたが、こたびは妻子として利用することを決めた。

小卯吉は女を恋女房と呼び、暇を見つけては子供の世話をしてみせている。同じ裏長屋に住む連中は、小卯吉を「うらやましくなるほど素敵な亭主」だと評している。

他愛もない。

女房も子供も隣近所の連中も、小卯吉の真の姿を知らない。女衒や強盗、賭場でのいかさまに手を染めていることも、隆左衛門のようなお尋ね者と顔を合わせていることも、まったく思い描いていない。

世間の連中は何とおめでたいのだろう。小卯吉はたまに、腹を抱えて笑いたくなる。

なるほど俺には学がない。だが、知恵はいくらでも湧いてくる。手先も器用で頭が回る。俺のような者こそが、真に賢い人間というのだ。

頭の悪いやつらは皆、せいぜい俺に騙され、もてあそばれてればいい。

この俺に馬鹿にされていることにすら、あいつらは気づきもしないのだろうが。

小卯吉は腕を伸ばして隆左衛門の胸ぐらをつかんだ。

「おそよのことを話せ。江戸に戻ってきたのはいつで、どこにいるって?」

「詳しい話は知らねえよ。ただ、噂を聞いたんだ。小梅村だか亀戸だかにある、何とかいう診療所に、奇妙な病を患ってる女がいる。その女が賀田屋の一人娘にそっくりなんだと」

「何だ、その雲をつかむような話は? どこで聞いてきた噂だ?」

「東のほうだよ。あっちはあんまり行かねえし、酔ってたんで、居酒屋の場所も名前も覚えてねえ」

「役立たずめ。それで、どこにある、何という名の診療所だって？」

「診療所の名前も忘れちまった。蜘蛛だか蛇だか……いや、むかでだったかな。とにかく、気味の悪い名前だったんだが」

小卯吉は舌打ちをした。

「この阿呆が」

隆左衛門は悪びれもせず、乱杭歯を剝き出しにして笑った。

「調べたり探ったりするのはおめえの仕事だろう？　おめえなら、きっとすぐ詳しい話をつかめるはずだ。町で噂を聞いてみりゃあ、きっとわかるって」

小卯吉は隆左衛門の襟首から手を離した。歯軋りをし、いらいらと息をつく。

「もし噂が本当なら、あの疫病神めを消す必要があるな」

その前に手籠めにして、積年の憂さを晴らしてやろうか。

隆左衛門は両目をひときわ爛々と輝かせた。

「俺が斬るぞ！　あの女は俺が十年前に斬るはずだったんだ！　俺の獲物だからな！」

「騒ぐな。俺が裏を取るまで勝手に動くんじゃねえぞ」

「おめえひとりで行くのか？　手がいるんなら、賭場の若い連中に声を掛けるぜ。俺はこれでも、近頃は栄二や松九郎と一緒に賭場を仕切ってんだ」

小卯吉は面倒になって、犬を追い払うときのようにひらひらと手を振った。

「入り用になったら言うさ。賭場の若い連中には、餌をまいておけ。十年前に潰れた裕福な呉服屋には隠し金があって、その店の女が蔵の鍵を持っているから奪いに行く、とな」

小卯吉は口から出任せを言った。賀田屋の隠し金など、どこにも存在しない。だが、隆左衛門は、へえと目を丸くした。

「金を持ってるやつは持っていやがるんだな。その蔵って、昔の賀田屋のとこに建ってるやつか？」

「そんなわけがあるか。賀田屋みてえな大店は、深川や向島なんかに寮を持ってるもんだ。そっちの庭にある蔵だよ。どこにあるかは俺だけがつかんでる。俺の策に乗るなら、うまくいったあかつきには、蔵のありかを教えてやるよ」

「わかった。賀田屋の一人娘が本物だったら、俺が斬っていいんだよな？」

「ああ、そのとおりだ。俺が確かめてきてやるから、刀の手入れでもしながら、おとなしく待っていろ」

嚙んで含めるように言い聞かせると、隆左衛門は嬉しそうに幾度もうなずいて、宵闇の中に消えていった。

小卯吉はぼそりと呼んだ。

「栄二」

「へい」

暖簾のない小料理屋から、四十絡みの男が出てきた。

賭場の胴元などしているくせに、まるでまともな商家の番頭のように、妙にお堅く小ぎれいな印象がある男だ。棒術が得意で、いざというときは、心張棒（しんばりぼう）でも物干し竿でも変幻自在に振り回して操る。

小卯吉は栄二に命じた。

「隆左衛門が言っていた診療所とやらの正体を突き止めろ。あの疫病神が本当にそこにいるのなら、始末する」

「わかりやした」

「だが、すぐには手に掛けるなよ。その前に、仕置きが必要だからな。死んだほうがましだってほどの辱（はずかし）めが」

「承知しやした」

小卯吉は、いま一人の腹心を呼んだ。

「松九郎」

「へい。あっしは何をしやしょう?」

筋骨隆々とした人影が、ぬっと動いた。松九郎は、背丈はさほどではないものの、体の厚みも力の強さも人並み外れている。小卯吉と同じ年頃で、つまりは三十路の少し手前といったところだ。

「手勢が必要になるかもしれねえ。動かせる者を集めておけ。隆左衛門に任せておくのは心許ないからな」

「承知しやした。賀田屋の寮の蔵に隠し金があるってぇ話は?」

「真っ赤な嘘に決まってんだろ。こんな安い嘘でも、釣られる馬鹿はいる」

「違いありやせん」

松九郎はひっそりと笑った。栄二もそれにならった。谷中のしけた賭場で見つけた二人だったが、掘り出し物だった。頭が悪くない上に出しゃばらず、小卯吉に対して従順で、どんな仕事でも手を抜かない。人を殺めることにも躊躇がなく、かといって、殺しの自慢をするでもないのがちょうどいい塩梅だ。

宵闇に目が慣れてきた。小卯吉は夜目が利く。策を練るのも、日が落ちて暗くなってからのほうが、昼間より頭が冴える。

小卯吉は腹心の二人にきっぱりと告げた。

「もしも、おそよが本当に江戸に戻っているのであれば、俺たちは動く。目的は一つだ。おそよを、あの疫病神めを、たっぷりと痛めつけた上で葬り去ること。そのためにはどんな手でも打つ」

考えようによっては、これは好機だ。仕留めそこねた獲物が再び、のこのこ現れたかもしれないというのだ。

こたびこそ、おそよの息の根を止めてみせる。

小卯吉の胸は、得体の知れぬ興奮のために、不穏なほど高鳴っていた。

五

往診に向かう道すがら、隣を歩く巴が初菜に言った。

「ねえねえ、近頃、瑞之助さんが何だか変わったと思わない？」

おもしろがっている様子で、うきうきと弾んだ声である。

初菜は巴の笑顔を見上げた。

「近頃というのは？」

「おそよさんが来てからだよ。この半月くらい、ずいぶん頼もしくなったんだもの」

ああ、と初菜はうなずいた。

「やはり、そうですよね。わたしも何となく、そんな気がしていたんです」

並みの男よりも背が高い巴は、力が強くて腕も立つ。産科医の初菜が往診のために蛇杖院を離れるときは、必ずと言ってよいほど、荷物を持って用心棒を引き受けてくれる。

世間では、医者は男の仕事だと思われている。その領分に踏み入る初菜は、何かにつけて攻撃の的にされる。

故郷の川崎では、命を狙われるほどの騒ぎになってしまい、江戸に逃れてきた。江戸に出てきてからも、医者を名乗ることをやめるよう脅された。

だが、初菜は医者なのだ。きちんと医術を学び、妊婦や産婦を縛る誤った慣習を退けようと苦心している。

ここに至るまでひと悶着もふた悶着もあったが、今では、蛇杖院という居場所と、初菜の実力を手放しで認めてくれる仲間を得た。

信頼してくれる患者もいる。中でも、蛇杖院から遠からぬ本所三笠町に住む旭は、そろそろお産が近い。初菜はほとんど毎日、旭のもとを訪ねて体の具合を診ている。

初菜はそっとため息をついた。

「わたしがもっと蛇杖院にいられればいいのだけれど。おそよさんのことを瑞之助さんにお任せしっぱなしで、あんなふうではちょっと気掛かりだわ」

「そう？　瑞之助さん、今の瑞之助さん、いい具合だと思う。おそよさんは負担に感じてないみたいだよ。瑞之助さんは必要以上に気を張っちまうんじゃないかって、あたし、心配してたんだけどさ」

「年頃のおなごが相手だと、瑞之助さんが格好をつけそうだと推し量っていた？」

巴は顔をしかめながら笑ってみせた。

「そうそう。だって瑞之助さん、前はあまりにも女に慣れてなくて、おどおどしっぱなしだったの。着物越しだってのに、あたしの体を見て真っ赤になったり顔を背けたりするもんだから、逆にいやらしくてさ」

「それは確かに、初めて会った頃、わたしも感じましたね。たまたまうっかり触れてしまったくらいで、飛び上がらんばかりにびくびくしたり、平謝りしたり。わたしの顔の傷のことも、腫物(はれもの)を扱うかのような様子だったし」

その頃は初菜自身、男嫌いを前面に出してぴりぴりしていた。それはひとまず棚に上げておく。

「男ってさ、女に対して何の気遣いがないやつも腹が立つけど、妙に気にしすぎてるやつにもいらいらさせられるよね」

「かえって助平な感じがしてしまって」

「うん、瑞之助さんは根が助平だと思う。あと、惚れっぽいとも思うわ。初めは桜丸さまだったんだよ。瑞之助さん、ダンホウかぜでぶっ倒れて蛇杖院に運び込まれてさ、桜丸さまにお世話してもらって、ぽーっと見惚れてたんだから」

拝み屋の桜丸は絶世の美貌の持ち主だ。齢十八の男だが、そのわりに小柄で華奢(きゃしゃ)な体つきをしており、目尻にすっと紅を引いた化粧と相まって、若い娘のようにも見える。立ち居振る舞いも声音も麗(うるわ)しいので、初菜も初めは桜丸を女だと勘違いした。

初菜は瑞之助の惚れっぽさをさらに数え上げた。

「おなご相手だけではなく、すぐに男惚れもするでしょう、瑞之助さん。真樹次郎さんにも、まるで忠犬のように懐いていて」

「弟子入りしたばっかりの頃は、もっとくっついて回ってたよ。この本のここがわからないとか、あの薬について教えてくださいとか、隙あらば追いかけてた。真樹次郎さんも慕われるのが嬉しいのか、二人べったりだったわ」

「二人っきりで湯屋にも行って、帰ってきてからも一緒の部屋で夜遅くまで？」

「真樹次郎さんがあんなに人とくっついてるのを見るのは初めてだったから、もしやそういう仲になっちまったんじゃないかって、朝助さんに様子を見に行ってもらったこともあったんだから」

下働き仲間の、人の好い四十男の朝助の名を挙げて、巴はからからと笑った。巴は遠慮がない。さばさばとした話し方に、初菜は好感を覚える。蛇杖院の中で最も長く一緒に過ごしているのが巴だ。それこそ一緒に湯屋に行ったりもするし、打ち明け話もしてきた。

その巴が、はっきりと言うのだ。

「おそよさんが蛇杖院に来てからの半月で、改めて感じるの。瑞之助さんも大人になったんだなって。二十も超えてたくせに、大の男って感じがしなかったたんだ。そういう甘さが、この頃は抜けてきた。いい顔してるんだよね」

「それは、おそよさんをお世話するようになってから、というわけでしょうか？」

「あたしにはそう見えるなあ」

初菜は眉間に皺を寄せた。

「由々(ゆゆ)しきことです」

巴はきょとんと首をかしげた。

「そう？」

「だって、瑞之助さんはまだ見習いとはいえ、医者の端くれですよ。おそよさんの命を預かるべき立場なのに、不埒(ふらち)な想いを抱くだなんて」

「不埒かどうかはわからないけどね。瑞之助さんは助平だけど、まじめだし」

「でも、傍(はた)から見ていて、おそよさんへの接し方がほかとは違うと感じるわけでしょう？　わたしの勘違いというわけではなく、巴さんにもそう見えている」

ふと、行く手から見知った人影が歩いてきた。

蛇杖院の蘭方医、登志蔵である。のんびり歩いているように見えるが、人並み外れた健脚で、進む速さが桁(けた)違いだ。登志蔵はあっという間にこちらへやって来た。

「蛇杖院のきれいどころが二人並んでると、遠くからでもよく目立つぜ。初菜は今日も往診か。ご苦労さん」

よく目立つのは登志蔵のほうだ。生き生きとよく弾む身のこなしのためか、往来でも妙に人目を惹く。

眉が濃くて目が大きい、くっきりとした顔立ちの男前だ。九州肥後の生まれで、武家医者の家柄ゆえ腰に二刀を差している。儒者髷をわざと崩した結い方にするのがだらしないが、初菜がいくら小言をぶつけても聞く耳を持たない。

登志蔵は往診の帰りであるらしかった。初菜の薬箱より薄く小さな木箱を提げている。蘭方の外科手術の道具だ。

「朝早くからどちらまで？」

「日本橋だ。さる大店に呼ばれて、ちょいとな。蛇杖院の医者にかかるのは外聞が悪いが、腕のいい外科医でなけりゃどうにもならないってんで、夜も明けやらぬうちからこっそり、ひと仕事やってきたんだ。口止め料もたんまりせしめたぜ」

登志蔵は懐をぽんと叩いてみせた。

こう見えて律義な登志蔵は、稼いだ金はすべて、蛇杖院の主である玉石に納めている。初菜ももちろん同じようにしている。その代わり、仕事があろうがなかろうが、稼ぎがどれほどであろうが、玉石から月々決まった額の給金が支払われている。

登志蔵はさっと周囲をうかがうと、真顔になって声を落とした。

「このところ、初菜は毎日外に出てるだろ。何かあったのか？」

「旭さんがそろそろ臨月だから、こまめに様子を見に行っているのです。上の子のお産のときにも大変だったようなので、そのときが来たら、数日は宮島家に張りつきになるかもしれません」

「お産ってのは命懸けだよな。万が一、外科手術の技が入り用になったら、すぐ俺を呼べよ。俺も心構えはしておく」

日頃は軽口ばかり叩く登志蔵だが、仕事のこととなると話は別だ。

登志蔵が言う万が一とは、母子の命が危うい場合にほかならない。たとえば、どうしようもない難産で、母の胎を切らねばならない場合だ。

しかし、切開による取り上げの術は、今の世においては、まだどこにもない。切開をおこなえば、母か子、どちらかの命が失われてしまう。それでなくとも、お産の場では、穢れ（けが）が死病を呼び込むことがある。どうすれば、少しでも安全にお産を導けるのか。そういう議論を、初菜は登志蔵と幾度も交わしている。

重々しい気配になったのを打ち消すように、巴が話を変えた。

「ねえ、登志蔵さん。このところ瑞之助さんが変わったように見えない？　おそよさんが蛇杖院に来てから、何となく今までと違うの」

登志蔵は、左右の眉を段違いにして顔をしかめた。

「どういうことだ？」

「おそよさんを前にしたときの瑞之助さんが妙に男前ってこと。格好をつけてるわけじゃないんだけど、ちゃんとしてるんだよね」

「俺がいない間も、あいつはそれなりにちゃんとしていたらしいが」

四月から五月にかけての一月ほど、登志蔵は行方をくらましていた。その間にも蛇杖院に外科の治療を必要とするけが人が担ぎ込まれたが、登志蔵の教えを守った瑞之助が対処して、ことなきを得た。

登志蔵の行方を捜すための探索も、瑞之助がいればこそだった。瑞之助が身を粉にして駆けずり回ったおかげで、登志蔵も蛇杖院に帰ってこられたのだ。

それを考えると、瑞之助が急に変わったのではないとも思える。おそよが来たことは、初菜たちが瑞之助の変化に気づくきっかけに過ぎなかった、というわけだ。

　初菜は言葉を選んで口にした。

「登志蔵さんも、瑞之助さんのことを気に掛けておいてもらえませんか。医者と患者が信頼し合うのは悪いことではないでしょうが、一方で、あまりよくない関わり方というのもあると思うんです」

　登志蔵は、険しいくらいの顔つきになった。

「初菜までそう言うってんなら、よほどのことだな」

「登志蔵さんは気づきませんでしたか」

「まあ、俺は瑞之助とは話すが、おそよさんと接することがほとんどないからな。とはいえ、言われてみりゃあ確かに、あいつは近頃、神経や肉や筋や骨に関するアナトミーの話ばかり聞きたがるよな」

「アナトミーって？」

　巴は首をかしげた。登志蔵は、右手の人差し指を刃物に見立てて、己の体を切り分ける仕草をしてみせた。

「腑分けのことだ。オランダ語でアナトミーっていう。腑分けという和語だと、死体の腹を裂いて五臓六腑の位置を確かめるだけのようだが、アナトミーの本質は臓腑だけじゃなく、体の隅々まで分類しながら調べることにある」

「ふぅん。登志蔵さんの部屋にある、気味の悪い人形がそうだよね。骨だけの人形や肉だけの人形、歯や血脈の模型もあるでしょ」

「つい昨日、そいつらを使って瑞之助に講義をしてやったところだ。瑞之助が医術を学び始めたばかりの頃は、人形を見せびらかされると気味悪がって逃げ出していたんだが。あいつ、今になって、改めて詳しく知りたいと言い出した」

「おそよさんの病について調べたいってことだよね？」

「だろうな」

初菜は眉をひそめた。

「調べてどうするというのでしょう？」

巴も顔を曇らせている。

「よくないらしいね、おそよさんの病。あたしたち女中は、おそよさんの世話をすることになるから、初めに岩慶さんからきちんと聞かされたの。長くても一年って」

登志蔵は頭を掻いて深いため息をついた。

「深入りしていい相手じゃないってか。まあ、瑞之助の様子を見ながら、まずいと判断したら釘を刺すさ」

何となく暗澹とした気持ちになって、初菜と巴は登志蔵と別れた。

が、ほんの数歩で、足を止めた登志蔵が声を上げた。

「そういや、初菜。米沢町の質屋の大黒屋にも往診に行くことがあるだろ?」

初菜は振り向いた。

「はい、明日も行くことになっています。大黒屋の若おかみさんは、わたしが江戸に来て一番にわたしを信じてくれた妊婦でしたから。それが何か」

「いや、ちょうどさっき、妙な噂が書かれた読売を見掛けたんでな。大黒屋に預けた布団を請け出したら、見覚えのない藁人形がついてきたらしい」

初菜は呆れた。

「読売に付き物の、しょうもない噂話でしょう? そんなの、大黒屋さんはいちいち気にしていませんよ」

登志蔵は苦笑した。

「だよな。よくある話だ。気にする必要もない。ちょいと、悪い話を立て続けに聞いたせいで、何か引っ掛かっちまったんだ。まあ、大丈夫だよな」

初菜は嫌な予感がした。初菜自身、引っ掛かりを覚えていることがある。

「悪い話とは？　もしかして、また蛇杖院に悪い噂が立っている件ですか？」

登志蔵が真顔になった。

「初菜も知ってたか。それとも、初菜も俺と同じで、往診先で立ち入りを断られたか？」

巴が登志蔵に詰め寄った。

「断られたって？　登志蔵さん、何かしたの？」

「してねえよ。俺自身のせいじゃねえ。妙な噂が出回りつつある。蛇杖院から怪しい病が広がるとか何とか、根も葉もない怪談みたいなもんなんだが。しかし、おかげで、よほど切羽(せっぱ)詰まった連中を除くと、俺にはしばらく来てほしくないらしい」

初菜は胸を押さえた。

「なるほど。それで、わたしたち、昨日は中之郷(なかのごう)で人に避けられたんですね。わたしと巴さんの姿を見るなり、さっと屋敷に入ってしまった人がいたんです」

人に避けられたり嫌われたり疎(うと)まれたりするのは、今までにもたくさんあった。だが何度味わわされても、慣れるものではない。

巴が初菜の肩を抱いた。

「大丈夫だよ。あたしたちは、噂話になんか負けない。わかってくれる人たち、信じてくれる人たちが、必ず味方してくれるから。元気出そうよ」

初菜はうなずいた。

不意に空が翳(かげ)った。日差しが途切れると、初秋の朝は思いがけず、ひんやりとしていた。

六

「風そよぐ　ならの小川の　夕ぐれは　みそぎぞ夏の　しるしなりける」

おふうが洗濯物を干しながら、ぶつぶつと口ずさんでいた。

「百人一首だね。従二位家隆(じゅにいいえたか)の歌だ。京の上賀茂社(かみがもしゃ)でおこなわれる夏越(なごし)の祓(はらえ)の情景を詠(よ)んだものだったっけ」

瑞之助が声を掛けると、おふうは振り向いて、ちょっとむくれた顔をした。

「なぁんだ。瑞之助さんも百人一首を諳んじてるんだ。あたしも早く覚えなきゃ」

十三のおふうは負けず嫌いだ。同じ年頃の泰造(たいぞう)だけでなく、瑞之助に対しても勝ち気なところを見せたりする。

「今の歌、おそよさんに教わったの?」

「うん。おそよさんの好きな歌はまた別にあるけど、風そよぐの歌は特別なんだって。なぜだか知ってる?」

「いや、知らない」

瑞之助の答えに、おふうは満足そうににんまりした。

「おそよさんの名前、風そよぐの歌にちなんでるんだって。夏越の祓は六月三十日でしょ。おそよさんが生まれたのも、六月三十日なんだってさ。歌にちなんだ名前だなんて、風流だよね」

瑞之助はちょっと目を見張った。

普通、自分が生まれた日付など知らない。齢の数え方は、生まれたときに一つ、年が改まって正月一日になると二つで、以降、新たな正月を迎えるたびに一つずつ増えていく。生まれたのが何月何日であろうが、暦(こよみ)が巡れば、皆が等しく年を重ねていくのだ。

「おそよさんは、やはりお金持ちのお嬢さんだったんだろうな」

「瑞之助さんもお坊ちゃん育ちでしょ。ねえ、位の高いお武家さまは、生まれた日を祝ってもらうって本当?」

「それは、よほど位の高い人の話じゃないかな? 私は自分の生まれた日を知らないよ。確か師走だと母が言っていた気もするけれど」

「ふぅん。でも、西洋では普通の人でも、生まれた日を祝うんだって。玉石さまが言ってた。瑞之助さん、おそよさんの今年のお祝いの日を逃しちゃったね。おそよさんを迎えに行ったのは、七月に入ってからだったもん」

「ああ。おそよさんが蛇杖院に来て、そろそろ一月か」

「近頃、ちょっと顔色がよくなってるよね。このまま体調が落ち着いたらいいのにな」

おふうは口を動かしながら手も動かしていた。瑞之助も手伝ったので、洗濯物はもう、すべて干し終えている。

あっ、と、おふうが急に声を上げ、北棟のほうを指差した。

「そうだ、おとらさんに頼まれてたんだ。瑞之助さんを見つけたら、おそよさんの部屋に来るように言ってほしいって。相談があるんだってさ」

女中のおとらは、三十いくつかの年頃だ。武家の奥方であったらしい満江とともに、蛇杖院に住み込んで働いている。おとらは満江の側仕(そばづか)えだったように見えるが、詳しい事情はわからない。

昼の間、おそよが部屋にいるときには、女衆のうちの誰かが必ず詰めている。おそよを厠に連れていくのは、二人一組になった女衆の仕事だ。

そのほかの場面でおそよを抱えたり、重いものを運んだりするときには、たいてい瑞之助が呼ばれる。また何か入り用が生じたのかもしれない。

「おふうちゃん、知らせてくれてありがとう。行ってくる」

瑞之助は北棟のおそよの部屋へ急いだ。


「これは……簪ですよね？」

確認のために瑞之助は問うた。布に包まれていたものが、もとの形を保っていなかったせいだ。

おそよは小さくうなずいた。

「はい、簪です」

「ガラスでできた簪なんですね」

青く澄んだ、きれいな色をしている。瑞之助には見当もつかないが、おそらく値の張るものだろう。

「かつて江戸に住んでいた頃、父に買ってもらいました。母とお揃いで。多摩に移ったときに、身を飾る品はすべて処分したつもりだったんですけど、この簪だけ荷に紛れ込んでいたようで、ひょっこり出てきたんです」

「不思議な縁を感じさせる道具って、ありますよね。大事にしている道具には魂が宿るともいいますし」

「いちばんのお気に入りでした。多摩では一度も挿さなかったけど、部屋に置いて、ときどき眺めていたんです。でも、だんだん脚が動かなくなってきた頃、転んで簪を踏んでしまって」

「それで、割れてしまったんですか？」

おそよは顎を引いてうなずいた。

「もともと、小さなひびはたくさん入っていたんです。そのひびから割れて、ばらばらになりました。それでも捨てられなくて。こんなに割れた簪なのに。滑稽でしょう？」

「そんなことありませんよ。どうしても捨てられないものは、きっと誰にでもあります」

瑞之助は、布包みを畳の上に置いた。

もとはガラスの平打簪（ひらうち）だったようだ。飾りは透き通るような空色のガラスである。足のほうもガラスでできており、墨色がかった藍（あい）色をしている。

瑞之助は、割れたところの形を見ながら、もとのとおりになるように並べてみた。

おとらが心配そうに瑞之助の手元をのぞき込んでいる。

「直せそう？」

細かな破片はすでに失われてしまっているようだ。平たく丸い空色の飾りは、いくつかの穴が開いた形になっている。足のほうも欠けがある。

「これなら、金継ぎで何とかなるかな。少し時がかかってもいいですか？」

おそよは目を見張った。

「こんなにばらばらになっているのに、直せるんですか？」

「もとの形そのままに戻すことはできません。直すというか、作り替えるというほうが近いかもしれない。それでもよければ」

「かまいません。ちゃんと簪らしい形にくっついてくれるなら。わたし、この簪を壊してしまったこと、心残りだったんです」

瑞之助は、心残りという一言に、何となくぞっとした。まるで、死に支度（じたく）をしているかのような言い回しだ。

　おとらは、おそよの顔をのぞき込んで微笑んだ。

「簪が直ったら、髷を結って挿してみましょうね。わたしにお任せくださいまし。蛇杖院のおなごの髪は、わたしが結っているのですよ」

「でも、わたしの髪は短すぎるでしょう？　お寺で過ごすことになったときに、尼さんのように肩のところで切り揃えてもらったんです」

　今のおそよの髪は、瑞之助よりも短いだろう。垂髪を襟足で一つに括り、くるりと輪にしてまとめてある。

　看病する側にとっては、その髪型は都合がいい。普通の髷を結っていたのでは、寝たり起きたりの動きを手助けする際に、きっとめちゃくちゃにしてしまう。

　おとらは、おそよを励ますように背中をさすった。

「大丈夫。髷はわたしがきれいに結ってあげます。簪は瑞之助さんにお願いしましょうね」

　瑞之助は簪を丁寧に布で包んだ。

「刀鍛冶の菊治さんに相談してみます。菊治さんは、手先を使う技なら何でもできるんですよ。特に、金継ぎや鋳掛けや包丁研ぎのような、道具を直す技が得意なんです。本当に、玄人はだしの腕前なんですから」

瑞之助の愛刀を打った刀鍛冶が、肥後玉名の生まれの菊治という男だ。

菊治は先頃、凶賊に付け狙われて脚を負傷し、蛇杖院で過ごしていた。その折に、欠けた茶碗に穴の開いた鍋、切れ味の鈍った包丁や鎌など、何でも直してくれた。

瑞之助も手先が器用なほうだが、職人として修業を積んできた菊治は別格だ。菊治が研いだ包丁は切れ味が違った。金継ぎで直した茶碗は、初めからそこに黄金色の筋模様があるのが正しいかのような風格をかもしていた。

おそよの目が、じっと瑞之助の手元を見つめていた。

「よろしくお願いしますね。間に合ったらいいな」

何に間に合ってほしいのだろうか。瑞之助にもわかるような気がしたが、その答えを確かめるのは怖かった。

おそよの声は不安げに揺れていた。

第二話　疫病神（やくびょうがみ）の噂（うわさ）

一

九月に入ると、蛇杖院の庭では、柿の実がすっかり色づいた。今年は豊作だ。

昨日、まだ十二で身の軽い泰造が柿の木に上って、せっせと実を採ってきた。

蛇杖院の柿は、そのままでは食べられない。干し柿にして渋みを抜けば、体によいおやつになる。柿の実の皮を剝く仕事には、瑞之助も駆り出された。

よく晴れて暖かい今日は、冬支度である。

蛇杖院の東棟は、がらんとして細長い造りだ。あちこちに敷居がしつらえてあって、そこに襖（ふすま）や障子を立てれば、いくつもの部屋ができる。ここで療養する者が出た場合、一人に一室を与え、病をもたらす穢（けが）れが広がるのを断ち切る仕組みだ。

瑞之助は、東棟で使う布団や襖を蔵から出してきて干した。汚れや傷みの目立つ襖は、紙を剝がして張り替える。

蛇杖院はこのところ、のんびりしている。患者の訪れが極端に減っているのだ。妙な噂(うわさ)が広まっているためらしい。慌ただしく行ったり来たりしているのは、初菜とその用心棒の巴くらいのものだ。

本所三笠町の旭は、八月に女の子を産んだ。産後の肥立ちはまずまずよいらしい。赤子も旭に似て小柄ではあるものの、元気いっぱいだという。

ところで、旭の住む屋敷の近くにも、子を産んだばかりの女がいた。産褥熱(さんじょくねつ)を機にすっかり病みつき、日に日に悪くなる一方だった。産婦を診る女医者がいるという話を聞きつけて、その夫が藁(わら)にもすがる思いで初菜を訪ねてきた。

そんなわけで、初菜はずいぶん忙しそうにしている。本所の武家二軒を行き来しながら、ときには深川佐賀町(さがちょう)にも足を延ばして、乳児とその母の様子を見たり、芸者たちの病や養生にまつわる相談に乗ったりしている。

瑞之助は淡々と襖張りの手を動かしつつ、常にいろいろと抱え込みがちな初菜を思って、つい独り言(ひとりごと)ちた。

「初菜さんこそ、体を壊しそうだ。と言っても、誰かが代わってあげることもできない。女の医者というのは、やはり求められるものなんだな」

正直なところ、初菜には、おそよの体ももっとしっかり診てもらいたい。おそよも、同じ女である初菜になら話せる痛みや苦しみがあるのではないか。

昼餉を挟んで、まだ日が高いうちに、襖の張り替えは終わった。夕刻になれば、風はしっとり湿ってくる。その前に、瑞之助は布団と襖を東棟にしまった。日に当たりっぱなしだったせいで、鼻の頭が少しひりひりする。秋の日差しはもうずいぶん柔らかいのに、この肌はどうにも軟弱で、困ったものだ。

手仕事で凝り固まった肩をぐるぐると回していたら、泰造が瑞之助を呼びに来た。

「おふうが、瑞之助さんを連れてこいってさ。おそよさん、書きたいものがあるんだって。今、いい？」

おそよは力が弱っているが、筆なら握れる。手首もいくらか動く。自力では持ち上げられない腕を誰かが支え、手首の動きを補ってやれば、細い筆で書き物をすることができる。

瑞之助は襷を解き、ざっと襟元を整えた。

「こちらもちょうど手が空いたところだよ。おふうちゃんは、おそよさんの部屋に？」

「今日はほとんどずっと、おそよさんのところだよ。おうたも、おそよさんの部屋の隅っこでいじけてる」

「いじけてる？　なぜ？」

「なぜって、半分くらいは瑞之助さんのせいだぜ。近頃、おうたにかまってやってないだろ」

「かまってあげたくても、おうたちゃんに避けられるんだよ。私が何か気に障ることをしたかな？」

隣を歩きながら、泰造は呆れたように嘆息した。

「ま、瑞之助さんがその様子じゃあ、おうたもいじけるよなあ」

北棟のおそよの部屋は、一足早く火鉢や綿入れの布団を用意してある。

部屋の中は、初めの頃よりも道具が増えた。背もたれと肘置きのある座椅子が、おそよの居場所だ。その手元には、天井から垂らされた紐があって、紐を引くと、部屋の出入り口に吊った風鈴が鳴る。それを聞いたら、誰かがおそよの部屋に駆けつける仕組みだ。

風鈴の仕掛けをしたのも、座椅子をこしらえたのも、瑞之助だ。座椅子のほうは、綿を入れて布を張ったり、背もたれの傾きを変えられるようにしたり、肘置きを頑丈(がんじょう)にしてみたりと、あれこれ手を加えて続けている。

「入りますよ。瑞之助です」

瑞之助は声を掛け、戸を開けた。おそよは微笑(ほほえ)んで会釈(えしゃく)をした。座椅子の高さに合わせた小さな机(つくえ)の上には、紙と筆墨が置かれている。

おふうはちらりと振り向いた。

「瑞之助さん、後はよろしく。あたしじゃ役に立てないから」

何となく、棘(とげ)のある口ぶりだ。

おふうは近頃、顔つきが急に大人びてきた。ふっくら丸かった頬(ほお)が、すっとしてきたせいだろう。もともと目尻が切れ長なのと相まって、つんとした横顔は、もう子供ではない印象だ。

このところ、おふうのこんな不機嫌顔をたびたび見る。くるくると機嫌が変わるのだ。昼餉の後にのぞいたときには、おそよと何か話しては、けらけらと声を立てて笑い転げていたのに。

おそよが瑞之助に説明した。

「おふうちゃんに手伝ってもらって手紙を書いていたんだけど、お互い少し疲れたから、休んでいたところなんです。ね？」

水を向けられると、おふうはかぶりを振った。

「おうたの字のお手本や百人一首なら、あたしでも手伝える。でも、手紙は相手によるんだよ。あたしなんかより、おそよさんのほうが、漢字も言葉もたくさん知ってるんだもの。こんなの、うまくできっこないんだ」

畳の上に、くしゃくしゃに丸められた紙がいくつか落ちている。おふう自身が丸めて放り捨てたのだろう。きれい好きで掃除の得意なおふうにしては、何とも珍しいことだ。

おうたは部屋の隅にいて、瑞之助が端切れで作ってやった人形を、両手に一つずつ持っている。一人遊びをしていたようだ。微笑みかけても、ぷいとそっぽを向かれてしまった。

瑞之助は紙くずを拾って片づけ、おそよの傍(かたわ)らに膝を進めた。おそよは瑞之助を見上げて言った。

「明後日、岩慶さんが多摩に行くそうなので、和尚(おしょう)さまやお由祈ちゃんや友達への手紙を託そうと思って。でも、和尚さまへの手紙の書き出しにちょっと迷っていたところなんです」

「岩慶さんはまた多摩に？」

「薬種の受け取りに行くと言ってました。たぶん、茸。そのまま食べたら毒に中ってしまう茸も、手を加えたら薬になるんだって話しているのを聞いたことがあるんです」

「なるほど。茸の毒はきついそうですから、岩慶さんが自分で確かめて採ってこなければ、やはり危ういんでしょうね」

筆の支度を整えようとしたら、おそよがかすかに身じろぎした。

「手紙を書く前に、体を動かしたいんです。さっきから腰が痛くて」

おふうが唇を嚙んだ。

「あたしもできるのに」

十三のおふうは、子供と大人の境目のような体つきをしている。背はまだ伸びきっていない。だが、うっすらと丸みを帯びてきた体の線は弾むようにしなやかだ。

おふうがほとんど一人前に働けることは、蛇杖院の皆が知っている。おそよももちろんわかっているだろう。それでも、人ひとりを抱えるような力仕事は、まだ華奢なおふうには頼みづらいのだ。

　とはいえ、その遠慮がおふうにとっておもしろくないのも、瑞之助にはよくわかる。

「じゃあ、おふうちゃんも手伝って。机を動かしてもらえるかな？」

　返事もせずに、おふうは瑞之助の指図に従った。

　その間に、瑞之助は座椅子から肘置きを取り外した。おそよに断りを入れ、その体を座椅子から抱え上げて、畳にそっと下ろす。

　体をまっすぐに伸ばしてやると、座椅子の上で丸まっていた腰や背中が引っ張られた格好になり、ひどく痛んだらしい。おそよはじっと目を閉じ、口をつぐんで、呻き声を殺している。

　瑞之助は、座椅子の上に敷いた綿入れの形を整えた。

　ずっと同じ形のまま動かせない腰や、伸ばして投げ出した脚がつらくないよう、座椅子にあちこち工夫を凝らしている。だが、どれほど手を加えてみても、おそよの体から痛みを除いてやることはできない。

　おそよが痛みを正直に言える相手は、瑞之助と巴と岩慶だけだという。他の者が相手のときは、問われたことには答えるものの、自分から「ここが痛い」「そこが痒い」などと口にすることはないらしい。

瑞之助は、おそよの頭のほうへ動いて、上からのぞき込むように声を掛けた。

「首と肩の凝りをほぐしましょうか？」

「お願いします」

おそよの返事を得てから、細い首の下に両の掌を差し入れた。冷えがちな首と肩を押し包むように、やんわりと力を加える。おそよはまだ目を閉じたまま、ほっと息をついた。

瑞之助は、おそよの顔や体から目をそらした。手指の感覚だけで、やわやわと按摩の療治を施す。

まなざしは人に緊張を強いるのだ、と岩慶に教わった。目に頼りすぎず手で技を覚えるように、とも言われている。

おうたが部屋の隅から這ってきて、おそよのそばで膝を抱えた。

「おそよさんは痩せててお尻がぺったんこだから、骨がじかに椅子に当たって痛いんでしょ。巴さんがね、おそよさんはちょっと太ったらいいって言ってた。もっとお尻のお肉がふっくらしたら、椅子も布団も痛くなくなるって」

「言ってたわね。巴さんにはずいぶん心配をかけているの」

おそよが目を開け、苦笑気味に応じた。

一理あるかもしれない、と瑞之助は思った。

おそよを抱えると、背骨や肩胛骨、腰骨の尖ったところや、あばらの浮き出たあたりが瑞之助の体に当たる。抱え方によっては、骨が突き刺さってくるようにも感じられる。本当に肉が薄いのだ。

いきなり、おふうがおうたの頭を叩いた。

「馬鹿！　おうた、恥ずかしいでしょ。男の人がいるところで、お尻とか言うもんじゃないわよ。いやらしい話みたいで、あたし、そういうのは嫌いなの！」

瑞之助は思わず、おそよの肩をほぐす手を止めた。

おうたは、叩かれたところを両手で押さえ、目を真ん丸にしている。おそよも驚いたようで、目をしばたたいた。

泰造が、おふうの腕をつかんだ。おふうはおうたを睨んで、また手を振りかぶっていたのだ。

「やめろよ。おうたに当たるな。おふう、おまえ、近頃ちょっと変だよ」

おふうは一瞬、今にも泣いてしまいそうな顔を見せた。が、すぐにうつむき、泰造の手を振り払って、部屋を飛び出していった。

おうたは、ぱっと立ち上がった。

「姉さん！」

べそをかく一歩手前のような声だ。

泰造はため息をつくと、おうたの手を取った。

「ほら、行くぞ。おふうを追いかけよう」

「やだ。うた、行かない。おふう姉さん、すぐ怒って叩くもん」

「あいつは、おうたのことを怒ってるんじゃないんだよ。いろんなことにいらいらしてるだけだ。それに、おうた、ここにいたいわけじゃないだろ？」

おうたはちらりと瑞之助を振り向くと、泰造の手をぎゅっと握ってうなずいた。

瑞之助は腰を浮かしかけた。

「私も行こうか？」

泰造は瑞之助に苦笑を向けた。

「今は、大人の出る幕じゃないよ。瑞之助さんは鈍いしさ。子供のことは子供に任せといてくれ。それに、おそよさんを一人にできないだろ。瑞之助さんは、おそよさんの体をほぐして、手紙書くのを手伝ってあげて」

泰造はおうたを促して、部屋を出ていった。

瑞之助はため息をついた。

「嫌われてしまったかな。近頃、おうたちゃんとうまく話せなくなったし、おふうちゃんが急に怒り出すのも、理由がわからない」

おそよが、首と肩の按摩を再開した瑞之助を見上げて問うた。

「瑞之助さんは、何も聞かされてないんですか？　おふうちゃんとおうたちゃんのお母さん、病の具合がよくないんですよね？」

「ええ。労咳で、ずいぶん前から」

「近頃はますますよくないみたい。そのことで、おふうちゃん、お母さんと言い争いをしたらしいんです」

「言い争いって、なぜ？」

おそよは目を伏せた。

「看病しなくていいと、お母さんに突き放されたそうです。それでおふうちゃんはすっかり傷ついて、腹を立ててしまって。長屋に帰っても、お母さんのいる部屋じゃなくて、隣近所に泊めてもらっているみたい」

「おふうちゃん、お母さんとそんなことになっていたんですか」

「お母さんはきっと、おふうちゃんやおうたちゃんにお世話されるのがつらいんです。本当はお世話を焼いてあげたい相手なのに、体が動かなくて、思うようにできない。大事にしてあげられない。それがつらくて、その気持ちをうまく伝えられなくて、おふうちゃんと言い争いになったんだと思います」

おそよは眉をひそめ、痛みをこらえるように顔をしかめている。

痛みますか、と瑞之助は一応確かめた。いいえ、と、おそよは答えた。

おそよが言葉を発するたびに、瑞之助の指先に、おそよの喉の震えが伝わってくる。

「おうたちゃんが泰造さんにだけ、おふうちゃんとお母さんの言い争いのことを教えたそうです。わたしは泰造さんから聞きました。おふうちゃんが苛立っているのは、わたしのせいではなくて、お母さんとの喧嘩のせいだからって」

「そうだったんですか」

「泰造さんもいい子ですね。わたし、おふうちゃんに昼餉を食べさせてもらうことが多いでしょ。おうたちゃんもその間、この部屋にいるの。姉妹でいつも一緒にいるのに、二人とも何だかつらそうだなって、ずっと思ってました」

瑞之助は唇を嚙んだ。

「駄目だなあ、私は。子供の病を治せる医者になりたいという志を持っているくせに、いちばん身近なところにいる子供たちのことを、何もわかってあげられずにいたなんて」

「身近なものこそ、かえってよく見えないものじゃないかしら。壊したり、失ったり、形が変わってしまったりして、そこで初めて、ちゃんと気づくんです。大切なものだったってことに」

そこで会話が途絶えた。

おそよは、ふーっと長い息をついた。

瑞之助は黙って按摩を続けた。おそよの首や肩にこうして触れることに、初めはちょっと戸惑っていた。しかし、毎日のように続けていると、さすがに慣れるものだ。

ふと気づけば、おそよは静かに寝息を立てていた。

瑞之助は、おそよの寝顔をそっと盗み見た。まつげが長いのだな、と思った。すぐに目をそらす。いけないことをした心地になって、鼓動が少し速くなった。

おそよは寝つきが悪く、眠りが浅い。人の気配に敏感で、女中たちが言うには、うたた寝もほとんどしないらしい。

しかし、首や肩をほぐしてやると心地よいのだろうか。瑞之助は何度か、おそよが按摩の途中で眠ったところを見ている。

安心しきったようなおそよの寝息に、瑞之助も肩の力が抜ける。それでいて、胸の内側がくすぐったいような気がして、そわそわしたりもする。

しばらくの間、瑞之助は、眠るおそよの首や肩をほぐし続けていた。

だんだんと日暮れが迫ってくる刻限だ。

このままでは、おそよの体が冷えてしまうかもしれない。暗くなる前に、ほどよいところで起こしたほうがいい。

そんなことを考えているうちに、北棟に人がやって来たようだ。廊下を渡ってくる足音がある。

と思うと、真樹次郎の声が戸の向こうから聞こえた。

「瑞之助、ここにいるんだろう? 広木(ひろき)の旦那(だんな)がおそよさんの話を聞きたいそうなんだ。この襖を開けていいか?」

真樹次郎に答える前に、瑞之助は、おそよの肩をそっと揺さぶった。

「おそよさん、起きてください。人が訪ねてきました」

体が自在に動くのであれば、びくりと跳ね起きただろう。おそよは大きく息を呑み、ぱっと目を見開いた。

「わ、わたし、眠ってた……？」

「驚かせてごめんなさい。真樹次郎さんが、定町廻り同心を連れてきたようなんです」

おそよは、また息を呑んだ。声の調子が変わった。

「同心ですって？　八丁堀の？」

「蛇杖院では顔馴染みの、広木宗三郎さんという人です。怖い人ではありませんよ。おそよさん、このままでは具合がよくないでしょう。体を起こしましょうか？」

瑞之助の問いに、おそよは答えない。曖昧に何事かをつぶやいただけだ。様子がおかしいのを感じ、瑞之助はおそよと正面から向き合う位置へ回り込んだ。

「どうしました？」

おそよの怯えた目が、瑞之助をとらえた。手首が、指先が、ぴくりと動いて力がこもった。

すがりつきたいのではないか。

わけもなく、瑞之助はそう直感した。とっさに体が動いた。おそよを抱き寄せるようにして、身を起こしてやったのだ。おそよは瑞之助の肩に頭をもたせかけ、部屋の戸のほうを凝視している。

再び真樹次郎の声がした。

「おい、瑞之助。いるんだろう？　開けていいか？」

「どうぞ」

瑞之助が答えると、滑り(すべ)のよい襖が静かに開いた。真樹次郎と、その後ろに着流し姿の広木が立っている。

真樹次郎は、ぶっきらぼうにも見える態度で広木を振り向き、告げた。

「あんたが会って確かめたいと言った相手が、この人だ。二月(ふたつき)ほど前、多摩からここへ来た」

広木は、引き締まった体軀にすっきりとした顔立ちの二枚目だ。日頃は飄々(ひょうひょう)として冷静なのだが、瑞之助とおそよを見て、ぽかんと口を開けた。

「こいつは……俺が邪魔していい場面だったのか？」

何も知らない広木の目には、瑞之助がおそよをいとおしげに抱きしめているようにしか見えなかったのだろう。襖を開けさせるまでに妙に間があったのも、どういうことかと勘繰りたくなったはずだ。

瑞之助は冷静に応じた。この二月の間に、幾度か同じような誤解をされる場面があった。もうすっかり慣れっこになっている。

「邪魔も何もありません。おそよさんは病のために体がうまく動かないんです。もたれかかるものがあれば、こうして体を起こしていられますから、私はその手助けをしているだけですよ」

広木は、本当なのか、と言わんばかりの目を真樹次郎に向けた。真樹次郎は面倒くさそうに、ほつれて顔にかかっている前髪を掻き上げた。

「奇妙な病にかかった女が蛇杖院にいるという噂は、初めから聞いていたんだろう？　でたらめな尾ひれがついた話ばかりのようだが、真相は目の前にあるとおりだ。手足が萎えて動かなくなっていく病にかかっている。うつる病じゃあない」

広木は懐手をした。

「なるほど。いや、まあ、角が生えているだの、目が顔の真ん中に一つだけだの、そういうでたらめを信じていたわけじゃあないさ。うつりもしねえんだな？」

「ああ。うつらん」

「それなら、ちょいと部屋に入らせてもらうぞ。話を聞きたい。おまえさん、口は利けるんだろう？」

すいすいと隙のない身のこなしで進んできた広木は、おそよと目の高さを揃えるように、膝をついて身を屈めた。

おそよは広木を凝視しながら、何も答えない。

沈黙が落ちた。

おそよの様子がおかしい。なぜ何も言わないのだろうか。遠慮がちなところはあるが、物怖じする人ではないはずだ。礼儀正しいおそよが、広木にあいさつすらしないとは、何事だろう？

瑞之助は、おそよを見下ろした。その顔は血の気が引いて、細かく震える唇まで真っ白だ。

「どうしたんですか、おそよさん？　めまいがしますか？　急に体を起こしたのが、いけませんでしたか？」

慌てて問いかけるが、おそよは瑞之助に応じなかった。広木から目をそらすことなく、浅い息を繰り返すばかりだ。

広木が、はっと気づいた顔をした。身を乗り出し、射るようなまなざしで、おそよを見据える。

「おまえさん、賀田屋の一人娘の、おそよだな。俺の顔を覚えていないかな？　十年前、南町奉行所でずいぶん話をしただろう？　あのときの同心の広木だよ。わからないか？」

おそよの喉が、ひゅっと音を立てた。一度ではない。異様に速く浅い息を、ひゅっひゅっと音を立てながら、おそよは吸い続けている。背筋が強張(こわば)っている。指先が震えだしている。

真樹次郎が部屋に駆け込んできて、「下がれ」と告げて広木を押しのけた。

「息を吐け、おそよさん。ゆっくりとだ。落ち着け。怖がらなくていい。おい、聞こえてるか？　息を吐くんだ。おそよさん、わかるか？」

おそよの指先が畳を引っ掻いた。瑞之助は思わず、その手を握った。冷たい手だ。細かな震えが伝わってくる。

瑞之助はおそよの体を揺さぶり、顔を寄せて目と目を合わせた。おそよのまなざしから広木の姿を除くのが先決だと思われた。

「おそよさん、息を吐いて。大丈夫です。ここは蛇杖院ですよ。危ないことはありません。落ち着いて、ゆっくり息を吐いてください」

瑞之助は、真樹次郎が言ったことを繰り返した。

おそよの身に何が起こっているのか、わけがわからない。おそよは何かの発作を起こしているのだろうか。

瑞之助の肩に真樹次郎の手が触れた。真樹次郎が瑞之助に耳打ちする。

「これは病じゃあない。おそよさんは気が動転しているだけだ。とにかくしっかり息を吐かせろ。まずは瑞之助、おまえが落ち着け」

瑞之助はうなずいた。どうしようもなく不安だ。だが、それがおそよに伝わってはならない。瑞之助は、なるたけ穏やかな声をつくって、おそよに語りかけた。

「大丈夫ですよ、おそよさん。息をゆっくり吐いて。危ないことも怖いこともありませんから」

おそよをなだめるために、しばらく時が必要だった。

瑞之助は赤子をあやすように、おそよの体を優しくぽんぽんと叩いたり、ゆったりと呼びかけたりしてやりながら、待った。

おそよのわななく唇は、やがてだんだんと呼吸を取り戻していった。顔色はなおも真っ白だったが、おそよはか細い声で言った。

「ごめんなさい。もう、大丈夫。覚えてます。思い出しました、広木宗三郎さま。わたし、まだ何か、罪を疑われるようなことがあるんでしょうか……」

瑞之助は広木を振り向いた。

広木は、険しいほどに真剣な顔をしていた。

真樹次郎が立ち上がった。

「十年前の事情とやらを、俺は何も聞いていない。瑞之助もだ。すべて話してもらわんことには落ち着かんな。玉石さんや桜丸を呼んでくる。少し待っていろ」

真樹次郎は去っていった。

広木は息をつくと、眉尻を下げて微笑んだ。

「驚かせたな。すまん。あれはもう終わっちまった出来事だ。今日は別の用件で来た。ただ、十年前の件について、確認だけはしておこうか。何も知らない瑞之助さんたちを、ずいぶん心配させちまったからな」

おそよはまだ蒼白な唇で、はい、とささやいた。

二

　話し合いは、西棟の玉石の部屋で持たれることとなった。

　瑞之助がおそよを抱えて赴くと、玉石と桜丸が茶の支度をして待っていた。

　玉石の部屋はまったくの西洋式だ。背もたれのある長いソファは、おそよが体を預けて腰掛けるのにもちょうどよかった。ふかふかしたクッションで両脇を支えてやると、瑞之助が作った座椅子よりも具合がよさそうだった。

　広木は物珍しそうにきょろきょろしながら、背もたれに赤い天鵞絨（ビロード）が張られた椅子に腰掛けた。おそよの隣には桜丸が座る。玉石は一人掛けのソファに腰を下ろした。瑞之助、真樹次郎、登志蔵、岩慶は、広木のものと揃いの椅子に掛けた。

　玉石は、テーブルを挟んで正面に座る広木を見据えた。

「今、初菜は外に出ている。女中や下男にも話を聞く必要があれば、後で別々に呼ぶことにしよう。広木どの、供回りも連れずに一人で来た理由は？」

　広木は率直に答えた。

「おまえさんたちにとっちゃあ気分の悪い話だろうが、うちの手下たちも、蛇杖院から恐ろしい病が流行(はや)るという噂を怖がっていてな。自分が病にかかるのならまだしも、女房や子供にうつすのが恐ろしいってんで、独り身の俺だけで来たというわけだ。身軽なのは、こういうときに楽でいい」

真樹次郎は不機嫌そうに言った。

「流行り病の噂はそんなに広まっているのか」

「俺の縄張りの深川ではよく耳にする。組屋敷のある八丁堀でもだ。蛇杖院は気味の悪いところだっていう噂が流れるのは、もともとよくあることだろうが、こたびはちょいと毛色が違うようだな。何せ、荒くれ者の捕り方連中まで震え上がるほどだ」

広木は、帯に挟んだ十手(じって)に触れた。

登志蔵が渋い顔をして、がりがりと頭を掻いた。

「流行り病ってのが、根も葉もない噂じゃねえってところがな。コレラ、という病だ。異国船の入港を許している長崎や、朝鮮との交信がある対馬(つしま)経由で長門(ながと)から入ってきて、この二月ほどで日ノ本の西半分に広がっている」

むろん広木もコレラの知らせをつかんでいた。

「上方（かみがた）や九州との取り引きがある商家では、確かな知らせとして、その病の話が入ってきている。人がばたばたと死んじまう、手の施しようもない病だそうだな」

玉石がうなずいた。

「インドで発生し、南洋や唐土（もろこし）、ヨーロッパ、そして日ノ本へと、五年ほどかけて広がりつつある病だ。烏丸屋も長崎の本店と長門の店で、コレラにかかった者が出た。運悪く死んだ者も」

広木が眉をひそめた。

「運悪く、だと？　烏丸屋は大店（おおだな）で、しかも薬種や医書も扱っているんだろう？　そこいらの藪（やぶ）医者より、烏丸屋の小僧のほうが医術に詳しいとさえ聞く。それなのに、コレラには手の打ちようもないってのか？」

「そうだな。病の進みがひどく速いらしい。腹を下して、体じゅうの水分と津液（しんえき）をごっそり奪われる。たちまち体の中が干上がっていって、肌がしおれて皺（しわ）だらけになるんだ。下痢は米の研（と）ぎ汁のように、異様に白い汁になることもあるらしい」

「下痢が、白い汁？」

「広木どの、江戸でそんな下し方をする病者が出たという話はあるか？」

玉石の問いに、広木はかぶりを振った。

「ないな。寒くなってくれば、腹を下して熱を出す病が、特に幼子の間で広がる。長屋の子供らが次々と倒れちまったっていう痛ましい話は、今年もぽちぽち耳に入りつつあるが、米の研ぎ汁のような下痢なんてのは聞いたことがない」

「気に掛けておいてくれ。ただし、口外せずに。もしも本当に江戸にコレラが入ってきたら、真っ先に話題になるのがそれだろう。あとは、下しすぎるせいで皺だらけの顔になる、熱は上がらず、逆に体が冷えてしまう、といったところか」

広木は重ねて言った。

「そういう話は、俺の耳には入っていない。あんたらとの付き合いが増えてから、俺も病の噂に敏感になった。今に蛇杖院からコレラが広がるって噂は、まったくの嘘だと考えていいんだな？」

「むろんだ。むしろ、もしもコレラとおぼしき病の発生を確かめたら、すぐに蛇杖院か烏丸屋に知らせてくれ。ああいった流行り病を確かに封じ込める術を示せるのは、うちの桜丸だけだからな」

桜丸は、黒絹のように艶やかな下ろし髪を、手櫛でくしけずっていた。けぶるようなまつげに縁取られた目は、常人には見えないものを映しているらしい。

おそよがか細い声を発した。

「わたしは、どうすればいいでしょう？　わたしが、おかしな病の源だと思われているのでは？」

広木は、おそよに向き直った。

「そういう噂も確かにある。だが、おそよさんが患っているのは、人にうつらん病なんだろう？」

桜丸と岩慶の声が重なった。

「うつりませぬ。おそよの身からは穢れが発せられていませんから」

「因果のつかめぬ病ではあるが、コレラ騒ぎとは何の関わりもあるまい」

おそよは蒼白な顔をして、かすかに頭を左右に振った。

「因果はあると思うんです。わたし、本当は十年前に死ぬはずだった。わたしだけ生き残るべきではなくて、だから、そのぶんこうして、気味の悪い病に冒されて、じわじわと死んでいこうとしてるんです。きっと前世で大きな罪を犯したんでしょう」

瑞之助と真樹次郎が同時に声を上げた。根拠はないが、「それは違う」と言わねばならないと思った。

　ひときわ大きな声を発したのは、桜丸だった。紅を引いた唇を開き、華やかに笑ってのけたのだ。

「そんなことあるものですか！　前世の罪を背負ったせいで病になる？　そんな因果ひとつでたやすく解き明かせるほど、人が病を発する仕組みは単純なものではありませぬ。馬鹿馬鹿しゅうございます」

「でも」

　おそよは口答えをしようとした。その声を封じるように、桜丸は、おそよのほうへ身を乗り出した。ぴしゃりとした口調で、おそよを叱りつける。

「何度も言わせるんじゃあないよ！　あたしの目には、病をもたらす穢れが映る。病の因果が目に見えるんだ。あんたの病は、どう解き明かせばいいのかわからないけどね。その病は、あんたの体の中だけで始まって終わってんだ。誰とも何のつながりもない。むろん、十年前だの前世だのとのつながりもね！」

　まくし立てるように言って、桜丸は肩で息をした。

　岩慶の低い声が穏やかに続いた。

「仏道を語るべき者が説くことではないやもしれぬが、拙僧も、病の要因を前世の業に求めることには合点がいかぬ。日頃のおこないの善し悪しが病邪を遠ざけたり近づけたりするとも思えぬ。人の四苦である生老病死は、唐突に、わけもなく降りかかってくものだ」

真樹次郎が口を添えた。

「日頃のおこないがまったく病に関わらないとは言えんがな。暴飲暴食を繰り返せば、いずれ脾や肝を痛め、取り返しのつかん病を発することになる。とはいえ、徳を積む者は病を退けられるのか、不徳な罪人は死病を得やすいのかといえば、答えは否だ」

へえ、と登志蔵がおもしろそうに、歌うような声を上げた。

「こうも皆の考えが揃うのも珍しいな。俺も同じ考えだ。日頃のおこないがいいだけで病にかからねえ、けがもしねえってんなら、医者はいらねえよ。前世の業だの因果だの、目に見える証のないものなんぞ、俺は信じちゃいねえしな」

広木は、からりとした様子で笑った。

「あんたらは相変わらず、さばけてるもんだ。いいねえ。目に見える証のあるなしで物事を判断する、か。そのくらい醒めてるほうが、探索にも医術にも向いてるってことだろうな」

玉石がおそよに向かって言った。

「そろそろ、十年前の話というのを聞きたい。どうしても江戸にいられなくなって多摩に移った、という話は、わたしも岩慶も知っているよ。だが、広木どののつながりは知らないのでね」

広木がおそよに問うた。

「俺が話していいか？　黙っているわけにゃいかんだろう？　十年前に、おまえさんの身の上に何が降りかかったのか」

おそよは唇を噛み、目を伏せた。それをうなずきとみなしたようで、広木は話し始めた。

十年前と言えば、文化九年（一八一二）のことだ。

瑞之助は十二で、手習いや剣術稽古、芸事の稽古など、母に言われるがままに朝から晩まで動き回っていた。頭に入れること、身につけるべきことがあまりに多く、同じ年頃の他の子供たちのように走り回って遊ぶ暇もなく、いっぱいいっぱいだった。

おそよはその頃、十五だったはずだ。

広木が淡々と告げた。

「十年前、立て続けに強盗騒ぎが起こっていた。今では疫病神強盗と呼んでいるんだが、その頃は探索にずいぶんと手こずってな。ようやく下手人どもを捕らえることができたのは、おそよさんの実家、賀田屋が襲われた夜のことだった」

賀田屋というのは、当時、日本橋の大伝馬町にあった大店の呉服屋だという。おそよは賀田屋の一人娘だった。

「疫病神強盗は、押し入った店の者を皆殺しにして金目のものを奪っていく連中だった。おそよさんはたまたま難を逃れたんだが、強盗の引き込み役ではないかと疑う声もあった。何にせよ、おそよさんはあのとき、一夜にして親も店も何もかも失ったんだ」

あっ、と瑞之助は声を上げた。皆の注目が集まった。

「多摩からの道中、おそよさんは、八丁堀の旦那に救ってもらったことがあった、という話をしていましたよね。強盗騒ぎの夜のことだったんですね」

おそよは、はいと応じた。

「あの夜、広木さまがわたしを見つけてくださったそうです。引き込み役だと疑われていたときも、庇ってくださった。読売で広まった噂や北町奉行所の訴えが正しいとされていたら、わたしは牢に入れられて、首を刎ねられるところでした」

「北町奉行所、ですか？」

瑞之助は思わず訊き返した。

江戸の治安を担う奉行所は、南町と北町の二つがあり、月替わりで務めに当たっている。通常、一つの捕物に両方の奉行所が絡んでくることはない。

広木が属しているのは南町奉行所のほうだ。なぜ広木の捕物の話に北町奉行所が絡んでくるのだろうか。

苦々しそうに広木は笑った。

「下手人の尻尾がなかなかつかめなかったせいで、両方の奉行所が疫病神強盗を追いかけてたのさ。だんだんと追い詰めてみりゃ、根が一つとわかった。賀田屋での大捕物は、南町と北町、双方の捕り方が入り交じっての大騒ぎだった」

登志蔵が割って入った。

「二つの奉行所の手柄争いは結局、南町奉行所が勝ったそうだがな。広木の旦那、二十そこそこの若造だったあんたが一躍注目を浴びたのは、危険を顧みず、先陣を切って賀田屋に飛び込んで手柄を挙げたからだって話だが」

「調べたのか?」

「俺は、人をまず疑ってかかるもんでな。あんたが蛇杖院に出入りするようになったばかりの頃、聞いて回ったんだ。広木の旦那って人は、びっくりするほど真っ当なんだな。不正をやらかす同心仲間に引導を渡すことさえあるんだって?」

「真っ当に仕事をしているだけで驚かれるってのもおかしな話だがな。振る舞いの汚え役人がそれだけ目立つってことか。いるんだよな、金儲けが何よりの道楽ってぇ野郎が。義理よりも手柄よりも金が好きで、悪党からの賂さえ受け取るような外道だ」

「手柄より金ってのは、下手人をひっ捕らえるより、下手人から賂をもらって見逃すほうが実入りがいいって意味か?」

「まさにそのとおりだ。長年そうやって悪党どもとつるんでいた男がいた。さすがに目に余るんで、先頃、証を挙げて奉行所から追い出したところさ。あの野郎、実は疫病神強盗のときにも一枚嚙んでいやがった。探索を攪乱していたんだ。許しがたい」

広木は吐き捨てるように言った。

真樹次郎が確認した。

「要するに、疫病神強盗は、南町と北町、両方の奉行所が絡んでいたのと、南町奉行所に強盗と通じている同心がいたために、探索が混乱していたんだな？　それでもどうにか下手人に到達し、賀田屋で一網打尽にした？」

おそよが口を開いた。

「一網打尽じゃなかった。うまく逃れた者がいたから。引き込み役が、自分も襲われたと嘘をついたんです。その狂言が、真実だと認められてしまった」

真樹次郎は険悪そうに目を細めた。

「南町奉行所に、強盗と通じた同心がいたせいで？」

「そういうことだな。やつの声は、二十三で駆け出しの俺より、よほど大きかった。賀田屋にその夜いた中で生き残ったのは、階段の下の物置に隠れていたおそよさんと、忘れ物を取りに来たら強盗と出くわしちまったという手代の小卯吉の二人だったんだが」

「その手代が引き込み役だったんだな？　おそよさんはそれを見ていた。だが、奉行所は見逃したわけだ」

「面目ない。小卯吉はその後、江戸から行方をくらました。舞い戻ってきているという話もあるが、確証はない。すまん」

岩慶が口を挟んだ。

「十年前おそよどのは、強盗の引き込み役かもしれぬと読売に書かれ、江戸にいられなくなった。広木どのが多摩に住む遠縁にわたりをつけてやり、そこまで送り届けもしたと、日野宿の名主から聞いておる。気落ちしておったおそよどのを、一所懸命に励ましておったと」

広木は顔をしかめたが、照れ隠しをしただけのようだった。

「ほかにどうしようもなかったんだ。おそよさんにとっては生き地獄かもしれんとは思ったが、やっぱり生きててほしかったからな」

おそよはぽつりと言った。

「生き地獄だったかもしれません。働いて皆の役に立てば生きていることを許される、と気づくまでは。働き者と呼ばれるようになってからは、それなりに楽しく暮らしてきました。でも、今はこんな体で……」

瑞之助は胸が痛んだ。

ただ生きていてくれるだけでよい、と、かつて広木はおそよに願った。瑞之助も今、同じことを思っている。

だが、おそよ自身はきっとそれをまっすぐに受け止められずにいる。重荷にすら感じているのかもしれない。

ため息がいくつか重なるだけの沈黙を、やがて玉石が破った。

「広木どの、疫病神強盗という名の由来を聞きたい。強盗騒ぎが起こった年には、特にこれといった疫病が流行った覚えがないんだが」

「疫病神強盗という通り名は、下手人どもが疫病神のお面をつけていたのにちなんでいる。一ツ目で角の生えた、気味の悪いお面だった。読売なんかで派手に書き立てられたもんだが、見なかったか？」

「十年前は、わたしもいろいろあって気落ちしていた頃だ。親しかった人を亡くしてね。登志蔵と岩慶はまだ江戸に来ていなかったはずだな。瑞之助は麴町住まいの旗本の子で、日本橋を騒がせた強盗の話など耳にも入らなかっただろう」

真樹次郎が鼻を鳴らして付け加えた。

「俺は十七だった。読んだ書物、打ち破った論敵、したためた文については逐一覚えているが、読売なんぞ目に留めたこともなかったな」

桜丸は小首をかしげた。

「わたくしは八つでしたが、覚えておりますよ。すでに拝み屋と呼ばれていましたから、強盗どもが用いたという面そのものも目にしました。あれには何の力もございませんでした。真に病をもたらす穢れとは無縁の、何の力もない代物。こけおどしですよ」

瑞之助は、ふと気になって広木に問うた。

「疫病神強盗という通り名はお面にちなんでいる、と言いましたよね？　一ツ目で角が生えたお面が、疫病神のお面なんでしょうか？」

広木は瑞之助にうなずいてみせると、一同を順繰りに見やった。

「やはりそこに引っ掛かったよな。疫病神というものが世間でどういうふうに言い伝えられ、絵に描かれているか、もちろん皆はよくわかってるだろう？」

まず真樹次郎が答えた。

「姿の見えない来訪者、といった扱いが多いな。古くは物の怪や怨霊が病をもたらすものと考えられていたから、人の目に見えないそれらを祓うために、祈ったり経を上げたりしていたわけだ。絵に描かれた疫病神としては、醜い老人や老婆の姿で人家を訪ね歩く図はあるが」

瑞之助は付け加えた。

「絵であれば、疫病神を退けるための武者絵のほうが広まっているでしょう。一千三百年近く前に唐の皇帝、玄宗の瘧の病を祓ったとされる鍾馗の絵や、疱瘡除けには源為朝の絵も広く使われていますよね。伝説によると、為朝は八丈島を疱瘡から守ったといいますから」

「疱瘡除けなら、赤い色がいいともされるだろう。幼子の腹掛けや玩具に赤い色を使うことも多い」

　真樹次郎がさらに言葉を添えたが、そのあたりで止めた。疱瘡除け云々は、広木の問いに対する直接の答えではない。

　岩慶が、思い出すそぶりでこめかみをつつきながら口を開いた。

「疱瘡をもたらす疫病神といえば、相模国や武蔵国、安房国などでは、ミカリ婆という一ツ目の老婆や一ツ目小僧の姿をしておるという言い伝えがある。瑞之助どのが言った源為朝の疱瘡絵では、退けられる疱瘡の化身として小鬼が描かれたものもあるな。登志蔵どのはどうだ？」

　旅慣れた岩慶は、ミカリ婆や一ツ目小僧の言い伝えをじかに聞いたことがあるのだろう。登志蔵に水を向けたのは、故郷である九州のほうではどうなのか、ということだ。

　登志蔵は腕組みをして唸った。

「これと言って特別な話はねえなあ。でも、疫病神の姿を模したお面を作れとお題を出されても、一ツ目の鬼のお面にはならねえだろ」

「拙僧も同じように感じておる。玉石どのはいかがか？」

玉石もまた九州の生まれで、故郷は長崎だ。珍書の蒐集家で博識な玉石だが、やはり、かぶりを振った。

「一ツ目の鬼の姿をした疫病神とは、聞いたことがないな」

瑞之助も真樹次郎も桜丸も、知らない、わからないと応じた。

広木は勢いづいた様子で前のめりになった。

「そうだよな。あれを疫病神のお面だと断じたのは、小卯吉だけだった。なぜだ？　小卯吉自身があのお面に関わっているからに違いない。あいつは黒なんだよ。俺は当時からそう主張していた」

「だが、広木どのの声は揉み消された」

玉石が合の手を入れた。うなずいた広木は、長々と息を吐き、いくぶん低い声で続けた。

「小卯吉の証言がもとになって、一連の強盗騒ぎは疫病神強盗、あのお面は疫病神のお面と呼ばれるようになった。そうだったと俺は記憶している。だが、記録は残ってねえ。捨てられたんだ。疫病神強盗に関する探索は、一事が万事そんなふうで、わからずじまいのことだらけだ」

瑞之助は、おそよを見やった。おそよは、青ざめた唇を薄く開いて、浅い息を繰り返している。体に負担がかかっているのかもしれない。

一瞬迷った。

だが、瑞之助は立ち上がった。

「おそよさん、顔色がよくありませんよ。少し休みましょう」

広木も座を立った。

「確かに、頃合いだな。長話になっちまって、すまなかった。だが、流行り病の件も疫病神強盗の件も、皆の話を聞けてよかったよ。恩に着るぜ。またちょくちょく顔を出すことにするんで、何かあれば知らせてくれ」

ほっと空気が緩んだ。

おそよだけは、硬い気配をまとったままだった。

三

深川佐賀町の路地裏に、ほんの小さな稲荷(いなり)がある。この先は行き止まりかと思われるような道を進むと、急にぽかりと開けて、色づいた紅葉とおもちゃのような社に出迎えられるのだ。

初菜は待ち人が訪れると、息をついて笑みを浮かべた。

「こんにちは。お変わりありませんか？」

待ち人とは、目深にかぶった頭巾で顔を隠した二人の女である。この近くの小間物屋、織姫屋のおかみと若おかみだ。姑と嫁の間柄だが、初菜がついうらやんでしまうほど、二人は互いを思いやっている。

若おかみのおつねは、三月ほど前に赤子を産んだ。初菜がお産に立ち会った。産褥という難しい時期にも頻繁に見舞って、必要な折には薬を処方したり、食べ合わせの助言をしたりしてきた。

おつねは初菜の手を取り、目を潤ませた。

「ごめんなさい、こんなところにお呼び立てしてしまって。初菜先生のお顔がどうしても見たかったんです。初菜先生、まさか今日はお一人なんですか？　用心棒は？」

「今日は巴さんや男の人たちの都合がつかなくて。でも、大丈夫ですよ。用が済んだら、まっすぐに帰りますから」

「本当ですね？　初菜先生、危ないことはしないでくださいね」

「もちろんです」

「噂や迷信って本当に恐ろしいですよね。どこにも拠りどころがないのに、蛇杖院の悪い噂を本気で信じ込む人ばっかりなんです。お客さんや店の者も、あの噂に怯えてしまって……」

初菜は、おつねの目をのぞき込んで微笑んだ。

「わかっていますよ。おつねさんが気に病むことじゃありませんから、そんな顔をしないで。もう外に出て歩くのも平気ですか？」

「はい」

「お乳の出も大丈夫ですか？　痛みはありませんね？」

「はい、大丈夫です。初菜先生に教えてもらったとおり、迷信なんかに惑わされずにいろんなものを食べて、体を休めて温めて、ちゃんとやってます。赤子にお乳を与えるのは、同じだけの血を流し続けるようなもんだと心得て、気をつけてますから」

おつねは、ぐすぐすと洟をすすった。妊娠中に子を流しかけ、おつね自身も倒れてぐったりしてしまったことがあった。母子の命を救ったのは初菜である。以来、おつねも姑であるおかみも、初菜を信頼しきっている。

おかみは頭巾を取り、いまいましそうに言った。

「あんな噂に踊らされて肩身の狭い思いをしなけりゃならないなんて、悔しいったらないわ。人の噂も七十五日と申します。あの不気味な噂も、じきに収まるでしょう。さっさとその日が来りゃあいいのに」

おかみが言う不気味な噂とは、蛇杖院が流行り病の源になるというものだ。その流行り病のせいで、いずれ江戸も死者であふれるだろう、というのである。

秋の半ば頃から妙な真実味を帯びてきた噂は、一月ばかり経った今、もはやどうしようもないほどに広まっている。

三日前には、南町奉行所の定町廻り同心、広木宗三郎がみずから蛇杖院を訪れ、ことの真相を確かめに来たという。そのとき初菜は往診に出ていたので、夜になってから話を聞いた。

玉石が長崎から得た知らせによると、九州や長門のコレラ流行はもう下火だそうだ。大坂や京でも落ち着くきざしが見られるらしい。このまま流行が鎮まれば、蛇杖院を取り巻くコレラの噂も立ち消えになるに違いない。

問題は、おそよが患う奇病についても嫌な噂が広まっていることだ。

あの病は人から人へうつるものではない。だが、理に則った医術を知らぬ者には、懇切丁寧に説いて聞かせても、きっとわかってもらえない。広まり続ける噂に歯止めをかける手立ては、初菜にはどうにも思いつかなかった。

この頃は日本橋の米沢町にある大黒屋へも行けずにいる。往診に出向くと約束していたのに、二度も立て続けに、都合がつかないからと断られた。このまま縁が切れてしまうのだろうか。

初菜はため息をついた。

「すべての人に真実を示して回ることはできません。わたしにできるのは、頼ってくださる人に、持てる限りの医術でもって、しっかりと向き合うことだけ。求めてもらえるのならば、精いっぱいのことをしたいと思います」

おかみは、初菜とおつねをひとまとめに抱きしめた。

「初菜先生もどうぞ気をつけて。おつねと赤子のことは任せてくださいな。おかしなまじないに惑って危うい目に遭わせるなんてこと、金輪際、いたしませんからね」

「はい。もしも不安なことが起こったり、入り用のお薬が出てきたりしたら、使いの人を寄越してください。わたし、うまくやりますから。顔を隠して、産婆だと名乗って、駕籠を使って駆けつけます」

おかみは初菜の手に小さな布包みを押しつけた。初菜が目を丸くすると、おかみはにんまり笑った。

「お金じゃありませんよ。心づけを渡したくても、初菜先生は薬代しか受け取らないんだから。これはね、あるお人からの頼まれものです。初菜先生に似合いそうな簪を見繕ってほしいってね」

「えっ、簪ですか？　あるお人って？」

おかみはうなずくと、眉間に皺を刻んで低い声を作り、誰かの真似をしてみせた。

「そのお人が『威勢がいいのは結構だが、相変わらず無茶ばかりしやがって』と、おっしゃっておいでだったんでね、お守りや魔除けになりそうな意匠を選んでみましたよ。使ってくださいね」

「ありがとうございます。あの、何と言ったらいいか……嬉しいです。大事にします。そのかたにもよろしくお伝えください」

簪の贈り主が誰なのか、おかみは教えてくれる様子はないし、初菜にもよくわからない。こそこそせざるをえない織姫屋の嫁姑と同じように、その人にも立場があって、表立っては蛇杖院の加勢ができないのかもしれない。

それでも、案じてくれる人がいると知らされ、初菜は心強く感じた。

おかみは温かい手を初菜の肩に乗せた。

「今はこのくらいしかできないし、さっと帰らなけりゃ店の者が追いかけてきちまうんで、おいとまします。でも、忘れないでくださいまし。深川佐賀町の織姫屋は、初菜先生の味方ですからね」

おかみは頭巾をかぶり直すと、おつねの体を支えるようにして、路地を去っていった。

初菜は二人の後ろ姿が見えなくなってから、布包みを解いてみた。

「南天の枝だわ」

銀細工の簪だった。細かな彫り物によって枝と葉がかたどられている。南天の実には、珊瑚の小さな粒が埋め込んであった。

南天は「難を転ずる」の語呂合わせで、縁起物とされる。

簪の意匠は、控えめな中にもかわいらしさがあって、初菜の心をくすぐった。凝っているのに大仰でないところもいい。

手鏡でも持っていれば、すぐにも髪に挿せるのに、と残念に思った。

初菜は愛らしい簪を布に包み、懐にそっと差し入れて、路地を歩き出した。表の通りに出ると、急ぎ足で北へ向かう。

深川佐賀町の南北を貫く通りは、西側に蔵が、東側に表店の商家が並んでいる。蔵の並びの向こう側は大川だ。江戸では、川や堀が水の道として重要な役割を果たしている。縦横に多くの水路が走る深川は、蔵の町として拓けてきたという。

初菜が江戸に出てきたのは今年に入ってからだ。初めはどこがどこやらわからずに迷ってばかりだった。近頃ようやく、蛇杖院のある小梅村をはじめ、大川の東岸にあたる本所や深川はそれなりに歩けるようになってきた。

深川は、昼も夜も人通りが絶えない。寺社の多いところでもあって、門前には精進落としの料理茶屋が並んでいる。芸者を呼んでの宴が華やかに繰り広げられるらしい。

突然、初菜の腕に何かが当たった。

「何かしら」

白っぽいものが、ころころと地に転がった。

初菜はそれを拾った。ただの紙くずかと思ったが、開いてみると、小石が中に入っていた。重しにするためのものだろう。

誰かがその紙礫を初菜めがけて投げつけたのだ。紙にはただ一言、「やくびやうがみ」と殴り書きされている。

「疫病神……？」

初菜は顔を上げ、周囲を見回した。

人波は通り過ぎていく。だが、どこからか、ちらちらと見られているようにも感じられる。往来で立ち止まっている初菜を、邪魔だと言わんばかりの冷たい目で睨んでいく者もいる。

こつんと背中に何かが当たった。

初菜は振り返った。勘が働いて、すぐさま足下に目を向けた。

また、丸められた紙が落ちている。中に書かれているのは「やくびやうがみ」だろうか。それとも、別の言葉で罵ってあるのだろうか。

どこからか、忍び笑いが聞こえてくる気がした。あちこちから悪意のまなざしを突き立てられているようで、居心地が悪い。背筋に寒気が走って、初菜は思わず体を縮めた。

薬箱がずしりと重い。

鼻筋から左の頬にかけて、ありもしない痛みを錯覚する。そこに傷痕が走っているのだ。日頃は初菜もまわりの者も気に掛けない程度の、ごくうっすらとした傷痕が。

初菜は唇を引き結んだ。負けてなるものか。悪いことも間違ったこともしていないのだから、虐（しいた）げられることに甘んじてなどいられない。

だが、初菜の意に反して、鼻の奥がつんと熱くなった。涙がこみ上げかけている。

いけない。このままここにいては、情けないところを衆目（しゅうもく）にさらしてしまう。誰にも涙など見せたくないのに。

初菜は顔を伏せた。背中にぶつけられた紙包みが目に留まった。つい、それを拾ってしまう。見たいわけではない。だが、初菜の手はのろのろと動いた。包まれていた小石が落ちる。

さっきのものと同じだ。荒々しい筆跡による「やくびやうがみ」の一言。

「おい」

不機嫌そうな男の声が、すぐそばから聞こえた。

うつむいた初菜の視界に黒巻羽織が映った。羽織の下は、墨色の濃淡から成る格子縞の着流し姿だ。帯には十手を手挟み、二刀を閂差しにしている。

初菜は男の顔を見上げた。まなじりが切れ上がった三白眼、いかにも鋭そうな印象の顔立ちに、無駄なく引き締まった体つき。右手は懐手にしている。

北町奉行所に属する定町廻り同心、大沢振十郎である。

大沢はいきなり、初菜の手から「やくびやうがみ」の紙を二枚とも奪った。ちらりと紙を見やり、鼻を鳴らす。

「何なんだ、こいつは？」

「知りません。今しがた、突然ぶつけられました」

「それは見ていた。こんなことをされる心当たりがあるんじゃねえのか？」

「ありません。疫病神……疫病を広める物の怪などと、なぜわたしが言われなければならないんです？」

初菜は大沢をまっすぐに見据えて言った。いや、睨みつけてしまったかもしれない。今にもこぼれ落ちそうになっていた涙を抑えるために、初菜は目に力を込めた。

人波はすっかり流れを変えている。大沢の言動を遠巻きに見物しているのだ。

深川界隈で大沢は有名だ。齢三十の男盛りで、好みは分かれそうだが、整った姿かたちをしている。不愛想で手厳しく、悪党を追い詰めるときには一切容赦をしない。

取り巻きをぞろぞろ引き連れるのは嫌いらしい。初菜が今まで幾度か会ったときは、いつも身軽な一人歩きだった。

大沢は「やくびやうがみ」の紙を袂(たもと)に落とし込んだ。

「まったく、俺の目の届くところで、くだらねえ騒ぎばかり起こしやがって」

初菜はむっとした。

「好きで騒ぎを起こしているわけではありません。おかしな言いがかりをつけないでください」

「相変わらず威勢がいいのは結構だがな。おまえ、本当に、行く先々で面倒に出くわすよな。感心するぜ。俺の手間をいちいち増やすんじゃねえってんだ」

「わたしだって、何事もありませんようにと、いつも念じています。根も葉もない噂を広められて困っているのはこちらなんですから。こたびだって、わたしはただ道を歩いていただけで、誰にも迷惑など、掛けていないはずで……」

駄目だ。悔しくて腹が立って、涙が出てしまいそうだ。

大沢は聞こえよがしのため息をつくと、吐き捨てるように言った。

「根も葉もない噂なら堂々としてりゃいいだろうが。情けねえ。行くぞ。さっさと歩け。小梅村までいいんだな」

「……どういう意味です？」

大沢は声を大きくした。

「御用の筋だ。疫病神強盗の生き残りが蛇杖院にいるんだってな。あの件に似た手口の強盗が近頃、上野や浅草の寺で起こっている。おまえ、知っていることを話せ。手掛かりはすべて、しらみつぶしに当たる。それが俺のやり方だ」

「疫病神強盗に似た手口の強盗？　十年前の出来事については、広木さまからうかがったという話を、わたしも蛇杖院の皆から聞いていますが……」

しまいまで言わせてもらえなかった。大沢の左手がひょいと伸びてきて、初菜の薬箱を奪おうとしたのだ。

大事な薬箱を手放すわけにいかない。初菜は薬箱ごと引っ張られる格好になった。同じ取っ手をつかんだ二人の手が触れ合ってしまう。

大沢の手が思いがけず温かくて驚いた。

「な、何です？」

「歩きながら話せ。女の足は遅えんだよ。薬箱、俺が持ってやる。重いんだろうが」

初菜は慌ててかぶりを振り、薬箱を体で庇った。

「いえ、結構です。自分で持ちますから」

「そんならそれでもいいが、とにかく歩け。ここで突っ立っていなくても話せるだろ。小梅村まで一里（約三・九キロメートル）余りもある。話をするにゃ十分な道のりだ。行くぞ」

大沢は初菜の返事を聞かずに歩き出した。が、肩で風を切るようないつもの足取りではない。大沢の後ろ姿はずいぶんゆっくりと進んでいく。

女の足は遅い、と大沢は言った。つまり、その緩やかな歩みは、初菜が追いかけてくるのを待つためだと考えてよさそうだ。

初菜はぽかんとしてしまった。

大沢が歩いていくと、人の流れが左右に割れる。大沢と一緒に歩くなら、さすがに誰ひとりとして、初菜に向けて「やくびやうがみ」の紙を放ることなどできないだろう。

もしかして、庇ってくれているのだろうか。それとも、町奉行所の同心としての務めを全うするためならば、世間の好悪など意にも介さずに振る舞えるということだろうか。

後者のような気がする。だが、初菜にとってはどちらでもよい。大沢のぶっきらぼうな「行くぞ」を聞いた途端、心細さが吹き飛んでいた。

初菜は急いで大沢のところまで追いついた。

「十年前の疫病神強盗の折は、大沢さまも捕物に加わっておられたのですか？」

大沢はちらりと初菜を見た。

「一応な。だが、二十の若造で、見習いの身に過ぎなかった。何もできなかったに等しい」

「北町と南町、二つの奉行所が両方とも出張ってでばの捕物になったのでしょう？調べや裁きさばきにおいても利害の対立があったとか」

「南町奉行所の連中の物言いが通った。おかげで、裁くべき罪人を見逃しちまったと、俺は思っている。北町奉行所でこの件を追っていたのは俺の親父だったが、南町の連中に負けて面目めんぼくを失った。しばらくは奉行所内でも風当たりが強かったな」

「まあ。大沢さまのお父さまが、疫病神強盗を追っておられたのですか？」

「初耳かよ。あいつからそのへんのことは聞かされてねえのか？」

「あいつ？」

「宗三郎だ」

名前を言われても、すぐにはぴんとこなかった。

「あ、広木さまのことですね？」

初菜が確かめると、大沢はうなずいた。

「そうだ。あいつ、広木宗三郎ってんだが」

「大沢さまとは、名を呼び合うような親しい間柄なんですか？」

「屋敷が隣だ。昔は手習いでも剣術稽古でも、嫌と言うほど顔を合わせて、よく喧嘩もしたもんだが、今ではすれ違うこともねえな」

「そうでしたか。大沢さまと広木さま、幼馴染みだったのですね。一緒にいらっしゃるところを見たことがないので、何だか意外に感じます。でも、仲のよいお友達がいるのは素敵なことだと思います」

大沢は不機嫌そうに顔をしかめた。

「それで、疫病神強盗の件の続きだ。あいつは俺や親父の名を出さなかったんだな」

「いいえ、おそらく一言も。南町奉行所の同心の一人が下手人と通じており、そのために調べや裁きが歪められてしまった、という話だったようです。不正をしていた同心は、つい先日、広木さまが奉行所から追い払ってしまわれたとか」

「その話は、俺も人づてに聞いた。懐の深い宗三郎に追い落とされるとは、ずいぶん手抜かりがあったんだろうな。賂を受け取るにも相手を選べってことだ」

「奉行所のお役人さまへの贈り物は、賂というより、付け届けと呼ぶべきでしょう？　やましいものではない、必要なものなのだと、玉石さんもおっしゃっていましたが」

玉石が大沢や広木に付け届けを贈るところも、初菜は見たことがある。世間での評判がよくない蛇杖院は、二つの奉行所の切れ者たちとよろしくやっていくことで、身を守っているのだ。

大沢は、帯に挟んだ十手の房をつまんだ。

「町人地の罪を扱う奉行所の同心は、不浄役人と呼ばれる。お城勤めの連中と比べると、身分も低けりゃ禄も安い。そのぶん町人からの付け届けを得て暮らしの足しにするし、着流し姿で町に溶け込んで、武士らしからぬ知恵を働かせる。そういう仕事だ」

「はい」

「ところが、本末転倒しちまう馬鹿も、奉行所に案外いるもんだ。付け届けで身代を肥やすことに楽しみを覚えるようになったら、おしまいさ。誰かれなく金を受け取るうちに、罠にかけられる。そうやって失脚したやつを幾人も見てきた」

大沢は初菜に鋭いまなざしを突き立てた。三白眼が底光りしている。

「俺はしくじらねえ。金になんぞ執着しねえし、誰が相手だろうが容赦もしねえ。罪人がいりゃあ、叩きのめして、ひっ捕らえる」

「頼もしいことですね」

「十年前の疫病神強盗の裁き、俺は納得していねえんだ。無罪として見逃された者は、賀田屋の一人娘と、強盗に腕を切りつけられた手代だったな。一人娘の消息は奉行所にも届けられていたが、手代のほうはあの後どうなったのか」

「件の一人娘というのが、蛇杖院で療養しているおそよさんです。ですが、改めてお裁きの場に出ることは、おそらくできませんよ」

「病人なんだってな。蛇杖院から奇妙な病が広まるって噂を裏づけちまうような、どうしようもない病だと聞いたが」

「あの病は人にうつるものではありません。誤解のなきよう」

「そんなら、話を聞けるな」

初菜は思わず声を強めた。

「お言葉ですが、大沢さま、重い病を患っている人が相手なのですから、決して怖がらせないでくださいね。広木さまがいらっしゃったときでさえ、おそよさんは恐怖のあまり息ができなくなって大変だったと聞いています」

「広木でさえって、あのなあ」

「ましてや大沢さまは、という意味です。大沢さまのほうが怖いお人に見えますから」

大沢は呆れたようにため息をついた。

「おまえ、よくも俺に向かってそんな言い方ができるものだな」

「医者として当然の務めです」

初菜は胸元に手を当てた。と、その弾(はず)みで、懐に差し入れていた布包みがこぼ落ちた。もらったばかりの簪である。初菜は慌てて布包みを拾い、簪が無事であることを確かめた。

大沢は、数歩先からわざわざ戻ってきて、初菜の手元をのぞき込んだ。

「織姫屋の簪か」

「はい。先ほど、おかみさんにいただいたんですよ。あるお人から預(あず)かったものだそうです。そのかた、わたしが災難続きなのを心配してくださっているんですって。だから、難を転ずる南天の枝を模した簪を、おかみさんが選んでくださったんです」

「へえ。南天ねえ」

「かわいらしいですよね」

「そうか。それ、使うのか？」

「はい。本当はすぐにも挿してみたいくらいです。でも、手鏡を持っていないし、人に頼むこともできなくて。大沢さまにお願いするわけにもいきませんよね？」

初菜は一応、尋ねてみた。断られると踏んでのことだ。任せておけなどと応じられたら、どうしていいかわからなくなる。男嫌いなところがある初菜にとって、大沢は信頼できる数少ない男のうちの一人だが、さほど親しいわけでもない。

案の定、大沢は目を見開いて「馬鹿か」と吐き捨てた。

「簪の挿し方なんぞ、俺が知るわけねえだろうが。くだらねえことを言ってないで、さっさと行くぞ。話もまだ途中だ」

大沢はぷいと背を向け、歩き出した。顔は怒っているらしく見えたが、足取りは変わらず、初菜の歩みに合わせるかのように、ゆっくりしたものだった。

四

にきび面の若い男は舌打ちをした。

「大沢の野郎、いちいち出張ってきやがって。憂さ晴らしもさせてもらえねえってか。まじめすぎんだよ、あの旦那は。悪人みてえな顔してるくせによぉ」

男は、手にしていたものを地に投げつけた。あの女医者にぶつけようとしていた、小石を芯にした紙礫だ。

物陰にひそむ悪友たちは、へらへらと笑っていた。

小卯吉は、男が投げたものを拾った。紙を広げると、殴り書きの字が現れた。

「やくびやうがみ……疫病神、ですかい。さっきの姉さんが何かやらかしたんで？」

わけなど一つも知らぬふりをして、小卯吉は首をかしげてみせた。もとより小柄な身をさらに低くし、へりくだった格好をする。

にきび面の男を筆頭とする連中は、小卯吉よりも十ほども年下だろう。十七、八といったところだ。身なりを見るに、羽振りのいい家柄の放蕩息子どもであるらしい。

要するに、阿呆な餓鬼の集まりだ。こんな連中にぺこぺこするのは癪だが、ここは侮られておくほうが、話がすんなりといくだろう。

目尻の垂れた小卯吉の顔立ちは、笑い皺を作りっぱなしにしておくと、妙に人が好さそうに見える。おかげで相手の隙を引き出しやすい。

男はにきびだらけの顔をしかめた。

「疫病神の噂、知らねえのかよ？　あんた、鋳掛屋だろ。客先を渡り歩くうちに噂に詳しくなるもんじゃねえのか？」

「鋳掛屋と言っても、話がうまい者もいれば、手前みたいに気が利かねえ者もおりますんで。疫病神の噂とは、一体何のことなんです？」

「小梅村の蛇杖院ってぇ診療所が嫌な流行り病を広めようとしてるって話だ」

「ええっ、そんな気味の悪い話があるんですかい？　よくご存じでさぁね」

「読売屋どもがこぞって書き立ててるじゃねえか。あの噂を知らねえとは、間の抜けた野郎もいたもんだ。てめえ、もぐりだな？　深川も初めてなら、鋳掛屋も格好だけってところか。ふん、女のひもでもやってそうな顔しやがって」

「滅相(めっそう)もない！　手前なんぞ、大事に養ってもらえるような、うまみのある男じゃありませんや。女房の尻に敷かれてばかりですよ。手前も間が抜けているなりに稼いで帰らねえと、家に入れてもらえやせん」

小卯吉はぶんぶんと顔の前で手を振って、いかにも気弱な亭主を装(よそお)った。

胸中では、人を見る目のない阿呆な餓鬼を嘲(あざけ)っている。小卯吉は鋳掛屋としても腕利きで、女房と子供を養うくらいの稼ぎは十分にある。

上目遣いをした小卯吉は、にきび面の男に問うた。

「そういやあ、さっきここを通ってった八丁堀の旦那、何ともおっかない感じの人でしたねえ。目つきが鋭くって、抜け目がなさそうで。何て名前ですって？」

にきび面の男は吐き捨てるように言った。

「大沢振十郎。深川を縄張りにしていやがる北町奉行所の定町廻り同心だ。あいつに手出しするのはやめておけ」

「手出しなんてするもんですかい、おっかない。あたしは兄さんがたみたいに勇み肌じゃありやせんからね。あのお人は大沢さまってんですね。せいぜい気をつけておきますよ」

にきび面は鼻を鳴らした。ほかの連中も舌打ちをしたり、呻くように何事かをつぶやいたりと、たちまちのうちに気配が濁った。

一人だけ、けらけらと明るく笑ってのけた者がいた。向こう傷のある顔は、まだ十五、六だろう。前髪を落としてからさほど経っていないとおぼしき少年だ。

「おじさん、教えてあげるよ。ここに雁首揃えてるやつらはね、大沢の野郎に絡みに行って、返り討ちに遭ったんだ。縄張りで余計なことをしやがったら誰であろうとしょっ引くって言われてさ、やれるもんならやってみろって返したら、見事にぼこぼこにされたってわけ」

「黙れ、太一」

「はぁい」

少年は首をすくめ、ちろりと舌を出した。目尻の切れ上がった三白眼はいかにも鋭く賢そうな印象だが、仕草は子供っぽくて愛敬がある。

小卯吉は気休めのつもりで、にきび面の男に言ってやった。

「さぞ悔しかったでしょうねえ。しかし、同心ってのは、目明かしだの何だのと、腕っぷし自慢の取り巻きを連れているもんですから、仕方ありませんや」

太一が噴き出した。

「そうじゃないんだよ、おじさん。大沢の旦那は群れるのが嫌いで、たいてい一人でいる。あのときもそうだったし、刀も抜かなかった。あの人、左利きなんだけど、右手を懐に突っ込んだまま、あっという間にこいつらを倒したんだ」

様子が目に浮かぶようだ。大沢の腕っぷしについては知らないが、にきび面どもが情けなく伸（の）されるさまは想像にかたくない。

「武家の中には、化け物みたいに腕の立つ人がいるって話ですもんねえ。そりゃあ、兄さんがたは災難でしたね。まあ、あたしなんかは喧嘩も弱けりゃ腕力もないもんで、八丁堀の旦那に歯向かうなんて度胸は、とてもありやせんが」

身の程（ほど）をわきまえずに欲張る馬鹿が足元をすくわれるのだ。

だから、小卯吉は策を巡らせ、周到に下調べをする。倒すべき相手はきっちりと追い詰める。勝てると踏んだ場面で初めて、武器を相手の前にさらす。

小卯吉は、大沢の去ったほうを指差した。

「しかし、奉行所は蛇杖院をどうしたいんでしょうねえ？　大沢の旦那はなぜあの女医者を庇うようなことをしたんでしょうか」

にきび面は吐き捨てるように言った。

「知るかよ」

ほかの男が面倒くさそうに答えた。

「蛇杖院の連中が深川にのさばってくることがあるから、目を光らせてんだとさ。大沢の野郎がほざいてたんだ。『あいつらのまわりでは、招き寄せられるように悪事や騒動が起こるんで、泳がせときゃ便利だ』だとよ」

「手柄を立てるのに便利ってか。だから、ああして小梅村まで送ってやるって？　おまえ、その言い分を頭から信じるのかよ？」

「下心がないにしちゃあ、さすがに人が好すぎらぁな。あの色気のねえ女医者、ひょっとして大沢の野郎の情人か？」

にきび面たちは下品な声を上げて笑った。

小卯吉は目を細めた。

男と女がいれば情を交わすものだと考えてしまう思慮の浅さに、失笑を禁じえない。大沢と女医者がそういう仲でないことは、表情や仕草を見ればわかるだろうに。

尻の青い餓鬼どもめ。話を引き出すにも、こいつらでは役に立たないか。

やはり、じかに蛇杖院を探るほうがいい。

小卯吉は肩越しにちらりと振り向いた。路地の外に目をくれると、小卯吉の腹心である栄二と松九郎の姿があった。二人はさりげなくこちらの様子をうかがっている。

さて、と小卯吉は鋳掛けの道具を背負い直した。

「そろそろ手前はこのへんでおいとましやすよ。兄さんがた、お邪魔しやしたね」

だが、すんなりと引き返すことはできなかった。

にきび面が小卯吉を見下ろし、ぐいと迫ってきたのだ。

「ああ？　おっさんよ、俺らは丁寧に話を聞かせてやったんだぜ。ただで行こうってのか？　なあ、俺らがどんな兄さんがたか、てめえ、わかってんだろうが」

小卯吉の胸倉（むなぐら）がつかまれる。

否、すんでのところで、小卯吉は素早く身を引いた。そうしながら、手にした小刀を、にきび面の前腕に下から突き立てた。

一瞬、にきび面はぽかんとして固まっていた。

次の瞬間、痛みに悶（もだ）えて絶叫する。

それが合図だった。栄二と松九郎が路地に飛び込んできた。小卯吉は入れ替わりで、路地から退いた。

「殺すなよ」

小卯吉は一言、命じた。二人は「へい」と短く答える。

栄二がしごく棒は、年寄りがつく杖そのものだ。筋骨隆々とした松九郎は徒手空拳である。対する阿呆な餓鬼どもは、腰に刀を帯びた者もいたが、抜く間も与えられないだろう。

小卯吉は鼻唄を歌いながら、二人が餓鬼どもを片づけるのを待ちもせず、通りを歩き出す。

太一とかいう少年だけが身を翻して逃げていくのを、目の隅にとらえた。はしっこくて賢い者は、ああいう掃きだめにもいるものだ。

栄二と松九郎が追いついてくるまでに、一町（約一〇九メートル）ほど歩いた。

「ご苦労さん」

小卯吉がねぎらうと、松九郎はつまらなそうに答えた。

「骨のねえ野郎ばかりでした」

栄二がお店者のような品のある仕草でうなずいた。

小卯吉は、ふんと笑った。

「やっぱり本丸をついてみるのがよさそうだ。栄二、子分どもを小梅村に向かわせろ。蛇杖院を見張るんだ。松九郎は適当な者とわたりをつけろ。ひょっとすると人手が必要になるかもしれねえ。餌は例のごとく、賀田屋の隠し金があると偽っておけ」

へい、と二人は低く応じて、人混みの中に紛れていった。

小卯吉は独り言ちた。

「しかし、流行り病の噂がある蛇杖院に近づきたがるやつがいねえのが問題だな。栄二の野郎、腹ん中では、厄介事を任されたと思っていやがるに違いねえ」

何か方便を考えるべきだ。

たとえば、疫病神になぞらえた一ツ目の鬼のお面を、栄二の手勢に配ってやる。このお面をかぶれば病の厄を退けられると吹聴し、小卯吉自身が蛇杖院に近寄ってみせれば、誰も四の五の言わなくなるだろう。

「その手でいくか。一ツ目の鬼面を見りゃあ、おそよも昔を思い出すかもしれねえしな」

当時のおそよは、いかにも大切に育てられた天真爛漫な小娘だったが、十年経った今、どんな女になっているのだろうか。組み敷いてやったら、いい顔をして怯えてくれるだろうか。

小卯吉は我知らず、笑みを浮かべていた。

まずはお面を彫るとしよう。この手がものを生み出すときの喜びと、同じ手で人の命を絶つときの楽しさを思い返し、小卯吉は興奮に身を震わせた。

小卯吉には、天敵と呼んでいる男がいる。

南町奉行所の定町廻り同心、広木宗三郎である。

十年前、賀田屋に押し入った疫病神強盗を捕らえたのが、広木の率いる捕り方どもだった。南町奉行所の下した裁きでは、小卯吉は罪なしとされたが、広木だけは異様に熱く鋭い目をして小卯吉を見据えていた。

その広木が蛇杖院と関わりを持っているらしい、との報が入った。栄二が遠眼鏡で蛇杖院の門を見張っていた折、広木が単身、蛇杖院に乗り込んだというのだ。蛇杖院について調べ始めてから二日経った夜のことだ。

「広木はずいぶん蛇杖院に慣れている様子でした。あっしらが見張り始めるより前から出入りしていたのは間違いねえでしょう」

「おそよが蛇杖院にいるから、ということか？」

「いえ、そのあたりがはっきりしねえんです。医者や女中、下男なんかの姿はちらほら確かめられるんですが、病やけがを負っているとおぼしき者の姿は、あっしらのうち誰も見てねえんでさあ」

「不甲斐ねえな」

「申し訳ありやせん。厄除けの鬼面があってさえ、若い連中は蛇杖院に近寄りたがらねえんで」

「てめえもだな、栄二」

もはや小卯吉は人任せにしていられなくなった。遠眼鏡ではどうしようもない。鋳掛屋の格好で小梅村をうろつき、おそよの手掛かりを直接探るのがいい。

「小卯吉さんは、流行り病が恐ろしくないんですかい？」

栄二はあくまでも及び腰だった。小卯吉は鼻で笑った。

「それがどうした？　この俺に降りかかってくる病も呪いもあるもんか」

二十八の小卯吉はもう、手代として雇われうる年頃ではない。ゆえに、大店の商家に潜り込んで中から手引きするという道は使えなくなった。

小卯吉が大店の代わりに目をつけたのは、寺だった。小金をため込んだ坊主というのは案外多い。江戸の大きな寺だけでなく、東海道沿いの宿場の古寺なんかもそうだった。

虫の息になった坊主から「今に仏罰が下されるぞ」と脅されたことは一度や二度ではない。死に際に「呪ってやる」と呻いた者もいた。

だが、今の今まで、小卯吉の身におぞましい出来事など一つも起こっていない。小卯吉が疫病神に祟られたのは、おそよにすべてを見られていた、あの一件だけなのだ。

こたび噂になっている流行り病だって、どうせ高が知れている。あんなものは、気の弱い者だけが付け入られる呪いの類だ。仮にうつされたとしても、自分に限って、寝込むほどの病を発するはずもない。

一昨年から流行っていたダンホウかぜも、小卯吉は少し咳をしただけで治まった。小卯吉よりも後に病を発した、同じ長屋の老いぼれや餓鬼は、二人か三人死んだらしい。実にくだらない。体も気も弱いから、流行り病なんかにやられてしまうのだ。

小卯吉は栄二を見やった。臆病者め、と罵る代わりに、餌を差し出すことにした。

「俺が蛇杖院を探る。栄二、てめえにゃ寺への押し込みを一件任せる。北千住の生ぐさ坊主のところだ。賭場でよろしくやってんだろ？　殺して奪え」

そして小卯吉は、みずから小梅村に乗り込んだ。

聞いていたとおり、流行り病云々の噂のために、蛇杖院の診療を求める者はいなくなっていた。医者のうちの幾人かは毎日外に出て、噂の根を探っているようだ。

小梅村で話を聞き回っただけでは、おそよが蛇杖院にいるのかいないのか、それさえつかめなかった。広木がたびたび蛇杖院に顔を出しているのは確かだが、その理由も、はっきりしたところはわからなかった。

小卯吉はある日、医者の一人をつかまえて、おそよのことをそれとなく尋ねてみた。しかし、嫌味なほどに端整な顔を気難しげにしかめたその男には、けんもほろろにあしらわれた。

ちなみに、蛇杖院の医者が皆、見目がよいというのは本当のことだ。深川で少し後をつけてみた女医者も、色気や愛敬がまったくなかったものの、姿かたちそのものは美しかった。

幾日か蛇杖院の周辺を張っているうちに、小卯吉に運が巡ってきた。

何とかいう名の近所の農夫が、蛇杖院に青物などを納めているらしい。その農夫だけは、流行り病の噂をものともせず、今までと変わらず蛇杖院と関わっているという。

果たして、小卯吉は翌日、その農夫を見つけることができた。

朝五つ半（午前九時）頃、農夫は蛇杖院の裏手にあるくぐり戸から出てきた。背が高く肉づきのよい女中に見送られ、農夫はぺこぺこしながら蛇杖院を離れた。背負った籠(かご)は空になっているようだ。

農夫は、極端なほどに背中を丸め顔を伏せて、小卯吉のほうへ歩いてくる。

小卯吉はそこへふらふらと歩み寄った。

かなり近づくまで、農夫は小卯吉に気づかなかった。極端にうつむいているせいだ。ほとんどぶつかりそうになって、初めて農夫は目を上げた。

「うわっ、す、すんません！」

まだぶつかってもいないのに、農夫は腰を折って謝った。よほど小心なのか、声は上ずり、びくびく震えている。

こういうやつは取り込みやすい。小卯吉は胸中でほくそ笑んだ。

小卯吉は農夫と同じように、這いつくばらんばかりに腰を低くし、慌てふためくふりをした。

「て、手前のほうこそ、すんません！　道に迷って、くたびれて、ろくに前を見ていなかったんで。けがはありやせんか？」

「いや、平気です。すんません、あっしは、その……すんません！」

農夫はさっさと話を切り上げて逃げ出そうとした。

小卯吉はその腕にすがった。肩をすぼめ、膝を曲げ、腰を屈めて、いかにも貧弱な体つきであるかのように装う。

「ちょ、ちょいとお待ちを！　後生ですから、このあたりのことを教えてくだせえ！　こんな気持ちのいい日和（ひより）だってのに誰もいなくて、往生してたんです。手前は大川より東に来たのが最近で、土地勘がなくて困っておりやして」

農夫は足を止め、わずかに小卯吉のほうを振り向いた。

小卯吉は農夫の顔をのぞき込んだ。農夫が妙に人を避けたがるわけが、たちまちわかった。

農夫の日に焼けた顔は、あばただらけだった。疱瘡（ほうそう）の痕だ。肌はすっかりでこぼこで、色もあちこち赤黒く変じてしまっている。

あばたが多少あるくらいは珍しくないが、ここまでひどいとなると、さすがにぎょっとされることが多いだろう。

顔の造りそのものは、役者のように鼻筋の通った美男子だ。もとは「かわいい子供だ」「いずれ二枚目になる」と持てはやされていたのだとすれば、あばたができたことで失ったものは少なくないはず。

であればこその、ひどく自信なげな振る舞いなのだろう。

そう見抜いた小卯吉は、農夫のあばた面など少しも気に留めないふうを装って、泣き笑いの顔をつくってみせた。

「助けてくださいよ。この大きな屋敷で道を尋ねようとも考えたんですが、しばらく見ていても、人の出入りがまったくなかった。だんだん不安になってきたところで、ようやくおまえさんと出くわしたんです。このへんのこと、詳しいんでしょう？」

農夫は顔を背け(そむ)ながら言った。

「今、あの屋敷、蛇杖院に近寄りたがる人は、ほとんどおりやせんよ。蛇杖院の連中が恐ろしい疫病をまき散らそうとしているなんて噂が、まことしやかに広まっているんでね」

「ええっ、あの噂の蛇杖院が、ここなんですかい？　それじゃ、おまえさん、危ういのを承知で野菜を届けに？　すげえ。肝が据わってるんですねえ！」

わざとらしいほどに驚いてみせると、農夫は暗く笑った。

「あっしはどんな病にかかろうと、もうどうだっていいんでさあ。このあばた面ですからね。みっともねえでしょう？」

「みっともねえだなんて、何言ってんですか。疱瘡（とうそう）のあばたは、病に打ち勝った証みたいなもんだ。本当は誇ったっていいくらいのはずですよ」

農夫は弱々しくかぶりを振った。

「十八のときだったんです。疱瘡で生死の境をさまよって、目が覚めてみりゃ、こんな顔になってました。所帯を持とうと約束してた娘も、気味悪がって逃げ出した。みじめだったなあ」

「ああ、何と気の毒な……」

「ま、相手にゃ恨みもありやせんよ。こんな顔じゃあね、まるで疱瘡の化身みたいじゃあないですか。忌み嫌われたって仕方ないでしょう？」

「いやいや、そいつはおまえさん、人が好すぎるってもんですよ。自分を嫌った相手を許すだなんて。手前はおまえさんの話を聞いて、胸が痛くてしょうがねえ。鋳掛けの師匠になってくれた人も、あばたのせいで苦労していたんでね。つらいなぁ」

小卯吉はしみじみとした声音で、口から出任せの言葉を吐いた。

鋳掛けの仕事に師匠などいない。小卯吉が江戸に戻ってきたばかりの頃、賭場に入り浸っていた鋳掛屋が銭を払えなくなったので、身ぐるみ剝いで大川に放り込んだ。そいつの部屋に残っていた道具を小卯吉が引き取って、見よう見真似で始めたのが今の仕事だ。

農夫はころりと小卯吉の嘘に騙された。おずおずと微笑み、わずかに目を上げたのだ。

「おまえさんのお師匠も、あばたで苦労を？　そうですかい」

小卯吉は農夫の目を見て微笑んだ。

「そうなんでさあ。だから、手前はおまえさんの顔、みっともねえとも恐ろしいとも思わねえんですよ」

実のところ、この農夫のあばた面など、かわいらしいものだ。賭場には荒くれ者が多く出入りしているが、そういう連中の顔や体にある古傷ややけどの痕、彫物の失敗の痕などは、もっとひどい。

農夫は、はにかむように訥々と語りだした。

「日頃、あっしとまともに話をしてくれるのは、蛇杖院の人たちだけなんです。あの人たちは、こんなあばた面の男が育てた、いびつな形の青物や芋でも、気味悪がらずに買い取ってくれる。本当にありがたいことですよ」

「蛇杖院に住んでるのは医者なんでしょう？　そんじゃあ、むごい病やけがも、あばただって見慣れてるわけだ」

「ええ、そうなんでしょうが、下働きの小さな女の子でさえ、あっしの顔を見ても平気そうなんです。あいくるしい子なんだが、それはそれで、何だか痛ましい気がしやすね。幼いうちから働き者ってねえ」

「小さな女の子？　下働きの子供は幾人もいるんですかい？」

「いや、子供は三人でさぁ。女の子が二人に、男の子が一人。下働きは、ほかに五人だったかな。病やけがの療養のために泊まり込む人が多いときは、さらに応援を呼ぶようですがね」

小卯吉は胸中で舌なめずりをした。おそよの話が引き出せるかもしれない。

「へえ、ここで病人を寝泊まりさせてるんですかい。それってぇのは、医者がつきっきりにならなけりゃならねえ病を診るため？　もしかして、今も誰かそこにいるんですかい？」

「いますよ。ずいぶん珍しい病を抱えた娘さんで、部屋にこもりっぱなしらしいんです。気鬱になっちまうんじゃないかって、心配になりやすね。ああ、その病はうつりゃしないから安心してくれと、お医者の先生がたから言われてます」

「うつらねえんですか。てぇことは、噂になってる流行り病ってのとは違うんでさあね」

農夫は語気を強めた。

「違いますよ。そもそも、蛇杖院の悪い噂が本当だったことなんて、今まで一度もないんですから」

小卯吉は深くうなずいてみせた。

「そうでしょう、そうでしょう。だって、南町奉行所の広木さまが蛇杖院を贔屓にしてるって話もありやす。あのお人はまっすぐですからね。蛇杖院がおかしなところなら、とっくにあぶり出されちまってるでしょう」

あえて広木の名声を言葉にしてみれば、はらわたがじりじりと焼けてしまいそうな心地だ。それを小卯吉は愉快にも感じる。

憎しみがこの身を焦がすのもまた一興。広木に報復するときは、たやすく殺してはやるまい。思いつく限りの苦痛を与えてやる。

農夫がまぶしそうな顔をした。

「広木さまはよく蛇杖院に来られてますよ。頼もしくて、格好がいいですよね。あのかたも、あっしを疎んじないんです。何か困ってねえかと、顔を合わせるたびに訊いてくださる。仏のようなお人です」

あの男もやり手だからな、と小卯吉は腹の中でうそぶいた。てめえのあばた面を気味悪がっていても、そんな本心を隠すくらい、わけもねえってことよ。

「広木さまのお墨つきがあるんなら、蛇杖院も怖くありやせんね。むしろ興味が湧いてきやした。手前も蛇杖院のお医者先生と話してみてえや。鋳掛けの仕事、入り用じゃないかなぁ？　鋳掛けのほかにも、ちょっとした大工仕事なんかもできるんですがね」

中に入る手立てはないものだろうか。それを探るために言ってみたのだが。

「ああ、そういった手仕事は、自分らでやっちまうんじゃねえかな。瑞之助さんって人が、もうびっくりするほど手先が器用なんですよ。見よう見真似で何でもできちまう。あっしの仕事道具も直してもらったことがありやす」

小卯吉はうっすらと目を細めた。

「手先が器用で、見よう見真似で何でもできる、ですかい」

鼻につく野郎だ。生意気な下男め。くだらない。どうせ俺ほどにはうまくできないに決まっている。

しかし、そいつがいるせいで蛇杖院の中に入り込む手立てが一つ失われた。いまいましい。どうしたものか。

かくなる上は、手近な者を病人に仕立てるか。

たやすいことだ。女房か子供の飯に石見銀山をちょいと混ぜて食わせればいい。石見銀山は鼠捕りの毒だ。鼠より体の大きい人間においては、うまい塩梅で食わせれば、秋から冬に流行る腹の病に見せかけることができる。

農夫は小卯吉の腹積もりなど気づきもせず、呑気な話を続けた。人目を恐れるわりに、根っこのところは話好きらしい。

「今日は瑞之助さんと久しぶりに話しましたよ。ああ、そうだ。おまえさん、鋳掛屋なら、あちこち回ってるでしょう?」

「ええ、まあ。ここいらのことはわかりやせんが。それが何か?」

「いえね、瑞之助さんから尋ねられたんですよ。今の時季、花がきれいなところはないか、と」

「花ですかい」

農夫はうなずいた。

「部屋にこもりっぱなしの娘さんを慰めたいらしくてね。しかし、いろいろ難しいようで、瑞之助さんも悩んでるんでしょう。あっしみてえな者にまで相談を持ちかけるくらいですから」

しめた、と思った。

「病にかかった哀れな娘さんを連れて、秋の景色を見に行くつもりなんですかねえ？」

やつのほうから外に出てくるのなら都合がいい。

農夫は腕組みをして唸っている。

「蛇杖院も庭が広くて、もみじがきれいなんですがね。やっぱり、出掛けた先で花を見るってのは特別ですから」

「なるほどねえ」

小卯吉はほくそ笑んだ。

獲物を捕らえるために、何も虎穴に飛び込む必要はない。おそよがのこのこと表に出てくるのを待ち受けるのだ。瑞之助とかいう男が付き添うのだとしても、下男風情なら、小卯吉ひとりでどうとでも料理できる。

小卯吉は、農夫があれこれと花の名所を挙げるのに付き合ってやりながら、おそよを脅かすための策を練り始めた。

手始めに、やはり俺たちの「顔」を思い出させるのがいい。一ツ目の鬼のお面だ。小卯吉が生まれ育った村では、厄病をもたらす化け物は一ツ目の恐ろしい姿をしていると言い伝えられていた。庄屋の家に貼ってあった一ツ目の鬼の絵を、今でもうっすら覚えている。

小卯吉は農夫の話にあいづちを打った。向島だかどこだかに連れていったら云々と、蛇杖院の女中がしゃべっていたらしい。

「楽しみですねえ。その娘さん、どんな顔をしてくれるでしょうねえ？」

この上ないほどに怯えた顔をしてみせろ。俺はそういう顔が好きだ。女はもちろん、どうしようもない醜男(ぶおとこ)でさえ、死の恐怖に怯える顔だけは壮絶に色っぽい。劣情を誘われる。

さんざんいたぶって、死んだほうがましだという目に遭わせてから、殺してやる。

楽しみですねえ、と小卯吉は繰り返した。

阿呆な農夫は何も勘づいていない。

五

瑞之助にとって、二年ぶりに手にした三味線だった。

すっかり忘れているかもしれないと思ったが、丁寧に絃を伸ばしながら糸巻を締め、音の高さを調えているうちに、勘がよみがえってきた。

撥の握り方は、親指の腹で撥先を下から支え、薬指と小指でしっかりと才尻を挟むのがコツである。こんな指の使い方をするのは三味線だけだ。薬指と小指の付け根や手の甲に、懐かしい痛みがじんわりと走る。

瑞之助は三味線を構え、絃に撥を下ろした。力んでしまっては、くぐもった音にしかならない。撥の重みを活かして手首をうまくしなわせると、張りのある音が鳴る。

左手で絃の勘所を押さえる。思い描いた高さの音ではなかった。緩みやすい絃を巻き直して、再び勘所を探る。びぃん、と、然るべき高さの音が響いた。

初めはゆっくりと、記憶をたどりながら、ひととおり弾いてみた。稽古に使う曲は『さらし』と題されたものだ。だんだんと動きを速め、師匠が弾いていたのと同じ拍子で両手を動かしてみる。

絃を押さえる左手の指先は、爪(つめ)と肉の境のあたりに痛みが生じていた。毎日稽古していた頃は、指先の皮が硬くなっており、少々弾いたくらいでは何ともなかったのだが。

指の運びがもつれる。同じところを幾度か繰り返すうちに、運指のコツを思い出す。しくじらなくなるまで、しつこく弾き続ける。

曲の途中、緩んできた絃を張り直すため糸巻を締めたら、締めすぎて音の高さが変わってしまった。そこで集中が途切れて、瑞之助は、ふうと息をついた。

こっそり弾いて稽古をしようと考えていたはずなのに、すっかり忘れて、大きな音を出してしまっていたようだ。

「うまいものだな」

「瑞之助がこんな風流な技を隠していたとはびっくりだよな、お真樹」

「ああ。芸事もそれなりにできると聞いてはいたが」

背後から会話の声が聞こえて、瑞之助は振り向いた。

長屋の部屋の戸がいつの間にか開かれ、真樹次郎と登志蔵がのぞき込んでいた。二人の後ろに初菜の姿も見える。

瑞之助は照れ隠しに笑ってみせた。

「三味線、玉石さんに借りたんですよ。譜もいくつか取り寄せてもらいました」

登志蔵は戸をくぐり、土間に入ってきて、上がり框に腰掛けた。

「稽古熱心なのは結構だが、どういう風の吹き回しなんだ？　いくら蛇杖院に閑古鳥が鳴いてるとはいえ、あまりに暇で暇で死にそうだからってわけでもないだろ？」

「もちろん、学ぶことを放り出して三味線にうつつを抜かすつもりではありませんよ。おそよさんと話しているうちに弾きたくなったんです。おそよさん、多摩では人に教えていたほどの腕前だったらしいんですよね。歌うのも好きだそうで」

「それで、おまえが三味線を弾いて、おそよさんに歌ってもらおうって？」

「はい。おそよさんの気晴らしになるかな、と。広木さんから疫病神強盗の話を聞いて以来、おそよさんも昔のことを秘めておく必要はないと思ったんでしょうね。好きだった唄や芝居のことをいろいろ話してくれるんです」

登志蔵は、そうかい、とだけ言った。

真樹次郎も土間に入ってきて、肩越しに外を指差した。

「瑞之助、俺と登志と初菜はちょっと外に出てくる。今までもたびたび噂には悩まされてきたが、これほど人の出入りが途絶えたことはない。最初に登志が診療を拒まれたのが七月下旬だったから、もう二か月になるだろ。この噂の出どころを、そろそろ本気で探ってこようと思う。瑞之助も一緒に来ないか？」

「そちらも気になりますが、私はちょっと、頼まれごとをしているので」

「頼まれごと？　今日じゃないといけないのか？」

瑞之助が応じるより先に、初菜が答えを出した。

「おそよさんに、少し出掛けようという約束を取りつけたんでしょう？　蛇杖院に来てから一度も外に出ていない。気がふさぐのではないかと」

「強引にそういう話を進めたわけではありませんよ。おそよさんには無理などさせません。岩慶さんも、向島までなら大丈夫だろうと言ってくれましたし」

「向島へ出掛けるんですか。駕籠でも使うつもりですか？」

「いえ、多摩からここへ来たときと同じように負ぶっていこうと思いますが……いけませんか？」

瑞之助は、声が尻すぼみになった。今さらながら、三人が渋い顔をしていることに気づいたのだ。

真樹次郎はそっぽを向いて、ぼそりとこぼした。

「俺は、いけないとまでは言わんが」

登志蔵は立ち上がって真樹次郎の肩を抱き、笑ってみせた。

「妬(や)けるよなあ、お真樹。瑞之助はこのところ、俺たちのことなんかほったらかしで、おそよさん一筋だ」

いや、登志蔵は笑っていない。唇の両端は持ち上がっているものの、瑞之助を見据えるまなざしがひどく厳しい。

初菜が嘆息した。簪に触れて位置を直し、何かを言いかけて、結局かぶりを振った。

「今はやめておきましょう。真樹次郎さん、登志蔵さん、そろそろ出掛けなければ。まずは駒形(こまがた)長屋の差配さんのところですよね。それから外神田。早く行かないと、日暮れまでに戻れません」

瑞之助は三人に問うた。

「駒形長屋って、おふうちゃんとおうたちゃんの住まいでしょう？　差配さんと話をするというのは、二人のお母さんの病のことですか？　あまりよくないと聞きましたが」

真樹次郎が答えた。

「よくない。年を越せるかどうかだな」

「そうですか……」

「差配と話をつけておきたいのは、母亡き後の二人を蛇杖院に住まわせることと、あの母子の家賃や飯代の支払いに滞りがあるなら蛇杖院で肩代わりをすること、といったあたりだな。後で瑞之助にも話す」

「よろしくお願いします。行ってらっしゃい」

初菜がきびすを返した。真樹次郎は登志蔵に肩を抱かれたまま部屋を出たが、戸の外で足を止めて振り向いた。

「やっぱり来ないのか」

端整な顔には苦笑が浮かんでいる。

瑞之助は、どう応じていいかわからなかった。

「私は、いけないことをしていますか?」

「さあな。俺にもわからん。おまえも気をつけて行ってこいよ」

真樹次郎は、それじゃあと軽く片手を上げ、立ち去った。

昼餉の後、巴と満江とおとらの三人がかりで、おそよが出掛ける支度を整えていた。まず風呂に入るというので、男たちは湯殿のある一角から締め出された。瑞之助は、よそ行きというほどではないにせよ小ぎれいな小袖に袴と、羽織も身につけた。

刀は、太刀のように帯取りを使って帯に吊るし、腰に佩くことにした。帯に差すのでは、どんな差し方をしても、負ぶったおそよの脚に触れてしまう。そのことを、おそよは多摩からの道中、しきりに気にしていたのだ。

「脚にうまく力が入らず、あまり動かせなくても、何かに触れるのはわかるわけだ。使えなくなっていく神経と、そのままの神経がある、とのことだったな。むごい病だ」

瑞之助は独り言ちて、己の掌を見た。久しぶりの三味線で、両手ともに、ほどよい疲れと痛みが広がっている。

やがて瑞之助は、おそよの部屋に呼ばれた。

戸をくぐってみて、すぐに目を見張った。

「今日は一段と、何というか、華やかですね」

どこが違うのかと問われても、細かいところは答えられない。ただ、ぱっと見た印象で言ってみた。言葉選びは間違っていなかったらしい。おそよも女中たちも笑顔になった。

巴がにんまりとした。

「満江さんが若い頃に着てた小袖なんだって。上等な霰模様だよ。この留紺色、おそよさんに似合うと思わない？　瑞之助さんも青っぽい着物が多くて、今日もそうでしょ。お揃いみたいで、ちょうどいいね」

巴は瑞之助とおそよを交互に指差した。

話し合ったわけでもないのに、瑞之助の小袖は、おそよが着ているものと同じような色味だ。羽織や袴は、もう少し鼠色がかって落ち着いた紺色である。

「古着屋に買い物に行くと、登志蔵さんや泰造さんから、こういう色を選んでもらうことが多いんですよ。似合う色ということなんでしょうか」

「蛇杖院で働き始めた頃は、朝助さんや登志蔵さんのお古を着てたよね。あの頃の瑞之助さんは今よりもっと色白で、いかにもお坊ちゃんでさ、下働き用の動きやすい格好がどうにもちぐはぐだった。実際、仕事も全然できなかったし」

「巴さん、情けない話を蒸し返さないでくださいよ」

瑞之助はきまりが悪くて、笑ってごまかした。おそよはにこにこしている。今日は顔色もいい。頰も唇もほんのりと赤い。

いや、唇のほうは紅を差しているようだ。薄化粧を施しているらしい。

おとらが瑞之助を手招きした。

「瑞之助さん、見て。瑞之助さんに頼んで直してもらった簪、とってもきれいです。金継ぎの職人さんって、素晴らしいですよねえ。駄目になったと思っていた簪も、こうしてよみがえるんですから。やっとお披露目の日が来ましたね」

そう聞いてようやく、瑞之助は気がついた。

おそよが華やいで見えるのは、髪型が違うせいだ。短いはずのおそよの髪は、おとらの見事な技によって、きれいな島田髷に結い上げられている。

瑞之助はおとらの招きに応じ、おそよの横合いから青いガラスの簪を見た。

「ああ、よかった。簪、ちゃんと挿せたんだ。こうしてみると、本当にいい色です。黒い髪に映えるんですね。手元で見ていたときとは、輝きが違うように感じられます」

おそよは照れたように目を伏せている。

巴が瑞之助の背中を叩いた。にやにやと、からかいの笑みを浮かべている。

「おそよさんのうなじに見惚れてんじゃないわよ、この助平」

「み、見惚れてませんよ。いや、あの、うなじではなく、髪と簪を見ていただけで……」

満江がおっとりと微笑んで追い打ちをかけてきた。

「殿方がおなごの黒髪の美しさを愛でるというのも、なかなかに風流ですよねえ。光源氏がおなごの髪を見つめるまなざしはとりわけ色っぽいものだし、藤原定家による和泉式部の本歌取りも、わたくしは好きですよ」

瑞之助は口元を手で覆った。冷やかされたせいで、頬がいくぶん熱くなっている。

「かきやりし　その黒髪の　すぢごとに　うち臥すほどは　面影ぞ立つ……ですか」

「ええ。この手で搔き分けてあげた黒髪の一筋一筋までくっきりと思い描けるほどに、独り寝の夜には、愛しいおなごのことが頭に浮かぶのだ、という恋の歌ですよ。和泉式部の本歌がまた色っぽいんですけど、もちろん瑞之助さんも知っているでしょう？」

黒髪の　みだれもしらず　うち臥せば　まづかきやりし　人ぞ恋しき

熱い逢瀬の明くる朝、乱れた姿で一人残された女が、初めてこの黒髪を搔き上げてくれた人への愛しさを募らせる。そんな歌だ。

瑞之助は頭を抱えた。

「そろそろ勘弁してくださいよ。光源氏や定家を引き合いに出されても、私は風流な歌など詠めないし、気の利いたことも言えないし、ええと、とにかく、何と返していいか見当もつかなくて困るんです。期待に沿えなくて申し訳ありませんが」

瑞之助が率直に吐き出すと、巴も満江もおとらも、おそよまでもが、声を立てて笑った。

向島は大川の東岸に広がる、景色のよい地だ。小梅村からはさほど遠くない。広々とした庭園を持つ屋敷があり、自然のままの草木が茂るところが残っている。

おそよがかつて住んでいた日本橋を起点にすると、北へ向かって神田川を渡り、浅草を突っ切ってさらに北へ行き、吾妻橋を東へ渡ったところ、ということになる。

向島は田舎で何もない、と言う人もいるらしい。確かに便利のよいところではないし、ふらりと立ち寄れる屋台なども出ていない。

だが、季節折々の花が咲く。大川は日々違った顔を見せる。鳥や虫の鳴く声がよく聞こえる。江戸の中にあるのに、人のにぎわいの絶えない日本橋や両国とはまるで違う。

瑞之助は、おそよを負ぶって向島へ歩を進めた。女中たちはにまにましながら、蛇杖院の門のところで二人を見送った。

その実、瑞之助とおそよの二人きりで出掛けているわけではない。少し離れたところを、巴と下男の朝助と泰造がついてきている。

一緒に来てくれてかまわないのだが、巴はあの調子でおもしろがって、瑞之助とおそよを二人きりにさせたがる。朝助は自分の顔にあるあざを気にして、おそよの前に出たがらない。泰造からは「逢い引きに割って入るみたいで嫌だ」と突っぱねられてしまった。何につけても照れて恥ずかしがる年頃なのだ。

万が一、おそよの体の具合が悪くなったときには、巴と朝助が介抱を手伝ってくれる手筈だ。その場合には、足の速い泰造がすぐに蛇杖院に飛んでいって様子を知らせることになっている。

瑞之助の右肩のあたりで、おそよはずっと、言葉に迷う気配をただよわせていた。どうかしましたか、と促すと、ようやく言った。

「さっきは、わたしのせいで瑞之助さんに恥ずかしい思いをさせてしまって、ごめんなさい。巴さんたち、たぶん悪気はないんですけど」

「いいんですよ。女中の皆さんは、ああいう話が好きなんですよね。私はよく、ひよっ子扱いされたり、からかわれたりするんです。なかなかうまく切り返せなくて、そういうところがまた、巴さんたちにはおもしろいみたいですね」

おそよは、そっと笑った。

「瑞之助さんが怒っていないなら、よかった。わたし、恥ずかしいけど楽しくて、懐かしくもあって。江戸で暮らしていた頃、おふうちゃんくらいの年の頃には、手習いやお稽古事の友達と、ちょうどあんなおしゃべりをしていたから」

「おふうちゃんって、十三ですよ。女の子は、十三でも、あんなきわどいことをしゃべるんですか？」

「ええ。黒髪の歌はどちらも、その頃に覚えました。大人になりたくない気持ちがある一方で、背伸びをして色っぽい話をしてみたくもあったんです。恋の噂はみんなの大好物。からかっても、からかわれても、どきどきして楽しかった」

「おそよさんにも、好きな人がいたんですか？」

「どうかしら。恋をしてみたい、と憧れていただけだったかも。結局、男の人とこうして出掛けたこともなかった。向島、花がきれいなところだと聞いていたから、行ってみたかったんです。本当に連れていってもらえるなんて、思ってもいなかった」

冷たいはずの川風が、いっそすがすがしいほどに心地よい。瑞之助の体じゅうがぽかぽかしている。顔もいくらか火照っている。おそよの体は儚いほどに軽いが、それでも、人ひとりを負ぶって歩けば温かいのだ。

「私でよかったんですか？　憧れていた向島へお連れするという大役」

「……もしかして、瑞之助さんにとって迷惑だったんじゃありません？」

「まさか。光栄ですよ」

「本当ですか？　わたし、ちょっと後ろめたいんです。瑞之助さんは、生まれで言えばお武家さまでしょう？　縁談が来たり許婚がいたりするんじゃないですか？」

「それが、ないんですよ。幼い頃から今まで、一度もなかったんです。いや、申し入れそのものはいくつかはあったようなんですが、母があまりにも高望みをするせいで、私に知らされる前に、すべての縁談が立ち消えになってしまって」

「まあ」

「私は次男坊なんです。婿（むこ）か養子にほしいと言ってくれる家がない限り、何者にもなれなかった。もしも好き合った人がいたとしても、一緒になることが難しい立場でした。窮屈なものなんですよ、旗本の次男坊なんて」

だから、瑞之助は家を飛び出したのだ。そして今、己の選んだ道を確かに歩いている。

大川を望む通りに出た。夏場であれば、川遊びの舟がたくさん行き交っていただろう。晩秋の肌寒い季節になってきても、荷を運ぶ船や上客に雇われた舟は川面をせわしなく走っている。

瑞之助は立ち止まり、おそよにも周囲の景色が見えるよう、ゆっくりと回ってみせた。

「秋の終わりとあっては、この川原もちょっと質素ですね。春は桃や梅や桜、つつじや野の花も咲き乱れるそうですよ。今の時季は、椿（つばき）がきれいなはずの屋敷を知っているので、そちらに行ってみましょう」

「はい。お願いします」

「体、つらくありませんか？」

「まだ平気。冷たい風が顔に当たるのも気持ちいいです。何だか、息が楽になるみたい」

「では、もう少し歩きますね。椿屋敷のところでひと休みしましょう」

椿屋敷というのは、生け垣の代わりに藪椿をぐるりと植えた屋敷のことだ。夏にたまたま知ることとなった。昔はどこぞの大店の旦那が妾を囲っていた屋敷だという。

今は空き家になっているが、昨日様子を確かめてみたら、生け垣の手入れはなされているようだった。近くに茶屋があって表の床几から椿が眺められるのも、確かめてきた。

椿屋敷へ向かう途中、薄紅色の山茶花が咲いている庭があった。散りかけの菊も見える。

足を止め、低い生け垣越しに眺めていたら、屋敷の下男とおぼしき中年男が、思わずといった様子でこちらを見返した。

おそよが震える声を出した。

「瑞之助さん、行きましょう」

「なぜです？」

「病を患っているわたしの姿、気味が悪いはずです。不吉だと思われてしまう。蛇杖院の悪い噂をまた広めることになるわ」

「大丈夫ですよ」

「大丈夫なんかじゃない。瑞之助さん、駄目です。やっぱり、わたしが外に出るなんて駄目。迷惑を掛けてしまいます」

おそよはきつく目を閉じた。顔を背けることができないおそよの、見たくないという思いの表れだ。

瑞之助は向きを変え、自分の体を盾にして、おそよの姿を下男の目から隠した。瑞之助と目が合うと、下男はへらっと笑って腰を低くした。どうぞ花を見ていっておくんなせえ、と手振りで示す。瑞之助は会釈を返した。

「おそよさん、大丈夫かもしれませんよ。向島には、私の顔見知りはいません。今の私のいでたちは、日頃は下働きをしている者には見えないでしょう？」

「でも、わたしの体、動かないの。こんな病、はたから見たら気味が悪いはず……」

瑞之助は歩き出した。おそよの呼吸が乱れている。嗚咽を抑えようとしているらしい。瑞之助は、のんびりとした声をつくってみせた。

「おそよさん、思い出してくださいよ。泰造さんからも言われたとおり、こうしていたら、逢い引きに見えるんですよ。医者見習いが病者を外に連れ出しているのではなく、儒者髷を結った武士が病身の恋人に向島の花を見せているんです」

恋人、と思い切って言ってみた。方便だ。あるいは芝居だ。おそよが、心ないまなざしのせいで傷つかないためなら、瑞之助はどんな役でも演じられる。

おそよはささやいた。

「わたしなんかじゃ、瑞之助さんには釣り合いもしないのに」

「なぜですか?」

「生まれが違うし、年もわたしが上です。いいえ、そんなことより何より、わたしこそ疫病神ですから。多摩でも江戸の強盗騒ぎのことはこっそり噂になっていて、わたしは悪いものを呼び込む娘だって、そう陰口を叩かれてきたんです」

「強盗騒ぎを巡っては、おそよさんには何の非もありませんよ。なぜ疫病神などと呼ばれるんです?」

「まわりの目からはそう見えていたんでしょう。親戚はわたしを引き取ることを拒んだし、年頃だったのに縁談は一つも来なかった。悔しくて、はね返したくて、わたしは人さまの役に立てるって、あがいてました。なのに、今度は、こんな病を自分の身に呼び込んでしまった」

「呼び込んだ？　それも違います。おそよさんの病の因果は、いろんなことが見えるはずの桜丸さんの目でも、解き明かすことができないものです」

「でも、怖くなるんです。こんなことをしていたら、瑞之助さんにも悪いものが及んでしまうんじゃないかって、怖くなる。瑞之助さんによくしてもらえばもらうほど、本当に怖いんです。ごめんなさい」

怯えなくていいんですよ、と瑞之助は応じた。もっと何か言いたかった。言葉を探しながら歩いていく。

思索にふけるには、道のりが短すぎた。

瑞之助は足を止めた。椿屋敷を望む茶屋の前だ。

茶屋の小女(こおんな)が店から出てきて、あ、と声を上げた。瑞之助が昨日ここへ下見に来たのを覚えていたらしい。

瑞之助はおそよに告げた。

「ひと休みしましょう。床几に下ろしますね」

小女は、おそよがくたりと脱力しているのを見て、戸惑っている。瑞之助は小女に声を掛け、おそよの体を支えるのを手伝ってもらった。ありがとうと告げると、小女は顔を赤くした。

瑞之助はおそよを床几に掛けさせ、自分も腰を下ろした。刀を左に佩いているから、おそよは瑞之助の右側だ。おそよを自分に寄りかからせながら、小女に茶を注文する。

おそよは軽く息を切らしている。普段動かないおそよにとって、背に負われてここまで来るのも、かなり疲れることなのだろう。

瑞之助は羽織を脱ぎ、おそよの肩に着せかけた。

「着ていてください。体が冷えないように」

おそよの体が華奢なことに驚かされるのは、幾度目だろうか。自分の肩が広いと感じたことなどなかったのに、おそよは瑞之助の羽織にすっぽり埋もれている。

おそよは、まなざしだけで瑞之助のほうを仰いだ。

瑞之助の目の前に、青いガラスの簪がある。それに気づいた途端、照れくさくなった。

「簪のこと、ちょっと謝ってもいいですか？」

「謝る？　どうして？」

「玄人（くろうと）の職人に任せて直してもらったわけじゃないんです。実は、私が直したんですよ。だから、どうも見栄え（みば）がいまひとつで。すみません」

えっ、と、おそよは弾んだ声を上げた。

「簪、外してもらっていいですか？　改めて、よく見たいんです」

「いや、じっくり見ないでください。私は、菊治さんに任せようと思ったんです。菊治さんなら、きっと見事に仕上げてくれるはずなので。でも、事情を話したら、自分でやるように言われてしまったんですよ」

むすっと険しい顔ばかりしている菊治が、あのときに限っては、にんまりと悪童のように笑っていた。

平打の飾りは、割れ目を継ぐだけでは穴が埋まらなかった。そこに別の色ガラスのかけらを入れ込んで漆で固めた。漆の表には金を塗って仕上げた。

三つに折れた足のところは、つなぎ直すだけでは心もとなかった。縁に溝を刻み、そこにも漆を塗り込んで金をかぶせた。漆がしっかりとくっついて固まっているので、ただのガラスよりも、はるかに強くなっているはずだ。

しかし、青いガラスでできていた平打簪は、色味も様相もまるで変わってしまった。できる限り丁寧に仕上げたつもりだが、おそよをがっかりさせてしまうのい。

ではないかと、不安でたまらなかった。今でも、よい出来だという自信は持てな

おそよは少し唇を尖らせた。

「どうして早く教えてくれなかったんですか？」

瑞之助はぼそぼそと言い訳をした。

「恥ずかしかったんですよ。手先は器用なほうなので、何でもできるつもりになっていましたが、本物の職人と比べたら半端なんです。この簪は、ちゃんとしたものに仕上げたかったのに、やはりどこか足りないというか……」

「瑞之助さんは目も耳も肥えすぎなんでしょ。わたし、壊れた簪をあんなにきれいに作り替えてもらえて、心の底から本当に感じ入ったんですよ。さっき三味線を弾いていたのも、瑞之助さん？」

「聞こえていましたか」

「もちろん。三味線もお上手なんですね」

「いや、これもまた半端で。ええと、おそよさんが歌うのを聴いてみたいと思うんですが、私が三味線を弾いたら、歌ってもらえますか？」

ふふ、と、おそよは笑った。

「考えておきます」

小女が茶を運んできた。瑞之助は、盆を自分のそばに置いてもらい、礼を言って金を払った。茶がほどよいぬるさであることを確かめて、おそよのほうに差し出す。

「少し飲みませんか？」

「ありがとう。でも……」

おそよはちらりと小女のほうを見た。瑞之助は、じっとこちらを見ている小女に、微苦笑を向けた。

「どうか、この人と私を二人きりにしてもらえませんか？　こうして一緒に出掛けるのは初めてのことなので、時が惜しくて」

瑞之助は、できる限りの甘やかな声音で言ってのけた。

小女はたちまち真っ赤になって、店に引っ込んでいった。

おそよは目を丸くしていた。

「二人きりって……今、ちょっと、びっくりしました」

「方便ですよ。今の台詞、おふうちゃんの入れ知恵なんです。稽古もさせられました。おそよさんを人目から庇うには、こういう言い方をすればいい、と。うまく言えてました？」

「役者ですね。わたしまで騙されそうでした」

「からかわないでくださいよ。はい、お茶をどうぞ」

瑞之助は湯呑をおそよの口にあてがい、茶を飲ませた。気をつけないと、おそよはむせてしまう。さらさらした茶は、本当はよくない。とろみのついたもののほうが呑み込みやすいらしい。

一口、二口と、おそよはゆっくり喉を湿らせる。瑞之助が湯呑を唇から離してやると、おそよは、ほっと息をついた。

まなざしが少し遠くへ向けられる。

「あ、椿の花」

椿屋敷の生け垣が、初めて目に留まったらしい。息が浅いとき、おそよは目の前のものしか見えなくなりがちだ。

「三分咲きといったところです。丸く膨らんだ蕾がたくさんついていますよ」

「蛇杖院の椿は、まだ蕾すらついていませんよね」

「裏庭の木ですよね。去年も、よその椿より遅くに咲いていたんです。冬の終わりに、一斉に花開いて」

「何色ですか？　やっぱり、赤い色？」

「赤い椿が好きですか？」

「どんな色の椿も好き。鮮やかで、凜々しくて、品がよくて。蛇杖院の椿も早く咲いてほしいと、心待ちにしてるんですよ。この目で見たいから」

冬の終わりまで待てないかのような言い方に、瑞之助は内心、どきりとした。まるで椿が花開くより早く、おそよの命がついえてしまうかのようだ。

瑞之助は不吉な予感など覚えなかったふりをした。

「蛇杖院の椿は、花の彩りが珍しいんですよ。全体に赤くて、白い縁取りがあるんです」

「まあ。二色の椿なんて見たことがない。きれいなんでしょうね」

「きれいですよ。玉石さんが長崎かどこかから取り寄せて植えた椿で、江戸では蛇杖院でしか見られないものなんだそうです」

だから、この冬の終わりまでどこへも行かないでほしい。そんな気持ちが瑞之助の胸に湧き起こった。

と、そのときだ。

異様なまなざしを感じ、瑞之助はとっさに左手で刀の鞘をつかんだ。

まなざしの正体は、すぐにわかった。

無人のはずの椿屋敷の生け垣の向こうから、人ではないものの顔がこちらの様子をうかがっているのだ。

その顔の真ん中にある巨大な目と、瑞之助の目が合った。

「お面？　一体何の化け物だ？　いや、鬼か？」

おそよもまた、それを見ている。ひゅっ、と喉が鳴った。吸い込む息が音を立てたのだ。

「疫病神……」

かすれた声で、おそよはささやいた。

椿の生け垣越しにこちらを見ているのは、くぬぎの木の肌のように、ごつごつと乾いた肌を持つ異相だ。

瑞之助は唐突にわかった。

「おそよさん、あれが十年前の疫病神なんですね？　お面をかぶって強盗騒ぎを起こした凶賊。おそよさんの両親の仇(かたき)」

「……はい……」

せわしない呼吸の合間に、おそよは応じた。瑞之助に寄りかかる体は、何もできずにいる。怯えて身をすくませることも、震えることさえできないのだ。

一瞬、瑞之助は迷った。

左手は鯉口を握り、親指で梅の透かしの鍔を押さえている。愛刀は瑞之助に「荒事ならお任せあれ」と言わんばかりに頼もしい。

だが、瑞之助の右腕は、おそよを抱き寄せている。この右手を柄に掛けるのならば、おそよはどうなる？

迷いはただちに断ち切った。

瑞之助は左手を刀から離した。その手で、おそよの目元を覆った。

「目を閉じて、ゆっくり息をしましょう。大丈夫です」

「でも……」

瑞之助はさっと周囲に目を走らせた。泰造が、近くの番所にでも知らせるつもりだろう、一目散に駆けていく。巴は物干し竿を手に物陰で身構えており、朝助がその傍らで周囲を見張っている。

「大丈夫ですよ。刀を持った私がここにいるんです。あれは襲ってくることなどできません。疫病神はただのお面で、中身は人でしょう？」

「……ええ。知ってます。知ってるんです、あの人のこと。きっと、間違いない

「……」

「怖がらないで。もし襲われても、返り討ちにできます。この刀は飾りではありませんから」

おそよは浅く速い呼吸を繰り返している。発作のような息遣いになる手前だ。

「助けて。怖いの」

瑞之助は優しい声音で言った。

「助けます。私が守りますから」

椿屋敷の疫病神へ向けたまなざしには、声とは裏腹の殺気を込めている。さっさと立ち去れ、と念じた。

しばらく睨み合っていた。

疫病神は、ふっと生け垣から離れた。

十まで数えた。疫病神は戻ってこない。

瑞之助はなおも用心しながらつぶやいた。

「いなくなったようです」

「本当ですか？」

おそよは声を震わせていた。

「目の届くところからは姿が消えました。こちらに加勢がいることに気づいたのかもしれない。あちらは一人なのか」

おそよが急き込んだように言った。

「蛇杖院に帰りましょう。わたしが外をうろうろしていたら、悪いことばかり引き寄せてしまう。強盗が本当にあの一人とは限らない。瑞之助さんや巴さんたちの身が危ういかもしれない」

「おそよさんのせいじゃありませんよ。ですが、そうですね。次に外に出るときは、腕の立つ岩慶さんや登志蔵さんにも力を貸してもらいましょうか」

「いざというときは、わたしなんか捨てて逃げて」

瑞之助は冗談めかしてみせた。

「いけませんね。曲がりなりにも武家生まれの私が、逃げてなんて言われたところで、聞き入れるはずもないでしょう？」

瑞之助は、おそよの腕を羽織の袖に通した。瑞之助の羽織である。おそよの指先は、袖の内側にすっかり隠れた。瑞之助はおそよを負ぶって立ち上がった。

茶屋からの去り際に、小女が店の者にやっかみを言うのが聞こえてしまった。

「何さ、あの女。病があるだけじゃないの。ただそれだけで、あんな二枚目にちやほやされてんだよ。気分悪いわ。ええ、ええ、確かに瘦せ細って色白で、ああいう女は守ってあげたくなるでしょうよ。男はそういう女に弱いよねえ」

瑞之助は息を吞んだ。

「違う」

つぶやく声が揺れた。

では、何が違うというのか。医者見習い兼用心棒として、病身のおそよの付き添いのために、ここにいる。それを自分に言い聞かせてきたし、周囲にも繰り返しそう告げた。

医者見習いと用心棒の役割がなければ、瑞之助は、おそよの身にこうやすやすと触れたりなどしない。してはならない。そもそも出会えなかっただろう。

だが。しかし。けれども。

瑞之助は、ふさわしい言葉を見出すことができず、かぶりを振った。

「違うんだ」

あの小女が瑞之助に向けるまなざしが秋波(しゅうは)というものであったことに、今になって気がついた。見知らぬ人からそんなものを送られても、瑞之助の心には、受け入れる余地がない。

泰造が人を呼んで戻ってきたときには、椿屋敷の曲者は姿をくらましていた。巴が瑞之助とおそよを護衛するため先に立ち去り、生け垣を見張っていたのは朝助ひとりだったから、逃したのは致し方なかった。

曲者は、疫病神のお面を生け垣に引っ掛けて残していった。その周囲の椿の枝は、おそよにちょっかいを出せなかった腹いせだろうか、めちゃくちゃにへし折られていた。

泰造が連れてきた者の中に、十年前の疫病神強盗の探索に関わった捕り方がいた。当時は目明かしだったという、五十絡みの蕎麦屋の親父だ。お面を見るなり、顔つきを変えた。

「確かに、あの強盗騒ぎの折に疫病神のお面と呼ばれたものに間違いねえ。しかし、十年前のものにしちゃ新しいな。どういうことだ？　おい、坊主。おまえ、疫病神のお面の男に仲間が襲われかけてると言って、あっしらをここに連れてきただろう？　なぜおまえのような十二、三の子供が、十年前の強盗騒ぎとのつながりを持ってんだ？」

泰造と朝助はすっかり怪しまれ、番所に連れていかれた。むろん、二人はきちんと説明しようとしたのだが、蛇杖院の者だと改めて名乗ると、さっと人がいなくなってしまった。おかげで、広木が二人を引き取りに行くまで、何をするでもなく番所に留め置かれていた。南町奉行所では、疫病神のお面についての知らせを得て、ひと騒動あったらしい。

泰造と朝助を送りがてら蛇杖院を訪れた広木は、これでもかというほどに渋い顔をしていた。

「南町奉行所がかつて見逃した小卯吉が、調子に乗って再び暗躍しているようだな。やはりそうだった、というところだ」

出迎えた瑞之助と玉石は、広木の言葉に顔を見合わせた。玉石が広木に問うた。

「小卯吉がおそよに害をなそうとする前兆でもあったのか？」

「二年ほど前から、疫病神強盗と似た手口の押し込み強盗がぽつぽつ起こっている。押し入られた先の住人が皆殺しにされるせいで証言が集まらず、下手人の正体がつかめん。しかし、こたび狙われてるのは、上野や浅草あたりの寺が多くてな。俺じゃ手が出せねえ」

「寺への押し込み強盗なら、探索は寺社奉行の仕事だな。だが、それが本当に疫病神強盗の再来だと、広木どのは考えているのか？」

「同じく二年ほど前から、根津や小石川で小卯吉を見掛けたという話も耳に入っている。賭場を仕切っているという噂も聞いた。だが、俺の縄張りは深川だ。根津や小石川に出張って好き勝手に動き回るわけにはいかねえ。だから、気になりながらも、今まで探索に踏み切れずにいた」

「そうしているうちに、こたびのことが起こった。おそよはかわいそうなほどに怯えていたぞ」

ぎりぎり、と軋むような音がした。広木が奥歯を嚙み締めた音だ。広木の声音は始終静かだったが、深い怒りに満ちていた。

「あの場に残されていた疫病神のお面は、小卯吉からの果たし状だ。おそよの命を狙っていると示したいんだろう。このままではまずい。だが、十年前の疫病神強盗には味噌がついていて、上役の連中が素直に当時の非を認めようとしねえ。くさいものに蓋をして、それでおしまいにしたがってる。探索の許しが下りなかった」

玉石は嘆息した。

「では、奉行所におそよの護衛を頼むこともできんわけだな。おそよのまわりを見張っていれば、小卯吉につながる手掛かりをつかめるかもしれんというのに」

「すまん。それについても上役に献策したが、やはり、否(いな)という答えだった。俺の独断で手勢を動かそうにも、流行り病の噂のせいで駄目だ。皆、蛇杖院を恐れちまってる」

「北町奉行所はどうだろうな。疫病神強盗の折には、南町との勢力争いに破れた格好になったんだろう？　ここで小卯吉に関する裁きをひっくり返せたら、北町の連中にとっては喜ばしいのでは？」

「その見込みがないとは言わんが。しかし、北町の連中も噂のせいで蛇杖院を恐れているだろう。それでもこの手柄話に飛びつく剛毅(ごうき)な者がいるんなら、俺はそいつと仲良くやりたいね。南町の上役どもには、ほとほと呆れたぜ」

　広木は悔しそうに髪を掻きむしり、舌打ちをしてうつむいた。

　おそよは少し熱を出した。疲れさせてしまったことを、瑞之助は心苦しく思った。

　その翌朝になると、おそよの体の具合は落ち着いた。だが、口数は減った。笑顔も見せなかった。瑞之助を前にすると、「ありがとう」ではなく「ごめんなさい」と言ってばかりだった。

それ以来、いくつかのことが変わった。万が一、おそよの身を狙って疫病神強盗が襲ってきたらと念頭に置いて、役割を一部改めたのだ。

腕の立つ者を、おそよのそばに必ず配する。

北棟のおそよの部屋の隣で巴が寝泊まりする。昼間はできる限り瑞之助が北棟に張りつく。登志蔵と岩慶のどちらかが必ず蛇杖院にいて、いざというときに備える。

真樹次郎と登志蔵は連日出掛けていく。流行り病云々の噂の真相を探るためだ。誰かが明確な目的を持って嫌がらせを企てた結果だとしたら、さすがに黙ってはいられない。探索には初菜がついていくこともある。

しかし結局、何の進展もないうちに秋が終わってしまった。

第三話　大舞台

一

おそよの部屋は、瑞之助には少し暑い。初冬の初亥の日を待たず、晩秋にはもう火鉢を使い始めていたためだ。

日中ずっとそばにつく用心棒として、おそよは瑞之助を選んだ。付き合いが長い岩慶でも、蛇杖院でいちばん腕が立つ登志蔵でもなく、瑞之助だ。

医者としてはまだ役に立てないし、任せてもらえる介添えの仕事も女たちほど多くない。すべてにおいて半端な瑞之助を、おそよは選んだのだ。

そのことを、どう受け止めればよいのだろう？

頼ってもらえて嬉しいと感じたこの気持ちを、素直に認めてよいのだろうか。

今、おそよは眠っている。

その間、瑞之助は医書の読み解きを進めている。しかし、子供の命を守る医術を身につけるための教本というのが、実はあまり多くない。香月牛山（かつきぎゅうざん）の『小児必用養育草（しょうにひつようそだてぐさ）』はもう幾度も読んだ。近頃では、古今東西の子育ての書を探しては目を通すようにしている。

少し暑いこの部屋では、穏やかに時が流れていく。瑞之助にはそう感じられる。ゆっくりと学びを深めるための暇（ひま）など、蛇杖院に住み着いてこのかた、ほとんどなかった。

悪くない時の流れ方だ、と瑞之助は思う。

時折、おそよの寝息の調子が変わる。眠りが浅くなったのを見計らって、瑞之助が声を掛け、寝返りを打たせる。

おそよはそのまま眠り続けることもあるし、目を覚まして体を起こすこともある。起きるときは白湯（さゆ）を口に含ませてやり、おしゃべりをしたり、手を貸して書字をしたりする。

十月三日の昼下がりだった。

おそよの部屋の襖（ふすま）が、そろりと開かれた。

瑞之助は中江藤樹の『翁問答』から目を上げた。襖を開けたのはおふうで、その後ろには真樹次郎の姿があった。真樹次郎は声を出さず、唇の動きだけで

「今、ちょっといいか？」と瑞之助に問うた。

おそよの様子をうかがうと、ちょうど眠りが深くなったところのようだ。瑞之助は音を立てないように腰を上げ、部屋を出た。

おふうが内緒話の声音でひそひそと言った。

「瑞之助さんが一人で付き添ってるときは、おそよさん、よく眠るんだよね。あたしや巴さんたちじゃ、そうはいかないんだよ。気を張ってる感じがする。初菜さんがいると、もっとだよ。おそよさん、何かぴりぴりするの」

「巴さんや初菜さんからも同じように聞いているよ。おうたちゃんはどうしてる？」

「泰造さんと一緒。あの子、近頃すっかりへそを曲げちゃってるよね。機嫌が悪くて、困るんだから」

瑞之助と入れ替わりに、おふうがおそよの部屋に入った。襖を閉め、瑞之助は真樹次郎と向き合った。

真樹次郎は出先から戻ったばかりのようだ。近頃は外に出るとき、羽織に隠し

て懐刀を帯びていることが多い。

「瑞之助、おそよさんの具合は？」

「今日は大事ないようです。昼餉(ひるげ)もむせずに食べていましたし、胃のむかつきも収まったみたいです。真樹次郎さんが処方してくれた六君子湯(りっくんしとう)が合っていたようですね」

「おまえの診立てが正しかったということだ。近頃、顔や舌の色を診るのがうまくなったな。脈の深さや張り具合も、違いを感じ取れるようになったんじゃないか？」

「何となくですが、おそよさんの顔色は見分けやすいんですよ。脈も、毎日何度も触れていますから」

「今は眠っているんだろう？」

「はい。いつもこの刻限は眠っています。夜にあまり眠れないようなんです。寝つきが悪かったり、嫌な夢を見たり、ほんの少しの物音で起きたり。肌にできものなどないのに、なぜか痒(かゆ)みが出て、それが邪魔で眠れないこともあるそうです」

「痒くても掻(か)けない上に、傍目(はため)にはどこが痒いのかも見えない、か。病や傷のないところに痒みや痛みを感じてしまうのは、疲れているときや悩んでいるときに起こる、気の患いだろう。脾の不調も気の患いから来ているようだったし」

脾というのは、食事によって得た「水穀の精微」を取り込む臓器のことだ。すなわち、胃や腸などのことで、体の真ん中に位置している。

「真樹次郎さん、おそよさんの病が少しでも軽くなる手立てはないんですか？」

「探してはいるが、難しい。病の名すらわからん。紀州では『足萎えの病』と呼ばれているらしいが、漢籍にはその名で載っていない。『傷寒論』や『金匱要略』で萎の字を使うのは、肺の病の項目だけだ」

「やはりそうですよね」

ふう、と息をついた真樹次郎は話題を変えた。

「例の噂に関しては、いくつかわかってきたぞ。流行り病の源だと噂されたことがあるのは、蛇杖院だけではないようなんだ。その中で蛇杖院の噂だけがしつこく残っている」

「蛇杖院のほかにも、同じ噂が？　烏丸屋ですか？」

「いや、妙なことに烏丸屋は何の害も受けていない。悪評の害に遭っているのは、医者や薬屋じゃなくてな。噂が流れ始めたのは七月半ばか下旬だ。すでに立ち消えになった噂も含めれば、やられたのは骨董商や裏長屋、古着屋、小間物屋、札差、質屋と、実にいろいろだった」

「そこまでたどったんですか」

「ああ、登志が張り切っていてな。もうすぐ尻尾がつかめる気がする。疫病神強盗のほうは、広木の旦那と大沢の旦那がそれぞれ追っているぞ。あの手口の強盗に北千住の寺がやられたらしく、二人とも悔しがっていた。手掛かりも得られなかったそうだ」

「小卯吉という男のほかにも、疫病神強盗の残党がいたんでしょうか」

「あるいは、新たに徒党を組んだのかもしれんがな。何にせよ、詳しいことがわかったら、またおまえに伝える。登志や初菜からは聞いていないだろう？」

瑞之助は苦笑した。

「そうですね。登志蔵さんとは朝稽古のときに顔を合わせますが、詳しい話はしていません。初菜さんとも、おそよさんの体調のことを話すだけで」

真樹次郎は複雑そうな顔をした。

「登志はああ見えて、やはり武家育ちだな。線を引くべきところは、かなりきっちりしたがる。初菜も手厳しいからな」

「二人が私に含むところがあるのは、おそよさんの件でしょう？　私が何かまずいことをしていますか？」

「俺からは何とも言えんな。でも瑞之助、おまえは、おまえの感じるままに動けばいい。この問いに対する全き正答というのは、きっとないんだ」

　襖の向こうから、か細い声が瑞之助を呼ぶのが聞こえた。おそよが目を覚ましたようだ。怯えたような声音だった。おふうがなだめようとしているが、おそよは混乱しているのかもしれない。人を呼ぶための風鈴が立て続けに鳴らされた。

　瑞之助は急いで襖を開けた。

「私はここにいます。すみません、ちょっと真樹次郎さんと話していました」

　おふうがおそよの身を起こすのを手伝った。おそよはようやく視界に瑞之助をとらえ、強張っていた目元をほっと緩めた。

　三味線が聴きたい、と、おそよが言った。

　瑞之助は部屋から三味線と譜を取ってきて、絃の調子を調えた。火鉢を使うそばでは、絃が乾いて張りがきつくなっている。強く撥を当てたら、絃がばちんと弾けて切れてしまいそうだ。

おふうはいつの間にか、譜の見方を覚えていた。瑞之助がどのあたりを弾いているのか目で追うことができる。端まで来たら、きちんと拍子を合わせて、紙を裏返したり次の紙を出したりしてくれる。

おそよは座椅子の背にもたれて、唄を口ずさみながら、瑞之助の手元を見ている。瑞之助は、おそよの細い声に合わせて、撥で絃を撫でるように優しく音色を奏でる。

おそよがいちばん好きだと言った唄は『鷺娘』だ。

真っ白な鷺のおなごが人間の男と恋をした。鷺は町娘の艶姿でひとときの恋を楽しむが、やがて別れが訪れる。鷺と人が一緒になることは、世の理が許さない。鷺は鳥の姿に戻って剣の餌食となり、地獄に堕ちて、道ならぬ恋の罪を負って責め苦を受け続ける。

「妄執の雲晴れやらぬ朧夜の　恋に迷ひしわが心」

長い唄の中でも、おそよは歌い出しのところがいっとう好きだという。

おそよはどうしても息が浅く、歌ううちにだんだん苦しくなっていくようだ。一曲を歌い通す頃には、ささやく程度の声しか出なくなる。顔色は、青ざめたような白さになってしまう。

それでも、おそよの歌う声はきれいだ。可憐でもある。

おそよがささやいた。唄はまだ途中だ。

「瑞之助さん」

手を止めた瑞之助は、首をかしげた。

「何でしょう？」

「歌って」

「この続きを？　私がですか？」

「上手なんでしょう？　わたし、疲れたから、瑞之助さんが代わりに歌って。大きな声で。三味線も、大きな音で。わたしに合わせなくていい。もっとちゃんと、聴きたい」

瑞之助は少し迷い、戸惑った。

「さほど上手でもないと思いますよ。三味線だけならともかく、歌いながらとなると、あまり自信がありません」

「聴きたいの。お願い」

実のところ、『鷺娘』は譜を見ずとも弾けるくらい、稽古の数をこなしている。自分の部屋で稽古するときには、小声ではあるが、自分で歌って拍子をとってもいる。

　おそよに期待のまなざしを向けられて、瑞之助の心ノ臓がせわしない鼓動を打ち始めた。おふうは楽しそうに手を叩いて、瑞之助を急かした。

　瑞之助は照れ隠しに早口で言った。

「人前でやるのは初めてですよ、『鷺娘』。下手でも笑わないでくださいね。この続きをいいんですよね？」

　おそよは、かすかにうなずいた。

　瑞之助は撥を握り直した。撫でるような弾き方ではなく、手首をしなわせて勢いよく撥を絃に当てる。

　痛快なほどに通る音が鳴った。

「添ふも添はれず剰へ　邪慳の刃に先立ちて　此世からさへ剣の山」

　初めの一節を声に乗せると、あとは迷いも戸惑いも吹き飛んだ。

　鷺は歌う。この恋は罪。だが、恋したことを悔いてはいない。地獄の苦しみのさなかにあっても、死に装束をまとったような白い鷺は、気高くも儚く、この悲しい恋を歌う。

　胸がきりきりと痛むような唄だ。

瑞之助は三味線を掻き鳴らし、夢中で歌っていた。おしまいの一音を、びぃんと長く響かせる。

その音の名残が消えたとき、初めて背後に気配を感じて、瑞之助は振り向いた。

真樹次郎と登志蔵と初菜、桜丸と巴までも、そこにいた。

登志蔵が瑞之助を手招きした。

「本当に大したもんだな。この一月ほどで、さらに腕を上げたんじゃないか？瑞之助にちょっと話がある。おそよさん、こいつを借りていいかい？」

おそよは息が止まったような真っ白な顔をして、まなざしをちらりと伏せるような、かすかな仕草で応じた。うなずいたのだ。

瑞之助は三味線を置いて立ち上がった。入れ替わりに、巴が部屋に入った。もうすぐ夕餉だよ、と巴は明るい声で告げた。おふうが、広げた譜を手早く片づけてくれた。

おそよのまなざしが追いかけてくるのを感じながら、瑞之助は部屋の襖を閉めた。

瑞之助は登志蔵の後について北棟を離れ、裏庭に赴いた。

西日の当たる柿の木のそばで、登志蔵は足を止めた。真樹次郎と初菜も追いついてきて、黙ったまま成り行きを見守っている。

登志蔵は笑っていなかった。眉と目のくっきりとした登志蔵が厳しい表情をすると、気圧されそうなほどに迫力がある。登志蔵は、低く静かな声で言った。

「瑞之助、おまえ、おそよさんから少し離れたほうがいい。入れ込みすぎだ」

やはりそのことか、と瑞之助は思った。はっきりとした言葉で告げられたのは初めてだが、遠回しにちくりと刺すような忠告は何度も受けている。

瑞之助はやんわりとした口調で反論した。

「そう特別に入れ込んでいるつもりはありませんよ」

「入れ込んでるだろ」

「だとしても、私はいつもこんなふうでしょう？　おうたちゃんが流行り病で目を覚まさなかったときも、源ちゃんを預かって世話をすることになったときも、身の程を超えるくらいに入れ込んでしまいました」

「そいつは俺も見ていたから知ってるさ。だが、こたびは、入れ込み方の意味合いが違うだろう？」

「そうですか？　違うというのは、どこがどんなふうに？」

「とぼけるな。医者が患者に惚れても、ろくなことにならねえぞ。しかも、おそよさんの病は治らねえ。どんどん病が進んでいってるのは、おまえがいちばんよくわかってるだろう？」

瑞之助は苦笑してみせた。

「おかしな勘繰りをしないでくださいよ。惚れるって、何のことですか？」

「まだとぼけんのか？」

「心配しないでください。私は、おそよさんに対して不埒なことなどしません。刀に誓ってもいい。万が一、私があやまちを犯すようなことがあれば、腹を切ります。登志蔵さんが介錯をしてください」

登志蔵の顔から一瞬で血の気が引いた。登志蔵の顔色の変化は見て取りやすいのだ。厚みのある唇の色は、特によくわかる。

「瑞之助、おまえ、よりにもよって、それを俺に言うのか？」

「登志蔵さんのほかに、誰に頼めます？　古傷を抉るようなことを言って申し訳ありませんが、身に覚えのない疑いをかけられては、私も黙っていられないんです」

「疑ってなんかいねえよ！　おまえが欲に駆られて患者を襲うなんて、はなから思ってねえ。俺は心配してんだ。瑞之助、おまえは誰よりも誠実で一途だ。だからこそ危うい。おそよさんに入れ込むのはよせ。おまえのここが壊れる」

　ここ、と言いながら、登志蔵は瑞之助の胸を拳でとんと打った。

　瑞之助は、登志蔵の大きな目をまっすぐ見つめ返した。

「壊れるというのは？　心ノ臓ですか、肺ですか？」

「馬鹿野郎！」

「蘭方外科医の登志蔵さんらしくない言い方をしますね。心というものの正体は脳だと教えてくれたのは、登志蔵さんですよ」

「アナトミーを究めた外科医でも、つらい出来事が起これば胸が痛むんだよ。そうなるはずがないと頭でわかっていても、大事な人に死なれたら、めちゃくちゃに引き裂かれそうだって感じるくらい、ここが痛むんだ」

　登志蔵はまた瑞之助の胸を拳で打った。今度は少し力がこもっていた。

　初菜が登志蔵を押しのけるようにして瑞之助と向かい合った。

「瑞之助さん、わたしもやっぱり登志蔵さんと同じように、おそよさんから少し離れたほうがいいと思います。それが瑞之助さんとおそよさん、双方のためではないかしら」

「おそよさんのため、ですか？」

「病を得て寝ついてしまって気が弱ると、目に映るものがほんの少しになってしまう。外の世界や先のことが見えなくなる。それはわかるでしょう？　おそよさんの目には、瑞之助さんばかりが映っているのではないですか？」

瑞之助の胸の、登志蔵の拳に打たれたあたりが、どきりと音を立てた。

「それは、どうなんでしょう？　私にはわかりません。おそよさんにそういうふうに尋ねたことなどありませんから」

初菜は短く嘆息し、眉間に皺を刻んだ。

「押し問答を続けても埒が明かないので、単刀直入に言います。医者と患者は、互いのことしか見えなくなりやすいんです。そうなると、頼り頼られるその間柄を、色恋の情によって結びついているものと勘違いしてしまう。それは、あやまちです」

「あやまち？　いや、でも、私は……」

初菜は畳みかけるように言った。

「恥を忍んで打ち明けますが、わたしはそのあやまちを犯したことがあります。

十八の頃、父のもとに運び込まれた病者のお世話をしているうちに、そういう仲になりました。相手は品川の漁師でした。旅先の川崎で胃の腑を病んで、すっかり治るまでには二月ほどかかったんです。その二月のうちに、所帯を持とうという話にまでなりました」

瑞之助はもちろん、真樹次郎も登志蔵も目を見張って、初菜の話を聞いている。

初菜は淡々とした口調で続けた。

「体が弱っていると、気もまた弱るものです。そんなときに親切にされたら、勘違いを起こす人も少なくないでしょうね。医者のほうも人として未熟だと、感謝と懸想を取り違えることがあります。双方が嚙み合えば、道を踏み外すことになりかねません。わたしとそういう仲になった漁師は、品川に妻子がいました」

えっ、と瑞之助は思わず声を上げた。

真樹次郎は額を押さえた。

「その漁師、体のほうがすっかり治ったら、里心がついて初菜を捨てたというわけか」

「ええ。でも、わたしもおとなしく泣き寝入りするなんてできなくて、品川まで追いかけていきました。仲のいい家族でしたよ。わたしが割って入る隙はなかった。実は薄々わかっていたんです。でも、見ないふりをした。子ができなかったのは不幸中の幸いでした。結局、泣き寝入りしました。みじめでした」

「それに似た話はたびたび聞く。なるほど。だから、初菜はこたび、おそよの味方をしないわけだな」

初菜は真樹次郎に、苦虫を嚙み潰したような顔を向けた。

「仮に二人の間にある結びつきがあやまちでないのだとしても、体に負担がかかるのは女のほうです。産科医として、見過ごすわけにはいきません。今のおそよさんの体では、子を産むことはもちろん、宿すことすら、きっと耐えられませんから」

「初菜がそういう心配をしてしまうのもわかるがな、ちょっと待て。あまりに急な話で、瑞之助が戸惑っている」

瑞之助は目を閉じ、どうにかして深い呼吸を繰り返していた。初菜の話を聞きながら、動悸がして息苦しくなっていたのだ。

まぶしすぎる西日が、まぶたにちかちかと反射している。なかなか気息が整わない。

衣擦れの音がして、背中に温かい掌が添えられた。真樹次郎の掌だと、目を開けるまでもなくわかった。

「なあ、瑞之助。俺たちはおまえと言い争いをしたいわけじゃないんだ。たとえば、もしもの話だ。もしもおそよさんの病が治る日が来るなら、登志も初菜も口出しなどしない」

瑞之助はまぶたを上げた。真樹次郎を振り向いて、笑ってみせる。

「色恋沙汰の騒ぎなど、見当違いですよ。私はただ、医者見習いとしても用心棒としても、精いっぱい務めを果たそうと考えているだけですから」

「あまり無理するなよ」

「大丈夫です。真樹次郎さんも、登志蔵さんも初菜さんも、噂の探索の件、あまり根を詰めすぎないようにしてくださいね」

「ま、そうだな」

本当はここで話を終えるべきではないことは、瑞之助にもわかっていた。真樹次郎が間に入ったから黙っただけで、初菜はまだ納得していない。登志蔵も眉間に皺を刻んだままだ。

しかし、瑞之助は何ひとつ気づかないふりをして、あっさりと告げた。

「さて、おそよさんや巴さんに心配をかけるので、私はそろそろ部屋に戻ります。真樹次郎さん、登志蔵さん、湯屋に行くときは声を掛けてくださいね」

さっときびすを返して、瑞之助は裏庭を立ち去った。

ちょうど西日が沈む刻限だった。

日々が静かに崩れつつあった。

おそよは近頃、できるだけ筆を執りたがっていた。瑞之助は細筆の先に墨を含ませ、おそよの右手に握らせる。だが、何とか取り落とさずにいられる時が、だんだんと短くなっている。

多摩の人々への手紙は、一日がかりで挑んでも書き上がらない。

瑞之助はおそよの手を支え、おそよが筆を運ぼうとするほうへ、手を動かしてやる。指先で手首や掌のかすかな力のかかり具合を慎重に感じ取るのだ。

正直なところ、脈を按じて診立てをするのより、よほど難しい。今では、おふうもう、そのかすかな動きを感じ取ることができなくなっている。

いずれ瑞之助も、おそよの手の神経の代わりができなくなるのだろう。いつその日が来るのだろうか。

あらかじめ恐れ、覚悟していたことではあった。

だが、その日がついに来てしまったとき、瑞之助はうろたえた。

「何だ、この動きは？」

思わず口に出してしまった。

おそよの手首や掌の薄い肉が、ぴくぴくと引きつるように動いている。おそよ自身が動かそうとするときの、ごく弱い合図とはまるで違う。おそよの意思と関わりなく、まるで肌の下で虫が這い回っているかのような不気味さで、動いているのだ。

おそよの手から筆が滑り落ちた。書き始めたばかりの手紙が墨で汚れた。おそよの喉の奥から細い悲鳴が漏れた。

「嫌……ああ、嫌、嫌ぁ……」

瑞之助は、おそよの手を離すことも下ろしてやることもできず、じっと固まったまま、異様な引きつりを指先に感じていた。

「おそよさん、これは？　これ、何が起こってるんですか？」

問いかける声が震えた。

おそよは、ひそやかな嗚咽とともにつぶやいた。

「ここが動かなくなるの。虫が這うみたいに、肌の下がぴくぴくしたら、もう動かなくなってしまう合図。わたし、明日はもう、きっと右手が動かせない」

「そんな……」

「嫌よ。まだ、書きたいことがあるのに。どうしよう。いえ、どうにもならない。ああ……怖(こわ)い……」

おそよの指先が儚く宙を掻く。

瑞之助は思わず、その手を両手で包み込んだ。押し留(とど)めようもなく、おそよの手の肌の下で、ぴくぴくと痙攣(けいれん)が起こり続けていた。

翌朝、おそよの部屋の風鈴が鳴らなかった。右手が動かず、風鈴に結びつけた紐(ひも)を引くことができなかったのだ。

その日を境に、おそよは、ふとした弾(はず)みで涙をこぼすようになった。

二

初菜はため息をついた。朝から数えて何度目のため息になるだろうか。

悩みの種はいくつもあるが、やはり瑞之助のことが気掛かりだ。

今日もやはり瑞之助は蛇杖院に居残った。真樹次郎が「気晴らしに外に出ないか？」と誘ったらしいが、瑞之助は困ったような顔で笑って、きっぱりとかぶりを振ったそうだ。

「やっぱり、余計なお世話だったかしら」

今さらながら、そう思う。

先月の初め、真樹次郎や登志蔵とともに、初菜は瑞之助に忠告した。瑞之助はあまりにも、おそよに肩入れしすぎている。それが危ういことのように思えて、きつい言葉をぶつけてしまった。

しかし、瑞之助は、あの一件の後も態度を変えていない。おそよに対しても、初菜や登志蔵に対してもだ。気が優しいばかりで頼りない人だと思っていたのに、その実、近頃の瑞之助はしたたかで頑固で辛抱強い。

おそよは日に日に体が利かなくなってきている。突然泣き出すことも増えた。怖い怖いと訴えを上げ始めると、誰がどんな言葉を掛けてやっても、心が乱れるのを止められない。

今の世の医術では、おそよの病を治すことができない。おそよの心を励ます術すら、医者には見出せない。

初菜は、おそよと一対一で向かい合うのが恐ろしい。自分には何もできないと思い知らされ、打ちひしがれてしまう。日頃はどんな病やけがを診ても平然としている真樹次郎や登志蔵さえ、おそよのこととなると口をつぐむ。

それなのに、瑞之助は恐れる様子を見せず、日がな一日、おそよの部屋に詰めている。

瑞之助はどんな泣き言も根気よく聞き、ここが痛いと訴えられれば按摩の術を施し、おそよが手足の位置に寸刻みでこだわるのにも丁寧に向き合い、三味線が聴きたいと求められれば弾いて歌う。

初菜はとてもあんなふうにはできない。

自分の物差しで瑞之助を測ってしまったことが、初菜は恥ずかしい。初菜にできないからといって、瑞之助にもできないことだとは限らない。初菜が今まで経験し見聞きして身につけてきた医者の器の限界を、瑞之助はあっさりと超えた。

瑞之助のあの穏やかさ、忍耐強さ、懐の深さは、持って生まれた特別な才だ。医術を学び始めるのが人より遅かったとしても、さほどの障りにはなるまい。瑞之助はいずれ、きっと名医になれる。

初菜は、今日何度目かのため息をついた。せっかく点(た)ててもらった上等の茶も、味がよくわからない。

日本橋の米沢町にある大店(おおだな)の質屋、大黒屋の庭に建てられた庵(いおり)の茶室である。久方ぶりに往診に来た初菜は、母屋では別の来客があるからと、こちらの茶室に通された。暖かな茶室は上品で趣(おもむき)がある。気持ちが落ち着いているときならば、さぞ居心地がよいことだろう。

一人になると、あれこれ思い悩んでしまう。

「やっぱり、巴さんに一緒に来てもらえばよかった」

真樹次郎と登志蔵も日本橋界隈に来ているが、初菜を大黒屋に送り届けると、探索のために二人で行ってしまった。

流行り病云々(うんぬん)の噂が広まって四月(よつき)近くになる。そろそろ世間の人々も、見たこともない病の噂に怯えることに飽き始めたらしい。相手を選んで話を聞きに赴けば、真樹次郎や登志蔵が門前払いを食らうこともなくなってきたという。

敷石に下駄が鳴る音が聞こえてきた。大黒屋の若おかみ、お絹(きぬ)が来たようだ。

茶室の戸が開いた。

「お待たせしました、初菜先生。あっちの話がちょいと長引いちまったんです。

退屈だったでしょう？　お忙しいところ、ごめんなさいね」

お絹は幼子を抱いている。生まれて八か月になる菜太郎だ。時折熱を出したり、いつも便秘気味だったりはするものの、背丈も目方もすくすくと増えている。お絹に似た目元が愛らしい。

初菜は笑顔をつくってみせた。

「お久しぶりですね。元気にされていましたか？」

「ええ、それはもちろん！　菜太郎も大きな病はしていないし、あたしのお乳の出も悪くない。近頃の悩みは、菜太郎がおっぱいを嚙みたがるのが痛いことくらいですよ」

お絹はくすぐったそうに笑った。満ち足りた顔をしている。

菜太郎の名は、何と、初菜にちなんだという。それを聞いたときは、畏れ多いような気持ちになってしまった。

初菜は、菜太郎の小さな体を診た。相変わらず便秘気味だというので、おなかを「の」の字にさすってやる。腸の動きを助ける按摩だ。やり方はよく知られているが、コツがあるようで、お絹はどうしてもうまくできないという。

菜太郎は人見知りもせず、初菜におなかをさすられるたびに、けたけたと笑い声を上げた。お絹は初菜に教わりながら、のの字の按摩の稽古をした。

　生まれて八か月ともなれば、菜太郎もお乳を飲むばかりでは足りなくなっている。薄味に煮た雑炊なども食べさせているらしいが、人参や南瓜、芋の類は、どんなに柔らかく潰してやっても嫌がるという。

「土の匂いでも感じてるのかしらねえ。土の中に埋まって育つものは、軒並み嫌っちまうんです。菜っ葉の類はよく食べるのにねえ」

　お絹は、菜太郎のもちもちした頰をつついた。菜太郎はお絹を見上げ、「んまんま」と何か言い、声を立てて笑う。

　初菜もつられて笑った。

「あら、えくぼが」

「そうなの。笑った顔や口元の感じはおとっつぁん似だよねえ」

　初菜は、菜太郎のふわふわした髪を撫でてやった。菜太郎は、獲物を見つけたぞ、と言わんばかりに目を輝かせ、思いがけない勢いで初菜の指をつかんだ。と思うと、その指先を口にくわえ、噛んだ。

「ああ、本当ですね。上も下も歯が生えてきている。痛い痛い、ちょっとやめてね」

初菜は苦笑して、菜太郎から指を取り戻した。よだれまみれの指には、小さな歯形がしっかり残っている。

「やだ、初菜先生、痛かったでしょ？」

「赤ん坊に噛まれるのは慣れていますよ。歯が生えてくる頃はむず痒いみたいで、ものを噛みたがるんですよね。匙を噛んで離さなかったりするでしょう？」

「そうそう。案外、力が強いの」

「わたしがなかなか来られないうちに、いつの間にか大きくなって。赤ん坊が育つのは早いものですね」

お絹は顔を曇らせた。

「ごめんなさいね、初菜先生。大黒屋の都合で、しばらく遠ざけるような格好になっちゃって。ちょいとごたごたしてたんです。でも、やっとあいつらの尻尾をつかんだのよ。あと一歩、きっちり追い詰めて、とっちめてやるんだから」

「あいつら、ですか？」

お絹は憤然と息をついた。

「ここの二筋南に、先々代の頃からうちと仲が悪い質屋があるんですよ。もとは店の身代も同じくらいだったんだけど、今はうちのほうが羽振りがよくって、それで、ひがまれちまったみたい。あることないこと、読売に書かれたんです」

「ああ、読売のこと、聞いていますよ。大黒屋さんに預けていた質草を請け出してみたら、藁人形が一緒についてきたとか」

　お絹は指折り数えてみせた。

「藁人形のほかにも、うちの蔵から出てきた人形の髪が伸びていただの、背中に人の顔みたいな模様がある虫がうちの暖簾にたかっていただの、菜太郎がすくすく育ってる裏では奉公人が次々と病にかかってるだの、それは菜太郎にかけられた呪いを奉公人に移しているからだの、よくもまあそんな怪談を思いつくもんだわ」

　菜太郎は、お絹が指を折ってみせるのをおもしろがって、きゃーっと声を上げて笑った。初菜もお絹も、つられて笑って力が抜ける。

「大黒屋さんも大変だったんですね。これだけ繁盛しているお店だと、やっかみもずいぶんあるでしょう」

「それでも、普通は腹の底に収めて、顔だけはにこにこしてみせながら、うまいこと商いの付き合いをしていくもんでしょう？　表に出してみせる人はめったにいないし、ましてや、ありもしない悪評を立てるような根性の悪いやつともなりゃあ、ねえ？」

「そうですよね」

「店の名も口にしたくないわ。菜太郎が生まれてから、嫌がらせが本当にひどくなったんです。あっちの店の若旦那と若おかみは仲がよろしくない上に、せっかくできた赤子も流れちまったって聞いたときは気の毒で、お見舞いの品を届けたりもしたんですけど、かえって逆恨みを買っちまって。ここまで来ると、もう駄目ですね」

「駄目というのは？　お上に訴えるとか？」

「ええ。顔馴染みの目明かしの親分を通じて、奉行所に届けてもらいました。今度、八丁堀の旦那に立ち会ってもらって、でたらめを吹聴した罪を明らかにするんです。そのための証を集めてくれた親分が、今ちょうど母屋のほうに見えていて、それで初菜先生をお待たせすることになったんですけど」

初菜は胸を撫でおろした。怪談じみた悪評に悩まされるのは、他人事ではない。今朝も巴から「蛇杖院の近所で疫病神のお面のやつらを見た、恐ろしいことの前触れだって噂が流れてるよ」と聞かされたばかりだ。

「大黒屋さんの悪評騒動も出口が見えてきたなら、ようございました。おかしな噂話を広められるって、本当につらいものですよね。蛇杖院もわたし自身も、根も葉もない噂話にはしょっちゅう悩まされていますから」

「そうよねえ。初菜先生も困ってるんなら、こたびの探索で力を貸してくれた親分たちを紹介したげますよ。なかなかの腕利きなんですから」

親分の名は丹兵衛といい、探索のために駆け回った若い下っ引きは知蔵と吉八だ。日頃から内神田の豊島町を拠点に、大黒屋のある米沢町のあたりまで見回っているらしい。こたびの噂集めには、丹兵衛一派のたまり場である小料理屋のお貞とおあきが、目覚ましい働きを見せたそうだ。

丹兵衛に手札を渡している定町廻り同心は、南町奉行所の村山という男らしい。同じ南町奉行所の広木と同年配のようだ。

お絹の話をうなずきながら聞いていた初菜は、はたと気がついた。

「菜太郎ちゃんが生まれて、あちらのお店では子が流れてしまって、そこで逆恨みを買ったのがきっかけで、嫌がらせがひどくなったということでしたよね？」

お絹は深くうなずいた。

「そうなんです。菜太郎が生まれたときも嫌味を言われたんですけどね、変な噂を立てられるようになってからが本当に大変で。大黒屋だけじゃなくて、うちから独り立ちした番頭さんがやってる骨董品屋や古着屋、義理の姉さんの嫁ぎ先の札差や、あたしの実家の小間物屋まで火の粉が飛んで、もうひどいもんで……あら？　もしかして、初菜先生」

「嫌がらせの噂を書き立てた読売が出回りだしたのは、この秋頃でしたよね？　わたしが登志蔵さんからその噂を聞かされたのは、四か月ほど前の七月下旬でした」

「ええ、そうよ。七月の半ばか下旬からで、本当にひどくなったのは八月」

「蛇杖院も同じです。七月下旬には何となく人が離れ始めて、八月に入ってからは、ひどい病を流行らせる源だという噂が西国のコレラ流行の知らせと結びついて、訪れる人がすっかりいなくなってしまったんです」

お絹は悲鳴のような声を上げた。

「どうしましょ！　そうよ、菜太郎のことで嫌がらせが起こってるんなら、菜太郎を取り上げてくれた初菜先生のところにも矛先が向いたっておかしくないわ。あたしったら、どうして今まで気がつかなかったの！」

初菜はむしろ安堵していた。力が抜け、背筋を伸ばしていられなくなって、足を崩してへたり込んでしまう。

「ああ、これで光が見えるかもしれない。お絹さん、丹兵衛親分たちを紹介してもらえますか？　蛇杖院にまつわる噂話についても、大黒屋さんの件と同じ筋で調べてほしいんです」

お絹は力強くうなずき、初菜の手を取った。

「紹介しますとも。大黒屋が力になります。さ、初菜先生、母屋のほうへどうぞ。困った連中には、きっちりお灸を据えてやらなけりゃなりませんからね！」

お絹は菜太郎を抱いて立ち上がった。初菜も座を立ち、気息を整えた。南天の枝を模した簪(かんざし)に、ちらりと触れる。

深川佐賀町にも、また堂々と顔を出したい。そのときには、この簪の贈り主が誰なのか、織姫屋のおかみにきちんと尋ねるのだ。お守りのような簪がどれほど心強いか、どれほど初菜の心を励ましてくれているか、その人にお礼を伝えなくてはならない。

三

十二月になった。

朝、目を覚ますと、瑞之助は真っ先におそよのことを考える。

おそよは今日も起きてくれるだろうか。言葉を交わし続けられるだろうか。表情豊かなあの目だけは、今日もよく動いてくれるだろうか。

登志蔵との剣術稽古の前に、いちばん早起きのおけいに尋ねに行く。

「昨日の晩は、おそよさん、少しだけでも眠れているようでしたか？」

「ぽちぽちだねえ。あたしが夜中に厠(かわや)に行くときに様子を見ると、相変わらず、目を開けていることが多い。たまたま寝返りを打ちたくなる刻限だからと言うけど、どうだかねえ」

「ずっと寝つけないのかもしれませんね」

「夜の暗さは人の不安をあおっちまうもんさ。まわりが静かになると、自分の中から湧いてくる声が、どうしたって大きく響いてしまう。おかげで眠れやしないし、自分と向き合い続けるのは苦しいもんだよ」

不安な夜にこそ、そばについていてあげたい。そう望んでしまう。おそよにそれを申し出たこともある。

だが、おそよ自身にもまわりの皆からも、それはならないと言われた。瑞之助が疲れすぎてしまうから、と。

殊に登志蔵は、毎朝の稽古で木刀を交えるたびに、探る目をして瑞之助の顔をのぞき込む。心身の疲れが剣を鈍らせてはいないか。瑞之助は今朝も冷静で正気だろうか。言葉はなくとも、雄弁なまなざしで、登志蔵は常に瑞之助をいましめている。

つなぎとめてくれているのかもしれない、と瑞之助は思う。

おそよに入れ込みすぎるなと忠告されたあの頃から、実は、自分でも危ういと感じることがたまにある。おそよはどんどん弱っていく。歯止めの利かないその流れに、瑞之助も呑(の)まれそうになる。底知れぬ沼に沈んでいくかのようだ。

いや、大丈夫。私は大丈夫だ。

自分に言い聞かせる。今果たすべき役目を、滞(とどこお)りなく、あやまちもなく担(にな)うために。大丈夫。私は大丈夫だ。

稽古の後、汗みずくになった登志蔵が言った。

「蛇杖院が疫病（えきびょう）を流行らせようとしてるって噂の件、近々、片がつきそうだ。初菜のお手柄でな」

「誰があの噂を広めたのか、突き止めたんですか？」

「目星がついた。今日にも話を詰めようってことになってんだが、おまえもこっちに合流するか？」

「ああ、ええと……おそよさんの様子次第ですが、難しいと思います。すみません」

登志蔵は、瑞之助が切なく感じてしまうくらいの、優しい笑い方をした。

「そうだよな。おそよさんは近頃、瑞之助のそばでないと眠れないんだって？」

「はい。それでも、浅い眠りを小刻みに繰り返すような感じではありますが」

「眠るのと飯を食うのは、人が生きていくために必要な最後の一線だ。その一線を踏み越えて、眠ったり食ったりするのができなくなったら、人はもう生きていけねえ。おそよさんは今、ぎりぎりだな。おまえがちゃんとついててやるしかないんだろうな」

「できる限りのことをやってみます」

登志蔵は何度もうなずくと、吹っ切るように言った。

「うん。瑞之助、気張れよ」

　頑固なはずの登志蔵が翻意した。瑞之助をおそよから遠ざけるのをやめたのだ。その意味するところを推し量って、瑞之助は胸が苦しくなった。

「おそよさんの病は、やっぱりどうしようもないんですか？」

「ないな」

「筋や肉を動かす神経が萎えていって、体が動かなくなる。顔も動きにくくなって、おそよさんは頬にえくぼができなくなりました。でも、手足や頬の動きがすっかり利かなくなってしまったら、もうそれ以上、病に蝕まれることはなくなるのでは？　寝たきりの体にはなっても、治療の道が見つかるまで待てるのではないんですか？」

　食い下がった瑞之助に、登志蔵はかぶりを振った。節が目立つ大きな手を、瑞之助のほうに伸ばす。その手が瑞之助の喉をそっとつかんだ。瑞之助は驚いて、ごくりと唾を呑んだ。

　登志蔵は冷静に告げた。

「ほら、今の、唾を呑んだ動き。そいつも、筋や肉を動かす神経の働きによってなされている。おそよさんの病がこのまま進んだら、ものを食って呑み込むことも、口の中に湧いた唾を飲み下すことさえ、できなくなる」

そうだ。おそよはすでに、茶を飲むのが難しいときがある。むせてしまうのだ。だから、汁物はすべて葛でとろみをつけ、呑み込みやすくしている。

登志蔵の手は、瑞之助の喉元から下へとたどり、胸骨の真ん中を経て、みぞおちで止まった。広げた掌が左右の肋骨のいちばん下の骨にかかっている。

「このあたりにな、肺の底を支えるような格好で、膜がある。肋骨とその膜が、肺を納めた籠を形作っているんだ」

「腑分けの模型で教えてもらいましたよね」

「そうだな。今、おまえは胸で呼吸をしてるだろ。剣術や武術の呼吸は丹田にまで落とし込むもんだが、アナトミーでもって単純に説くなら、人は胸で呼吸をするもんだ。息を吸えば、肋骨と膜による籠が膨らんで、息を吐けばしぼむ」

登志蔵の熱い掌が触れているので、瑞之助も己の胸の動きを感じ取りやすい。登志蔵がこれから続ける言葉がどれほど不吉なものであるかも、聞くまでもなく、感じ取ることができてしまった。

瑞之助が思ったとおりのことを、登志蔵は淡々と言った。

「身を動かす神経がすっかり萎えてしまえば、この動きもいずれできなくなるだろう。呼吸が止まるんだ。むろん、そうなりゃ生きられねえ。わかるよな？」

「およさんの呼吸は、ここに来たときにはもう、浅くて苦しそうでした。今では、仰向けになることが難しいんです。気道が潰れてしまうんでしょう。布団の下に斜めの台を入れて、体を少し起こした格好を保てるようにしています」

「その寝台も瑞之助が作ったそうだな」

「こういうことしかできませんから。私は、医者として不十分なんです。真樹次郎さんや初菜さんのように、体の不調を和らげる薬を見抜いて処方することが、十分にはできない。岩慶さんのように、強張った体を的確にほぐしてあげることも、まだうまくできない」

「実際に薬を調合してるのは、真樹次郎や初菜の指図を受けた瑞之助だろ。岩慶から按摩の術を習ってもいる」

「毎日、皆から教わっています。でも、間に合わない。身につけても身につけても、およさんの病が進んでしまうのに追いつかないんです。私はいつまで経っても、十分なことができない半人前のままだ」

瑞之助は、登志蔵のまなざしに耐えられなくなってうつむいた。登志蔵はさらに一歩近寄ると、瑞之助の胸に触れていた手で、今度は背中を優しく叩いた。

「おまえはよくやってるよ。だがな、おそよさんの病に関して言えば、今の世の医術の限界が、すぐそこに見えている。己の口でものが食えなくなったら、もうどうにもならない。まもなく止まる呼吸を補ってやる手立てもない」

瑞之助は声を絞り出した。

「頭ではわかっています。でも、何とかなりますようにと、祈るのをやめられません」

「祈っていいさ。ただ、その日がいずれ来ることは、必ず心に留めておけ。冷静でいろ。弱った心に付け込むまじないには、絶対に踊らされるな」

「はい」

噛み締めるように言って、瑞之助は再び目を上げた。

登志蔵は、よし、と微笑んで、瑞之助の背中をもう一度叩いた。


さっと朝餉を平らげた後、ひと騒動あった。

おそよが朝の身支度を整えた頃だろうと、瑞之助は北棟に向かった。しかし、その途中で初菜に引き留められた。

「瑞之助さん、そちらには行かないでください。おそよさんの気持ちが落ち着くまでは、北棟に声が届くところに近づかないで。今、おそよさんはちょっと気が立っているんです。ああ、真樹次郎さんも泰造さんも。男の人は駄目です」

おそよが粗相をしてしまったのだろうか、と思った。もう体を支えても、おそよは足を前に出すことができない。厠に行くのが間に合わないことも起こりうるだろう。

瑞之助と同じく呼び止められてしまった真樹次郎と泰造も、神妙な顔で黙ってうなずいた。

初菜は北棟のほうを振り向いた。女中たちがばたばたと、おそよの部屋に出たり入ったりしている。巴が湯の桶を持ってくるのも見える。初菜は声を落として、瑞之助たちに言った。

「長屋のほうへ行きましょう。こういう機会だから、ちゃんとお話しします」

初菜に促されて、瑞之助たちは北棟から離れた。

二棟の長屋は向かい合って建っている。一の長屋は医者が住み、二の長屋は下働きの者が住むという、一応の約束がある。医者見習いの瑞之助はまだ、二の長屋の隅の部屋を使い続けている。

そういえば、おそよにお願いされて、瑞之助の部屋を見せた日があった。

天井が高くて中二階がある六畳間だ。中二階は寝床にしている。部屋には書物が増えつつある。医書を自分で書き写したものが多い。人の体の図は、登志蔵に教わりながら、模型から描き取った。

文机の正面には、おうたが初めて書いた元気いっぱいの「みずのすけ」の字を飾っている。もっとも、字が上達してきた近頃のおうたは、去年の自分の字が恥ずかしくてたまらないらしい。飾るのをやめてほしいと言ってくる。

今は、玉石から借りた三味線と譜も部屋に置いてある。おそよに部屋を見せた日は、直している途中の脇息もあった。おそよの体に合わせて、より使いやすくなるよう工夫を重ねていたところだった。

初菜は男たちを前に、冷静に切り出した。

「女にとっては話しにくいことですが、女の身において大事なことなので、医者としてわたしが話しておきます。特に瑞之助さんと泰造さん、若くて未熟なあなたたちは、よく知っておいてください」

部屋にいたらしい登志蔵と桜丸と岩慶、それに井戸端から追い払われてきた朝助も、雁首を揃えた。

朝助は少し、おそよが瑞之助たちを遠ざけたがるわけを聞いてきたらしい。

「月の障りだと聞きましたよ。おかげで、おそよさん、今日はずいぶん具合が悪いそうで。いたわしいことです。着物や布団に血が染みてしまったのを、満江さんたちが井戸端で洗ってるところで、男連中には見せたくないと言われました」

　初菜はうなずいた。

「女の体に月の障りがあるのは、赤子を孕むための支度です。産科の言葉では、月経と呼びます。子を孕まなければ、月に一度、数日の間、女陰から血が流れ出ます。その間、心身ともに不調を呈する女も少なくありません」

　瑞之助は、産科の医書の読み解きを初菜に指南してもらっている。月経については、その折に学んだ。初菜はこういうとき、気まずさなど一切排して話をするので、瑞之助もすでに慣れている。

　泰造は農村育ちだ。江戸生まれの瑞之助には思い描くこともできないほど、男女が子をなす営みについては、あっけらかんとしてよく知っている。村の仕事の手伝いで、馬や鶏の雌雄を番わせたりもしていたらしい。

　初菜は続けた。

「月経では、子宮から血が流れ出ます。臓腑からの出血なんですよ。体に負担がかかるのも道理だとわかるでしょう。血を流しすぎれば体のあちこちに障りが出るというのも、皆さんなら、たやすくわかるはずです」

真樹次郎が口を挟んだ。

「俺の許婚だった娘は、月のものの出血が多いたちだったようで、毎月何日頃がその日だと言われずとも、顔色を見ればすぐにわかった。腹を下してもいたみたいだったな。血の気が引いて、土気色の顔をして、手も冷たかった。そんな体調では機嫌よく振る舞うのもつらかったろうに、見栄っ張りだから、弱音を吐いてはくれなかったな」

登志蔵はこめかみをつついてみせた。

「月の障りのせいで頭がぼんやりするとか頭痛がするって訴えも、珍しくないみたいだな。俺はさあ、切り傷や手術のせいで血がたくさん失われた人の様子なら、よく知ってんだ。着物や布団がしっかり汚れちまうような出血が毎月あるんじゃ、血が足りなくなって頭痛がするのも当然だぜ」

「そうだよな。どの程度の切り傷を負えば着物が血染めになるかと想像すると、ぞっとする。そんな出血が毎月か。かなりの負担だな」

真樹次郎が言い添えたのに、登志蔵はうなずいた。

桜丸は、若い女にも見える美貌を曇らせた。

「子がなかなかできぬ女は、胎に小さな瘤や腫物を抱えていることがよくあります。それが月の障りのたびに悪さをして、ひどい痛みを発したりする。そんなふうに玉石さまから教わりました。そのつもりで目を凝らせば、確かに、命を削る類のものではないにせよ、胎に瘤や腫物を患っている女が何と多いことか」

「桜丸の目にはそんなもんも見えるのか？」

「あい。ですが登志蔵、見えていても、正体がわからぬものばかりなのです。わたくしがものを知らぬだけではありますまい。たとえ登志蔵や真樹次郎の目に同じものが見えたとしても、わからぬと答えるでしょう」

　初菜は、ほっと肩の力を抜いた。

「蛇杖院の男の人たちには驚かされますね。理解が早くて何よりです。とにかく、察すべきときに察してもらえたら、女としては助かります。おなかが痛い、頭が痛い、体が冷える。そうした訴えの原因には、月の障りや胎の中の瘤や腫物がある場合も少なくないんです」

　岩慶が、少し迷った様子を見せながら言った。

「おそよどのは、ずいぶん前から月のものが止まっておったらしい。日野宿の女人たちから、そう聞かされた」

初菜はうなずいた。

「月の障り、月経とは言っても、毎月何日にきっかりあるとは限らないんです。子を孕んでいない場合でも、気に病んでいることがあったり、忙しすぎたり、体への負担があまりに大きかったり、十分に食べることができない暮らしであったりすると、月経は止まります。逆に、時でもないときにおかしな出血が起こることもありますが」

「心身の著しい不調からくる出血、とな。おそよどのにおいては、こたびもそうであろうか？」

「おそらく。胎に重い病があるのなら、わたしが気づいたはずです。おそよさんの体は、しょっちゅう診させてもらっていますから」

黙って聞いていた瑞之助に、初菜がまっすぐな目を向けた。

おそよの身に毎日触れながら世話をしていたし、顔色も脈もよく診ていた。そのくせ、月の障りというものが女の体にはあることを、瑞之助はまったく失念していた。

瑞之助は率直に言った。

「血で着物が汚れたときにそばにいたのが私でなくて、よかったと思います」

「おそよさんもそう言っていました」

初菜に告げられ、瑞之助は苦笑した。

「本当に困ったときには瑞之助は役に立たないと、おそよさんもわかっているんですね」

初菜はため息をついた。

「違います。役に立つとか立たないとかではなくて、もっと単純なこと。わたしもそうなんですが、月の障りの頃は、鼻が妙に鋭くなるんです。それで、自分の血の嫌なにおいがひどく気になるんですよ」

「嫌なにおい、ですか？」

「仮に男の人にはわからないにおいだとしても、自分では気になるんです。体調が優れないだけではなく、血で着物を汚すのが嫌なだけでもなく、自分の身をくさいと感じてしまうことがまた気鬱(きうつ)の種なんですよ」

「それは、つまり、男が『血のにおいなど気にしない』と言っても、意味がないということですよね？」

「そうですね。においについては、何も言われたくありませんね。とにかく、おそよさんは今日、部屋と身をきれいにするまでは、瑞之助さんにだけは会いたくないそうです」

初菜はそこまで言い切ると、ぱんと手を打った。

話はこれでおしまい、というわけだ。

立ち尽くしたままの瑞之助の肩を、真樹次郎が叩いた。

「瑞之助、ちょうどよかった。今日はこっちに来い。蛇杖院に閑古鳥(かんこどり)を鳴かせた噂の真相、突き止めに行くぞ」

四

くわだて屋という、どこか人を食ったような名の小料理屋は、神田川に架かる新シ橋(あたらしばし)の南詰、豊島町にある。瑞之助が登志蔵に連れられて古着を買いに来るのも、このあたりだ。神田川沿いの柳原(やなぎわら)土手には古着屋が軒(のき)を連(つら)ねている。

湯屋に行くのを除けば、瑞之助が蛇杖院の外に出たのは二月半ぶりだった。九月の半ば頃におそよを負ぶって向島に行って、それっきりになっていた。

くわだて屋の戸をくぐると、元気のいい女たちの声に迎えられた。

「いらっしゃい！　広木の旦那はもうお見えですよ。奥の小上がりにどうぞ。ほかのお客さんが入ってこないよう、表を閉めてきますからね」

「あらぁ、今日はまた男前が一人増えて。蛇杖院って、本当、見目のよいお医者さま揃いなんですすねえ！　眺めてるだけでお肌が潤っちゃいそう」

表戸に「貸し切り」の書付を貼りに行った女は、お貞という。厨でくるくると働いているのが、おあきだ。二人とも瑞之助よりいくらか年上だろう。初菜はすでに二人とすっかり顔見知りになっているようで、瑞之助に紹介してくれた。

真樹次郎と登志蔵もつい昨日、くわだて屋でお貞やおあき、目明かしの丹兵衛率いる捕り方の面々と顔を合わせたらしい。

丹兵衛は奥の小上がりで、南町奉行所の定町廻り同心、広木宗三郎と顔を突き合わせていた。広木は瑞之助たちにひょいと片手を上げてあいさつした。

下っ引きの知蔵と吉八は隅の床几に掛け、昼間から酒をちびちびやっている。二人は、瑞之助と同じくらいの年頃だろうか。

瑞之助は知らず知らずのうちに身構えていたのだが、ここに来てようやく肩の力を抜いた。

「蛇杖院の医者とわかっていても、恐れずに迎えてもらえる店があるなんて」

こたびの悪評は本当にひどかった。あまり外に出なかった瑞之助さえ、蛇杖院の名を出した途端に、蜘蛛の子を散らすように人に去られてしまったことがある。

行きつけの湯屋の親父も「あんたらのせいで客がいなくなった」と、蛇杖院に泣きながら怒鳴り込んできた。玉石が湯屋を丸ごと買い取り、改めて親父を雇ったので、一応はことなきを得たのだが。

丹兵衛は背の高い男だ。三十過ぎといったところか。眼鏡を掛けた顔は人好きがする。目明かしという荒っぽい役目を負っているようには見えないが、帯にはしっかりと十手が差してあった。

「手前らは、きちっと納得のいく調べを経ているんでね。大黒屋さんにまつわる噂話と同じく、こたび蛇杖院を貶めている流行り病の噂が根も葉もないもんだってぇことは、しっかり証も挙がっておりやす」

丹兵衛の目配せを受け、知蔵と吉八が紙の束を持ってきた。

知蔵の手にあるのは読売だ。関わりのあるところは朱書きで囲まれ、細かな書き入れもある。おかげで一目瞭然だった。

「蛇杖院が病を流行らせているという嘘を広める読売、ですか」

広木が、すでに目を通したらしく、瑞之助の言葉にうなずいた。

「読売なんてのはな、もともと、おもしろけりゃあ何でもいいんだ。本当のことは一割で、残り九割が尾ひれをつけた作り話。そんなのも、ざらにある。こたびの蛇杖院の噂の始まりも、嘘八百が書かれた読売だったようだな」

吉八が持ってきたほうの紙は、ある男の素行を追いかけた記録だ。初秋の七月から始まって、飲む打つ買うの三拍子で派手に散財したときの日付と金額が調べ上げられている。

昼餉を運んできたお貞が、ふっくらした頰を嫌そうに歪めた。

「知ってますよぉ、この読売を書いた男。売れない戯作者なんです。こういう三文読売を書いてるのは銭を稼ぐためで、本当にやりたいのは『水滸伝』のような、胸の躍る骨太な英雄物語なんですって」

おあきが手早く人数ぶんの茶を注いでいく。

「あたしは『三国志演義』みたいな歴史物語を書きたいってのも聞いたよ。でもね、あの人、口だけなんだから。三文読売のほかには何ひとつ書き上げたこともない上に、まとまったお金が手に入ったら遊蕩三昧でしょ。駄目だよねぇ」

吉八が言い添えた。

「まとまった金ってぇのが、こたびの場合、大黒屋さんを貶める読売を書いたお代ですよ。大黒屋さんに関わりのある店や人、ついでに蛇杖院も、その読売でけなされたってわけでさあ」

知蔵が読売を次々と繰ってみせた。

「人の噂になった話もあれば、見向きもされずに忘れられた話もありやした。蛇杖院の流行り病の噂は、敵にとっちゃあ大当たりだった。コレラってぇ奇病の噂と結びついて、読売で書き立てられたのより、だいぶひどい広まり方をしちまってまさあね」

登志蔵は知蔵の手から読売を受け取ると、一枚ずつざっと目を通し始める。隣から真樹次郎ものぞき込んだ。登志蔵は目を上げもせず、問いを発した。

「それで、広木の旦那、この読売の件について奉行所はどうするって？」

「俺の裁量の及ぶ範囲じゃあないが、厳しく罰するという話を聞いている。この丹兵衛さんに手札を渡してる同心は村山どのといって、なかなかの堅物でな。ちと厳しすぎるきらいもあるが、こたびは厳しすぎるくらいでちょうどいい」

「ほう。大黒屋の商売敵も三文読売の戯作者も、ぶっ敲かれた上で江戸払いってとこかい？」

「おそらくな」

「たかが噂話による嫌がらせくらいで奉行所の手を煩わせるな、とはならないわけだ。正直、流言の罪なんか、奉行所には見て見ぬふりをされると思ってたぜ」

「いや、流行り病の噂を広めて江戸の町を騒がせた罪は、どんな事情があろうと見逃せないな。二年前から去年にかけてのダンホウかぜの流行で、家族や許嫁、友を亡くした者も少なくない。商売敵への嫌がらせという範疇を超えている」

広木は昼餉のどんぶりを手に取った。白い飯の上に、切り身の煮魚と卵焼き、大根の白いところと葉の浅漬けが、彩りよく載せられている。

壁を見ると、どっしりとした達筆で「名物　ずぼらのどんぶり」と書かれた貼り紙がある。米の飯もおかずも香の物も一つのどんぶりに収めてしまうのを、ずぼらと言い表しているのだろう。

広木がきれいな箸遣いでずぼらのどんぶりを食べ始めたのを皮切りに、皆、腹ごしらえに取りかかった。

照りのよい煮魚は、酒の肴のように濃い味つけだ。瑞之助にとって、久方ぶりの味わいだった。

「たまにはこういう味も食べたくなるな。おいしい」

蛇杖院では薄味の料理が多い。塩辛さや濃い味つけは腎を損ね、その結果として、老いを早めたり病を呼び寄せたりしてしまう。漢方医術における腎とは、腎ノ臓から尿管、膀胱(ぼうこう)を通しての利水のみならず、男の精や女の胎の働きをも司っている。

瑞之助は急に空腹を思い出し、夢中になって食べた。どんぶりを置きもせずに最後まで掻き込み、ようやく人心地ついて、茶を口に含む。ほう、と息をつくと、真樹次郎が横目で瑞之助をうかがっていた。

「息抜きになっているようで何よりだ。重いものを背負っているときは、たまに下ろすよう心掛けないと、背負う側の者が潰れてしまう」

「一人で背負(しょ)い込んでいるつもりはありませんよ」

「どうだかな。まあいい。広木の旦那、確かめたいことがある。疫病神強盗の件はどうなってる？　このところ、あの一ツ目のお面をかぶった輩(やから)が小梅村をうろうろしている。俺もたぶん見た。目が悪いんで、たぶんとしか言えんが」

広木は一同を見回して、最後に瑞之助にまなざしを据えた。

「瑞之助さんとおそよさんが出くわしたとおぼしき男、小卯吉の居所はつかんだ。十年前の強盗の件でうまいこと言い逃れた後、一度は江戸を離れていたが、二年ほど前に戻ってきて、表向きには堅気(かたぎ)の鋳掛屋として働いている。妻子もいる」

「表向きには堅気、ですか」

「ああ。相変わらず、根は真っ黒みたいだ。根津のあたりの賭場を根城にしている。十年前からの生き残りは、おそらく小卯吉ともう一人。人斬りの隆左衛門だけだ」

瑞之助は疑問を口にした。

「二人ですか？　蛇杖院のまわりを嗅ぎ回っているのは、もっと人数が多い気がします」

「小卯吉が甘言（かんげん）にのせて、手駒を集めているんだろう。このまま小卯吉を野放しにしておくのはまずい。しびれを切らした小卯吉の指図で、ごろつきどもが蛇杖院に討ち入（う）るかもしれん」

初菜は柳眉（りゅうび）をひそめ、前のめりになった。

「討ち入られる前に、こちらから相手を捕らえに行くことはできないのですか？　殺しや盗みを働く小卯吉やその仲間など、とっととお縄にしてしまえばいいでしょう」

広木はふっと頬を緩めた。

「威勢がいいな。なるほどねえ。こういう人なら、振十郎が気に掛けるのも道理かな」

「振十郎って、大沢さまのことでしょう？　なぜここで大沢さまの名前が出てくるんです？」

「屋敷が隣なんでな」

「それはうかがいました。別々の奉行所に勤めることになる前は、親しくされていたんですって？」

「まあ、そうだな。この間、十何年かぶりに話したぞ。拍子抜けするほど普通に話しちまった。振十郎も疫病神強盗を追っているらしいが、その話を聞くついでという名目で、初菜さんの用心棒をした日があったそうだな」

「ええ、深川からの帰りに、そういうことがありました。わたしが蛇杖院の悪評を巡る騒ぎを深川に持ち込んでしまった折、大沢さまがわたしから話を聞いて、速やかに対応しようとしてくださったんです」

初菜はごく当たり前のことのように告げた。

しかし、瑞之助は驚いて、口に含んだ茶でむせそうになった。真樹次郎や登志蔵と目を見交わすと、やはり二人とも、すっぱいものでも食べたかのような顔をしている。あの大沢の旦那にしては何と親切な、と言わんばかりだ。

瑞之助は、初めて会った折に意地の悪い言葉をぶつけてきた大沢のことが苦手だ。務めにおいてはまじめな人だとわかっている。きっと悪い人でもない。それでも、大沢のぎらりとした三白眼はどうにも恐ろしい。

丹兵衛がそろりと手を挙げた。

「広木さま、疫病神強盗の探索、手前らも加えちゃもらえませんかい？　蛇杖院にまつわる噂の件では、広木さまのお口添えもあって、手前らの手柄になりやした。そのついでに、もうひと働きさせてくだせえ。村山の旦那からの許しも得ていやす」

広木は丹兵衛に体ごと向き直った。

「こちらから頼もうと思っていたところだ。疫病神強盗の件、ぜひ助力をお願いしたい。人手が足りていないんだ。村山どのには、俺のほうからも打診してある。捕り方を貸してほしい、十年前の南町奉行所の恥をともに雪（すす）ごうってな」

「強盗の下手人と通じている同心がいた、と聞いておりやす。おかげで、探索も裁（さば）きも台無しになってしまったとか」

「ああ。十年前は、目端（めはし）の利くやつがうまいこと逃れやがった。探索が十分でないのは、こたびもだ。潜んでいるやつ全員を、まだ見つけ出せずにいる。こたびこそは、何としても一網打尽にしたいんだ。連中をすべて捕らえて裁きにかけ、罪を償わせたい」

知蔵が思案げに言った。

「餌をぶら下げたら、食いついてきませんかね？」

「実は、俺もその策を考えてはいたんだがな、しかし……」

広木は歯切れ悪く言うと、瑞之助のほうを見やった。

登志蔵が広木の策を察したらしく、やはり瑞之助に気兼ねするような目をして言った。

「おそよさんだな。疫病神強盗に連なる悪党ども、とりわけ小卯吉が間違いなく食いつく餌は、おそよさんだ。瑞之助が向島に連れていったときみたいに、守りの固い蛇杖院を離れて出掛けるってことになりゃあ、今度こそ十分な数の手勢を引き連れて、ひとけのないところで一斉に襲ってくるだろう」

瑞之助は、眉と目のあたりに力が入るのがわかった。とっさにどんな顔をしてしまったのだろうか。登志蔵は気まずそうに頰を引きつらせた。真樹次郎がなだめるように瑞之助の腕をぽんぽんと叩いた。

広木は、苦笑とも渋面ともつかない顔つきになった。

「俺だって、おそよさんに恐ろしい思いをさせたくはない。代役でいいんだよ。連中がおそよさんだと勘違いして襲ってくれれば、こちらの目的が果たせる。おそよさんの役を演じられる者を探すから、瑞之助さん、そう怒らんでくれ」

瑞之助は面を伏せて目を閉じ、気息を整えた。

お貞が頰に手を当てた。

「あたしやおあきちゃんでよけりゃ、餌の役でも何でも引き受けるけどね。これでもけっこう動けるんだから。でも、おそよさんって人は珍しい病にかかってるんでしょ？　仕草や振る舞いを真似るためには会ってみなけりゃならないけど、それは大丈夫かしら」

瑞之助は顔を上げた。

むっちりとしたお貞よりは、おあきのほうが代役に向いているだろう。背格好は近いはずだ。

広木や蛇杖院の面々が瑞之助の顔色をうかがっている。丹兵衛一派もそれにつられて、黙って瑞之助の言葉を待っている。

瑞之助は眉間の皺をもみほぐした。

「疫病神強盗をおびき寄せようという策を含め、おそよさんにすべて話してみます。近頃は少し、おそよさんの調子がよくないので、話をするまでにいくらか時がかかるかもしれません」

「そんなにまずいのか？」

広木の問いに、瑞之助は答えられなかった。唇を嚙む。

真樹次郎がしかめっ面をして、瑞之助に聞こえないよう、広木に耳打ちした。広木は表情を変えずに聞いていたから、おそよの余命についてどんなふうに伝えられたのか、瑞之助には読み取れなかった。

五

くわだて屋の帰りには、登志蔵に引っ張られるようにして古着屋に寄った。真樹次郎に付き合って、筆を商う店先をのぞいた。初菜が行きたいと言ったので、米沢町の小間物屋にも足を運んだ。

瑞之助は、小間物屋で木彫りの椿（つばき）の簪を見つけた。おそよが椿を好きだと言っていたのを思い出し、気づいたときには、これをくださいと声を上げていた。

蛇杖院に帰り着く頃には、あたりは薄暗くなっていた。そのまま真樹次郎と登志蔵に誘われて湯屋に行き、蛇杖院に戻ってからは、登志蔵の部屋で医書の読み合わせをした。奇病について書かれた漢方と蘭方の医書を突き合わせ、証の同定をするのだ。

真樹次郎も登志蔵も、自分の手元や玉石の書庫にある医書に片っ端から当たって、おそよの病の正体や原因を突き止めようとしていたらしい。治す手立てがいまだ見つかっていないのならば、いっそ自分たちで編み出せばよいと、二人とも考えていた。

しかし今のところ、古今東西の医書をさらってみても、何の手掛かりも見当たらないという。

夜更けになって、瑞之助が部屋に戻ろうとしたとき、ちょうど長屋に戻ってきた満江に声を掛けられた。

「おそよさんは、明日は瑞之助さんに会いたいそうです。泣いてましたよ。一日じゅう顔を合わせなかったのは、おそよさんがここに来て初めてでしょう？」

「はい。明日はいつもどおり、何事もなかったかのような顔をしておこうと思います」

「そうしてあげて。今日は息抜きができた？」

瑞之助は曖昧に笑って首をかしげた。

「息抜きをする必要、ありますかね？　つらいなどとは感じていないんですが」

「つらいと感じてからでは遅いのよ。たまには、いつもと違うことをして、風を入れ替えなくっちゃ」

満江は品のよい会釈をして、おとらが待つ部屋に入っていった。

瑞之助は、北棟の見える裏庭のほうへ足を向けた。おそよの部屋の障子には、いつもと同じように、行灯のほのかな光が透けている。おそよはうまく眠れない上、暗闇を怖がるので、夜通し明かりをともしておくことになっているのだ。

「おやすみなさい。ほんの少しの間だけでも、よい夢が見られますように」

瑞之助はつぶやいて、きびすを返した。

明くる日、おそよは思いのほか落ち着いているように見えた。瑞之助は、おそよの泣き腫らした目元と嗄れた声には気づかないふりをした。血のにおいというのは、そもそもよくわからなかった。

おそよが何か言おうとしている。瑞之助は顔を近づけて、か細い声を聞き取った。

「昨日、どうしてたの？」

「出掛けていましたよ。定町廻り同心の広木さんや、捕り方の人たちと話してきました。蛇杖院を取り巻くおかしな噂が広まっていた件、ようやく片がつきそうです。ひと安心ですね」

「一人で？」

「いえ、真樹次郎さんと登志蔵さん、初菜さんも一緒に出掛けました。ついでに買い物にも行ったので、帰りがちょっと遅くなりました」

「楽しかった？」

「そうですねえ。町に出るのは、楽しいけれど疲れます。人が多いのは、ちょっと苦手なんですよ。おそよさんは日本橋で育ったから、人混みくらい平気でしょう？」

「前は、そうだった」

おそよの目元がかすかに微笑んだ。

このぶんなら、広木に提案された策の件を話してみても大丈夫だろうか。瑞之助は、おそよの様子をうかがいながら、そう考えていた。

昼時になり、巴がおそよに昼餉を持ってきた。根菜を具にした雑炊のようだ。全体に柔らかな黄色をしているのは、南瓜の色だろう。

巴は朗らかに話しながら、おそよに雑炊を食べさせた。瑞之助の昼餉の半分にも満たない量を、むせないように少しずつ、おそよの口に運ぶのだ。

これから巴は初菜と一緒に出掛けるらしい。おけいは厨の掃除をしており、満江とおとらは西棟で玉石の着物の繕いをしているとのこと。

「年の瀬が近づいてきたじゃない？　昨日の夜、玉石さまやおけいさんとそういう話をしてたのよ。そしたらさ、掃除や片づけをしなけりゃいけないような気がしてきて、今日は何となくばたばたしてるの」

おそよの昼餉を見守りながら寝台の背もたれの手入れをした後、瑞之助は自分の食事に向かった。四半刻（約三十分）にも満たない短い間だが、おそよを一人にして部屋を離れることになる。

「すぐ戻りますね」

おそよに告げると、瑞之助は北棟を出た。薄曇りで、ひんやりとした日だ。十二月らしい寒さに身震いをする。

瑞之助は厨の隅で立ったまま、握り飯を頬張った。ちょうど祖母と孫娘のように見えるおけいとおふうが、競い合うようにして、かまどのまわりを磨いていた。

北棟に戻ると、おそよの部屋から離れた廊下の隅に、おうたがいた。ぽつんと一人で手習いの道具を床に広げ、指で字をなぞって、書き取りの稽古をしている。

「おうたちゃん、そこ、寒くない？」

瑞之助が声を掛けると、おうたはぷっくりとした唇を突き出した。

「寒くないもん」

「おそよさんの部屋は暖かいよ。一緒に来ない？」

「うた、寒くないからいい。一人でいる」

「そう？　でも、たまには、おうたちゃんの字の稽古を手伝いたいな。駄目かな？」

瑞之助はおうたのそばに膝をつき、顔をのぞき込んだ。が、愛想笑いにはごまかされないと言わんばかりに、おうたはむくれたままだ。

「字の稽古は朝助さんが見てくれるもん。朝助さん、お薬の名前、たくさん書けるんだよ。お医者さまじゃないけど、朝助さんだって、ちゃんと物知りだもん」

「そうだね。私も朝助さんからたくさんのことを教えてもらっているよ。仕事のことも、暮らしの知恵も。朝助さんは物知りだし、優しいよね」

おうたは、にらめっこのように瑞之助を上目遣いで見据えていた。瑞之助がじっとそのまなざしを受け止めていると、とうとう、おうたはぷいとそっぽを向いた。

「おそよさんが待ってるでしょ。瑞之助さん、さっさと行ったほうがいいよ」

瑞之助は苦笑し、立ち上がった。

「おなかが冷えないうちに、暖かい部屋に行くんだよ」

「うん」

不承不承といった様子で、おうたはうなずいた。

瑞之助はおそよの部屋に戻った。襖を開ける前に声を掛ける。

「おそよさん、瑞之助です。入りますよ」

返事は聞こえない。襖の外にまで、おそよのかすかな声は届かないのだ。

瑞之助は襖を開けた。

その途端、異様な気配を感じ取った。おそよの乱れた息遣いが聞こえた気がした。瑞之助はとっさに、寝台に身を預けるおそよに駆け寄った。

おそよの口から血があふれている。おそよは涙を流しながら、喉を小さく鳴らした。

「舌……！」

血だらけの舌が、おそよの口から飛び出している。舌を嚙み切ろうとしているのだ。

瑞之助は、おそよの口に指を突っ込んだ。顎（あご）をこじ開け、舌をおそよの口の中に押し込む。

おそよの細い顎を、血混じりのよだれがだらだらと伝っている。

呑み込みそこねた血で、おそよがむせ始めた。おそよの歯が瑞之助の指に当たり続けている。その痛みが瑞之助を冷静にした。

瑞之助は声を張り上げた。

「おうたちゃん！　おうたちゃん、助けてくれ！」

駆けてくる足音が響いた。開けっぱなしの戸から、おうたが転がり込んでくる。

「瑞之助さん、どうしたのっ？」

おうたは、血まみれのおそよの口元に、ひっと悲鳴を上げた。瑞之助には、おうたが何に怯えたのかがわかる。咳（せ）き込んでは血を吐く母を思い出したのだ。

「違う、労咳（ろうがい）の喀血（かっけつ）ではないよ。この血は、舌を噛んだせいなんだ。おうたちゃん、頼む。口をゆすぐための水や手ぬぐいを持ってきて」

おうたは、ぶるっと頭を振った。

「う、うん。水と手ぬぐい、持ってくる。それと、誰か呼んでくる！」

「医者の誰かがいたら、すぐ薬を煎（せん）じるように言って。血を止めて化膿（かのう）を抑えたい。この場合はたぶん、芎帰膠艾湯（きゅうききょうがいとう）」

「きゅうき、きょうがいとう」

「膠（にかわ）と艾（よもぎ）の力で血を止める薬だよ」

「きゅうききょうがいとうで、膠と艾ね。わかった！」

おうたは身を翻（ひるがえ）し、大声を上げながら飛んでいった。

瑞之助は、寝台の傍（かたわ）らの手ぬぐいを取り、おそよの口元の血を拭（ぬぐ）った。口の中にも手ぬぐいを差し入れ、呑み込みきれない血と唾を布地に吸わせる。

おそよは力の入らない体を引きつらせて、むせ続けている。瑞之助にできるのは、発作のような咳が落ち着くまで、体を支えて背中をさすってやることだけだ。

傷ついた舌からの出血は、なかなか止まらない。おそよの着物は、襟（えり）も肩も血とよだれで汚れてしまった。

しばらくすると、おそよの咳が落ち着いてきた。気管が力なく、ひゅうひゅうと鳴っている。

おそよは苦しげにささやいた。

「舌が、重いの。うまく動かない。いつか、舌が、喉の奥に落ちていきそう。わたしは、舌を持ち上げられない。喉が詰まる。怖い」

「重たい舌が怖くて、噛んでしまったんですか？」

「怖いの……」

舌を噛み切っても死に直結するわけではない、と前に登志蔵から教わった。ただし、そのときの出血で喉を詰まらせれば、死に至ることもあるという。

おそよは嚥下（えんか）がうまくいかない。ものをよく呑み込めないのだ。舌を噛んだために血で口内が満たされるようなことがあれば、あまりに危うい。

瑞之助は後悔で胸がふさがるのを感じた。

「おそよさんを一人にしてしまって、ごめんなさい。不安でしたよね」

「……痛い」

「ひどい傷になっていますからね。でも、この傷は治りますよ。傷にいい薬も処方します。夕餉は、傷に染みない料理を作ってもらいましょう」

瑞之助はできるだけ穏やかに語りかけた。いや、そうしようと試みたのだが、冷静になることができず、不穏に高鳴る鼓動のままに声が震えた。

おそよは瑞之助を見つめた。ガラス玉のような目だ。

「死にたい」

胸を抉(えぐ)られる思いがした。

今までどれほど泣き言をこぼしても、おそよは、その一言だけは口にしたことがなかった。

「なぜ、そんな、死にたいだなんて……」

「生きたい理由が、一つもないもの」

「おそよさん」

「自分がみじめ。何の役にも立たない。迷惑ばかり。ただ生きてるだけで」

「やめてください。そんな、そんな話は、しないでください。役に立つとか立たないとか、生きるというのは、そういうことじゃないんだ」

おそよを抱える腕に力が入ってしまう。おそよのまなざしが、瑞之助の手をじっと見つめている。

「かたな……」

「刀？　刀がどうしました？」

「わたしを斬って」

瑞之助は、おそよと目を合わせることができなかった。胸が苦しい。何も言えず、まぶたを閉ざして、おそよの薄い肩に額を寄せた。

流れたばかりの血のにおいがする。

「斬って。死なせて。なぜ、わたしが、こんな目に遭うの……なぜ、わたしだけが……」

ぱたぱたと弾むような足音が近づいてくる。おうたが戻ってきたのだ。瑞之助はのろのろと顔を上げた。

「おそよさん、手当てをしましょ！　着替えもお薬も、すぐ持ってくるからね！」

おうたは、きりりとした顔で宣言した。一緒に駆けつけたおふうが、瑞之助の様子に眉をひそめた。

「瑞之助さんは少し休んで。手、治療したほうがいいよ」

言われて初めて、おそよの口をこじ開けた右手が傷だらけになっていることに気がついた。

清めた水で右手を洗った。血はもう止まっているが、傷のまわりがいくらか腫れている。

痛みよりも、おそよの唇や舌の柔らかさと熱をよく覚えている。瑞之助は、何とはなしに、腫れた傷に唇を押し当てた。

瑞之助は自分の部屋にこもっていた。北棟ではまだ、おそよの手当てや着替えのために、女たちがてんやわんやしていることだろう。

刀掛けから愛刀を手に取った。鞘(さや)を払い、華やかな乱れ刃を持つ刀身をあらわにする。

瑞之助自身の目元が刀身に映り込んでいる。愛刀が二つの目で見つめ返してくれているように感じられた。

「何と答えればよかったのだろう。おまえなら何と答える？　おまえは、おそよさんを斬れるか？」

刀の中の双眸(そうぼう)が静かに答えた。

斬れるはずがない。

武士の見栄など捨ててしまえ。決して斬れないと、あなたを殺めるために剣技を磨いているのではないのだと、取り乱しながら訴えればよかったのだ。

瑞之助は刀を鞘に納めた。

と、いつの間にか部屋の戸が開けられていたらしい。

「落ち着いたようですね、瑞之助」

男のものにも女のものにも聞こえる、しっとりと美しい声が、瑞之助の背中に触れた。

瑞之助は振り向いた。

「桜丸さん。おそよさんの様子は？」

「さあ？　着替えをするとのことで、北棟から追い出されてまいりました。わたくしも一応、男ですから」

桜丸は、平たく薄い胸に手を当てた。初めて湯殿で裸を見た日は驚いたなあと、瑞之助は急に思い出して、少し笑った。

瑞之助は愛刀を刀掛けに戻した。梅の透かし模様の鍔をそっと撫でる。その手が傷だらけであることを思い出す。

桜丸は、瑞之助の胸中を読んだかのように言った。

「膏薬を持ってきました。大事ないとは思いますが、塗っておきましょう。きちんと治るまでは、水仕事は禁物ですよ」

「わかっています。去年もそれで叱られましたね」

「瑞之助が背伸びばかりしていたからです。己の実力も身の程もわきまえず、早く一人前になろうとして、でたらめなことばかりやっていましたね」

「その節はお世話になりました。桜丸さんに叱られて目が覚めたことが、幾度あったかな」

桜丸のしなやかな手が、瑞之助の右手の傷にねっとりとした膏薬を塗っていく。傷口が乾かないよう、また傷口に穢れが入り込んだりしないよう、膏薬で覆ってしまえば治りが早い。

刀を握り慣れた瑞之助の手は、節が張っており、厚みがある。指が長いことと爪が大きいことに、おそよが驚いていた。三味線を初めて弾いた日だった。

ほっそりとした桜丸の手も、おそよの薄く小さな手に比べたら、なるほど確かに男のものだ。骨の出っ張り具合や掌の厚みが、おそよの手より瑞之助の手に近い。

「瑞之助、わたくしの手をじろじろと見ながら、何を考えているのですか？」

「おそよさんの手を思い出していました。桜丸さんは、おそよさんの手をしっかり見たことがあります？」

桜丸はちょっと呆れ顔をして、瑞之助の手指に包帯を巻いていく。

「おなごの手をじっくり見つめるというのも、なかなか助平な振る舞いでしょう。そのありさまで、よくぞ嫌われておらぬものですね。顔がよい男は、ただ生きているだけで得をしておりますこと」

虫も殺さぬような、おとなしげに麗しい顔をして、桜丸は辛辣なことを言う。

瑞之助は気まずさをごまかして、しかめっ面をした。

「下心があってのことじゃありませんよ。おそよさんが自分から手を見せながら教えてくれたんです。多摩にいた頃、箸をうまく使えなくなった手をふと見たら、指と指の間の肉がすっかり落ちて、蛙の水かきのように薄い皮ばかりになっていたんだそうです」

若い女の手など、おそよの書き物の手助けをするようになるまで、ろくに見たこともなかった。

蛇杖院で日々の仕事をする中で、初菜や巴と手が触れてしまったことくらいはあったとは思う。が、瑞之助は初菜や巴の手の形を覚えていない。

おそよの手は、毎日見つめている。今となっては、肉の落ちた薄い手のどこにほくろがあるのかさえ、思い描くことができる。

「おそよさんも、三味線をよく弾いていた頃は、左の前腕の内側にふっくら肉がついていたそうです。絃を押さえるとき、手首を内側に引っ張るような動きをしますからね。鍛えられて、そこに肉がつくんです」

瑞之助が知っているおそよの腕は、すっかり肉が痩せた後の姿だ。前腕も二の腕も細い。瑞之助が親指と中指で輪を作れば、その中にたやすく収まってしまう。

桜丸は、包帯を巻き終わってからも、瑞之助の部屋から立ち去ろうとしなかった。

「ほかには？　久方ぶりに、瑞之助の話をゆっくり聞かせてもらいますよ。他愛ない話でも、おそよの話ばかりでも、かまいませぬ。どうせ男は今、北棟に近寄れぬのです。なすべき務めもないのですから、わたくしがあなたの話を聞きましょう」

瑞之助は曖昧に微笑んで首をかしげた。

「昨日、広木さんたちと打ち合わせをしたことは、もう初菜さんから聞かされているでしょう？」

「ええ」

「だとしたら、そのほかには本当に、大した話もありませんよ。昼間はずっと、おそよさんの部屋に詰めていましたから。たびたび寝返りを打たせてあげることのほかは、おそよさんが寝ている間に書見をしていました。それが毎日」

「その毎日のことを話しなさい。おそよはどんなふうに変わってきましたか？　瑞之助自身は？　話せることをすべて吐き出してしまうのです。そうして心を整えておけば、次のときにはきっと、伝えたい言葉を伝えることができる。おそよが求める言葉を差し出すことができるはずです」

「次のとき、ですか？」

「おそよに『死にたい』と言われたら、瑞之助、あなたは何と答えたいのですか？　すべての人にとって正しい答えなど、この世のどこにもありませぬ。しかしながら、瑞之助とおそよにとって正しい答えならば、見つけられるでしょう」

　瑞之助は、包帯の巻かれた右手を、左手で包んだ。

　この右手は、おそよの血潮の温かさを知ってしまった。唇と舌の柔らかさに触れてしまった。それを思い出すと、じわりと胸が熱くなる。くすぐったさにも焦りにも似たものを感じ、叫びたくなる。吐き出す息が熱い気がする。

「何から話せばいいのか。桜丸さんが思っているほどには、私は、おそよさんの世話を担ってはいないんですよ。食事の世話は、巴さんやおふうちゃんが多いですし、着替えや湯あみ、厠へ行くのは、手伝いさえしたことがありません」

「ええ。役割を分けて、うまく仕事が回っておりますね」

「私は本当に、ただそこにいることだけしか、やっていないんですよ。これを仕事と呼んでいいんでしょうか?」

「あい、見守ることもまた仕事でしょう。もしもこれが仕事ではないのなら、何だというのです?」

桜丸の柔らかな問いかけに、瑞之助はまた首をかしげた。

「わかりません。何なんでしょうね。でも、おそよさんの泣き言にどれほど心がひしゃげることがあっても、そばにいるのが嫌だと感じたことはないんですよ。そばにいたいんです。いつも。今もです」

おそよのことを思うと、瑞之助は静かに微笑みたくなる。おそよと話をするときに、そうしているのと同じように。

桜丸はうなずきながら黙っていた。紅を刷いた目が瑞之助を見つめ、次なる言葉を促している。

六

とろみをつけて冷ました薬湯を持っていくと、おそよは瑞之助の右手を見て、はっと目元を強張らせた。

瑞之助は右手をぷらぷらと振ってみせた。

「去年の今頃も、こんなふうでした。あかぎれがひどかったんですよ。膏薬を塗り込んであるので、触れるものを汚さないよう包帯をしているんですが、見た目にはちょっと大げさですよね」

努めて明るい声を出す。瑞之助は、おそよの目に拒絶の色が浮かんでいないないか、内心ではびくびくしながら、寝台のそばに腰を下ろした。

おふうはおそよの掛布を整えてやってから、瑞之助のために場所を空けた。おうたは黙って、部屋の隅で膝を抱えている。

おそよは真っ先に謝った。

「ごめんなさい」

「何のことですか？　はい、薬湯。芎帰膠艾湯（きゅうききょうがいとう）といって、血を止める効果のほかに、血を補う効果もあるんです。効いてきたら、体が温まると思います」

「待って。聞いて」

「はい」

瑞之助は湯呑をいったん引っ込めた。

おそよは目に涙をたたえて言った。

「死にたくない」

「はい」

「傷つけて、ごめんなさい」

「平気ですよ。このくらいの傷はすぐ治りますから」

「違う、刀のこと。あなたは、人を斬らない。わかってたのに、言ったの。困らせて、傷つけて、ごめんなさい」

瑞之助は肩の力が抜けるのを感じた。うなずいて、笑ってみせる。

目元の涙を拭ってやってから、瑞之助はおそよに薬湯を飲ませた。

冬の日差しはすでに翳（かげ）り始めている。おうたが部屋の隅から這ってきて、瑞之助の袖を引いた。

「うたとおふう姉さん、もうすぐ帰らなきゃなの。でも、うたたちが帰ったら、瑞之助さん困らない？　大丈夫？」

おふうがぽつりと言った。

「あたしは、こっちにいたいんだけどな。帰ったって、どうせ、やることがないもの。長屋の人たちが全部、おっかさんの世話をしてくれてる」

「いい人たちだね」

瑞之助の言葉に、おふうはうなずき、すぐにかぶりを振った。

「仕方ないからやってるんだよ。あたしがおっかさんに当たっちまうから。でも、あたし、身内の世話って嫌なんだ。蛇杖院で預かる患者さんの世話なら、何でもしたいって思えるのに、おっかさんの看病をするのは本当にきつい。何でこんなことも一人でできないのって、いらいらする」

おふうの声は震えている。畳を睨む両目には、涙が盛り上がっている。

おそよがささやいた。

「当たっていい。会えなくなる前に、喧嘩してきて」

おふうはうなずいた。ぽたぽたと涙のしずくが落ちた。

瑞之助は、やっと空になった湯呑を置き、おうたの頭を撫でた。

「今日は岩慶さんが、おうたちゃんとおふうちゃんを送ってくれるそうだよ。帰り道では、遠いところの田植え唄や鳥追い唄を教えてもらうんだって？」

「数え唄や子守唄、祝い唄も覚えたよ」

「じゃあ、今では、私よりおうたちゃんのほうがたくさん唄を知っているかもしれないな。また今度、聴かせて。さあ、岩慶さんが来る前に、帰り支度をしておこうか」

おふうは、はあ、と息をついた。

「通いの女中なのに、うんとえらいはずのお医者さまに送り迎えをしてもらわなけりゃならないなんて、変な話よね。まあ、蛇杖院のまわりを危ない連中がうろつくことなんて、今までに何度もあったけど」

おそよがひそやかに息を呑んだ。

瑞之助はおそよの顔をのぞき込み、先回りして言った。

「小梅村をうろついているごろつきは、やはり疫病神強盗とつながりがあるようです。でも、おそよさんがそのことで責めを負う必要はありません。おそよさんのせいじゃないんです」

おふうが、開き直ったように明るい声を出して言った。

「それに、あと一手で疫病神強盗をやっつけられるところまで来てるんでしょ？　登志蔵さんからそう聞いたよ。広木さまやそのお仲間が、悪党どもを囲い込んで網にかけようとしてて、あと一手で大捕物なんだって？」

「そうだね。その策がうまくいけば、おふうちゃんもおうたちゃんも、もっと動きやすくなる」

だが、瑞之助はその一手を打つための布石(ふせき)に迷っている。

悪党をおびき寄せる餌として、おそよに扮(ふん)した捕り方を配置する。そのためには、おそよに策を伝え、必要に応じては捕り方たちと接してもらわなければならない。それはおそよの心身に負担をかけることだろう。

おそよが、じっと瑞之助を見つめた。どうしても話したいことがあり、言葉をしっかり聞き取ってもらいたいとき、おそよのまなざしはひときわ強くなる。瑞之助は背を向けていても、呼ばれたような心地がして、そのまなざしに気づくのだ。

瑞之助が口元に顔を近づけると、おそよはきっぱりした口調で問うた。

「あと一手とは？　わたしに何ができますか？」

瑞之助は息を呑んだ。

「もしかして、この話、すでに誰かに聞かされていましたか？」

いいえ、と、おそよは吐息で答えた。だが、初めからうっすらと察していたようだ。それに加えて、瑞之助があからさまにびくりとしたから、わかってしまったのだろう。

おそよは、出せる限りのきっぱりとした声で言った。

「わたし、囮になります。小卯吉は仲間を引き連れて、わたしを狙うでしょう。悪党たちが姿を見せたら、捕らえて、裁いてください。わたしなりの仇討ちです」

おそよが瑞之助に打ち明けた策は、こうだった。

賀田屋の者たちの墓は、深川西永町の光鱗寺にあるらしい。岩慶が調べて確かめてきてくれた。さほど大きくない寺の無縁墓だが、草木の手入れが行き届き、心地よい印象だったそうだ。

おそよは、そこへ墓参りに行く。

寺は材木置き場に囲まれ、あまりひとけのないところにある。お彼岸の頃でもない墓場ともなれば、なおのこと人目が少ない。凶事を起こすにはもってこいだ。

おそよが墓場で一人になったところを、悪党どもはここぞとばかりに襲ってくるだろう。

捕り方たちは、そのときを狙って悪党どもを囲い込んでしまえばいい。

「それが、わたしの命の使い途(みち)です。わたしから何もかもを奪った悪党が、まだのうのうと生きている限り、いつか仇討ちを果たしたいと思っていました」

おそよが長い時をかけて途切れ途切れに話す間に、岩慶が、巴が、登志蔵が、玉石が、おそよの部屋を訪れていた。か細くかすれて聞き取りづらい声を、瑞之助が聞いて皆に伝えた。

瑞之助は、おそよが凶刃にさらされることを思うと恐ろしくて、そんな話はやめてくれと、さえぎってしまいたかった。しかし唇を噛んで、身勝手な望みが言葉になって飛び出してしまわないよう耐えた。おそよが皆に話したい言葉だけを、丁寧に伝えた。

おそよが話を終えると、玉石が寝台の傍らまで来て、ひざまずいた。

「広木どのから、疫病神強盗を捕らえるための策を打診されていた。おそよ自身が囮になる必要はない。誰か代わりの者、自分の足で逃げることができる者を、おそよの代わりにしたいと言っていたが、どうだ？」

おそよはかすかに目を細めて微笑んだ。

「わたしが行きます」

「そうか。ならば、一つお願いがある。おそよ、おまえは命の使い途と言ったが、その言葉を取り消してほしい。おまえをむざむざと悪党どもに殺させやしないよ。生きて戻ってきてくれるなら、墓参りに行っていい」

おそよはただ玉石を見つめている。答えの言葉を発しない。

おふうが瑞之助の背中を叩いた。はっと顔を上げると、登志蔵と目が合った。登志蔵は顎をしゃくり、おまえが答えろ、と促した。

瑞之助は口を開いた。

「私が、おそよさんの身を守ります。悪党が襲ってきても、おそよさんには指一本触れさせません」

登志蔵はにんまり笑った。

「よく言った、瑞之助。その大捕物、俺ももちろん打って出るぜ。岩慶も手を貸してくれ」

名指しを受けた岩慶は、仁王像のように彫りの深い顔に、厳しげな表情を刻んでいた。

「拙僧がおそよどのに深川の墓のことを伝えなんだら、おそよどのがこのような策をみずから言い出すことはなかったろうに。晩冬の寒さの中での遠出とは、病身には酷なことであるぞ」

おそよは、かまいません、とつぶやいた。覚悟を決めた目をしている。昼過ぎにあれほど取り乱していたのが、まるで遠い日の出来事のようだ。

死への恐れの中でぐらぐらと揺れながらも、おそよは凛として自分の道を行こうとしている。

岩慶は嘆息交じりに言った。

「拙僧が舟を操ろう。深川は水運の地だ。件の光鱗寺も門前に堀がある。小梅村からであれば、陸の道を歩くことなく、門前まではたどり着ける。門をくぐると、おそよどのの両親や賀田屋の奉公人たちの墓まではさほど遠くない」

巴が豊かな胸に手を当てた。

「あたしも岩慶さんと一緒に舟に乗るよ。あたしの得物は薙刀だからね。ひとけのないところで、幾人もの敵を相手取って戦うのに向いてるんだ」

玉石は、紅を引いた唇を弓なりに微笑ませると、改めておそよに言った。

「これはおまえにとって命懸けの仇討ちではあっても、命を捨てるための戦ではない。いわば、おそよ、おまえが主役の大舞台だ。悪党どもを一網打尽に捕らえるため、一世一代の大芝居を打つ。必ず無事に舞台を降りて帰ってくると約束してくれるか?」

おそよは、ゆっくりとまなざしを動かして瑞之助を見た。瑞之助は息を詰め、黙って見つめ返した。おそよは再び玉石を見て、はい、と答えた。

七

大舞台の仕掛けを整えるまでに、三日かかった。

三日しか時がないことを、広木をはじめとする捕り方たちは、悲鳴でもって受け止めた。知らせをもらったその瞬間から息つく間もなく駆け回り、どうにか間に合わせた次第だ。

桜丸と岩慶は、三日という時すら惜しんだ。おそよは痩せ細り、食べる量もめっきり減っている。こんなに弱った体では、かぜなどひけば、ひとたまりもない。

瑞之助は、何も考えないようにして過ごした。おそよの部屋に詰め、見守る。寝返りを打たせたり、手足の位置を整えたりする。おそよが望めば、他愛もない話をする。おそよがうとうとと眠っているときは、医書を読む。

丹兵衛一派が呉服屋の使いに扮し、蛇杖院に着物を届けに来た。そのついでに、少々大げさなくらいの芝居を、蛇杖院の動向を探る疫病神強盗の面々に見せつけたらしい。

「あの賀田屋のお嬢さんが、多摩から戻ってきてらっしゃるなんて！　重い病を押してでも、生きてるうちにどうにかして二親(ふたおや)の墓参りに行きたいっておっしゃってるんだ。これは一肌脱がねばならんよ」

「賀田屋さんには恩があった。あんなことになっちまって、いまだに許せないよ。逃げちまった悪党もいたって聞いたときは、どうにかして吊るし上げなきゃならないと思ったもんだった」

「お嬢さんはもう二十五なんだとさ。十四、五の頃、華やかな装(よそお)いをしていたのをよく覚えているが、いやいや、今はもっと落ち着いた感じの着物こそ、美人をいっそうきれいに見せるってもんだね」
実のところ、着物は玉石が用意したらしい。おそよのためにあつらえさせていたのが、ようやく出来上がった。本当は冬の初めには届けさせたかったという。銀鼠色の地の小袖には、袖や裾のあたりに、青みがかった銀糸で羽根の模様が刺繡されている。帯は黒地に雪の模様だ。ちらりとのぞかせる襦袢の色は、目の覚めるような赤。

届けられた着物の一式を一目見て、瑞之助もぴんときた。

「『鷺娘』の衣装に似ていますね」

おそよも目を輝かせ、じれったそうにまばたきを繰り返した。きっと本当は歓声を上げたいに違いない。

丹兵衛一派が打った芝居は、うまいこと悪党どもをからめとった。

おそよが深川西永町に墓参りに行くつもりであることを、光鱗寺の僧に確かめに行った者がいた。小卯吉の手の者だった。

僧は「かように聞いておる」と応じ、問われるままに墓参りの日付や介添えの青二才のことなどを答えた。ちなみに、光鱗寺の僧に扮していたのは岩慶である。

悪党どもは、墓参りの前日に深川の荒れ寺に身を潜めた。もとより徒党を組んでいる者らのほかに、腕の立つ浪人を雇おうともしていたが、あいにく一人もつかまらなかった。深川の裏事情に通じた大沢が、先に浪人連中を捕り方として雇ったのだ。

南町奉行所の広木と村山、北町奉行所の大沢と、各々が率いる捕り方で、総勢三十名ほどが集まった。対する悪党どもは、小卯吉を筆頭に、十七名である。

「連中を完全に囲い込むには、三十人じゃ足りんかもしれんな。ま、工夫するしかないか」

広木は苦笑していたらしいが、深川は広木や大沢の縄張りだ。土地勘があり、細かな事情にまで明るい。

大沢と持ち場を割り振るときの打ち合わせは、まるで符丁で話すかのようだったと、その場に居合わせた初菜は後に言った。大沢が、蛇杖院や広木とわたりをつける役に初菜を選んだのだ。

打ち合わせの場には、ほかに、太一という名の少年がいたという。顔に向こう傷があり、鋭い印象の三白眼の持ち主だが、にこにことして愛敬があった。

太一は大沢の腹違いの弟だ。妾腹であり、母親は深川で置屋を営んでいる。太一も母親とともに深川に住んでいて、顔が広い。何につけても手厳しい大沢が「こいつは俺の耳目だ」と認めるほどに、太一は頭が回る少年だ。小卯吉一派が深川に出張ってきたときは、じかに話したこともあったらしい。

広木と大沢が話し合って固めた布陣は、三段構えになっている。

村山の率いる手勢、すなわち丹兵衛たちは光鱗寺の敷地内に潜り込んでおく。本堂の周囲が持ち場だ。

大沢は、使える手勢が最も多い。悪党ども全体を囲い込む本隊を、大沢が担う。陣の一部はわざと開けておく。

広木が後詰めだ。大沢の本隊から逃れてくる者を、陣のほころびに見せかけた穴の外で待ち構え、漏らさず捕らえる。

瑞之助は、三段構えの布陣が描き込まれた切絵図を頭に叩き込もうとした。が、登志蔵にその切絵図を取り上げられた。

「おまえにゃ必要ないだろうが。おまえの務めは一つだよ。おそよさんを守ることだ。その務めだけに集中しろ。人ひとりを守って闘うのは、たやすいことじゃないぜ。真冬に病者を外に連れ出すってのも、たやすいことじゃねえ」

いつもと同じ軽妙な口調を装ってみせてはいたが、登志蔵のつくり笑顔は曇っていた。

瑞之助は頭を下げた。

「仮に、刀を抜くか身を挺(てい)して庇(かば)うかのどちらかを選ばねばならない局面になったら、私はきっと刀を抜けません。そのときは登志蔵さん、すべてよろしくお願いします」

「ああ、任してくれ。胸が躍ると言っておこうか。こんな大舞台、なかなか踏めるもんじゃないからな」

登志蔵の手が瑞之助の肩に乗った。瑞之助は面を上げた。

あとは言葉もなく、瑞之助と登志蔵はうなずき合った。

十二月八日は日の出からよい天気だった。乾いた朝風は、きんと冷えていた。透き通るように薄青い空を仰げば、白い息がかたまりになってただよい、そして消えた。

おそよは可憐で美しかった。仕立てたばかりの着物を身にまとい、きっちりと髪を結(ゆ)って、青いガラスの簪を挿(さ)している。化粧で肌の青黒いくすみを消し、頰と唇にほんのりとした赤みを足してあるので、顔色がずいぶん明るい。おかげで、顔つきまで晴れやかだ。

部屋の中で見たときには銀鼠色だった小袖は、日の光を浴びると、白鷺の羽毛のように輝いた。

「似合ってます」

瑞之助は、それだけしか言えなかった。

業平橋のところに舟が待っていた。猪牙舟に簡素な屋根をつけ、四方は目隠しと風よけのための簾を垂らしている。

船頭の格好をした岩慶と巴の手を借りて、おそよを舟に乗せた。屋根の下には、火鉢と掛布が用意してあった。巴は、おそよの体が冷えないようにと、甲斐甲斐しく世話を焼いた。

瑞之助は舳先に腰を下ろした。艫に立った岩慶が、業平橋から見送る皆に手を振って、櫓を漕ぎ始めた。

舟は横川をまっすぐに南下していく。本所の武家屋敷を両岸に見て、いくつもの橋をくぐりながら、静かに澪を引いて進む。

冷たく湿った川風がいくぶん強い。風が強いと、舟は揺れるものらしい。だが、岩慶の櫓さばきは大したもので、舟はぐらつくこともなく、滑るように深川へ近づいていく。

深川に至ると、景色が変わる。

水の上から眺めれば、材木置き場や蔵が手前にあって、その向こう側に大名家の下屋敷や大身旗本の邸宅、あるいは大きな寺の屋根が望める。

かと思うと、不意に小梅村でも馴染みのにおいを感じ、そちらを見やれば、田畑が広がっている。土と肥やし、腐らせた藁や葉のにおいだ。大根や蕪の葉が茂っている畑もある。

島崎町のあたりで、ごく細い堀に入った。板を渡しただけの簡素な橋をくぐり、材木置き場の間を抜けていく。

突然、ひゅっと風を切る音が聞こえた。

瑞之助はとっさに身を伏せた。何かを考えてそうしたわけではなかったが、判断は正しかったようだ。

舟の屋根の高さを、矢が飛んでいった。矢は堀を越え、対岸の地面に突き立った。

材木置き場に身を潜めて矢を射た者がいるのだ。

「来たか」

瑞之助が矢の来たほうに向き直った瞬間、捕り方たちが駆け寄ってくるのが見えた。先陣を切るのは、抜き身の脇差を構えた大沢だ。

大沢は、苦し紛れの矢が射かけられるのをものともせず、射手との間合いを一気に詰めた。凄まじい俊足だ。

射手は弓矢を投げ捨てると、足下から棒を拾い上げた。棒の長さは六尺（約一八二センチメートル）ほど。構える姿がさまになっている。棒術の使い手なのだろう。

対する大沢は、左手一本で脇差を振るう小太刀術だ。棒術よりも間合いが狭い。開けた場所で戦うとなると、大沢は不利だ。

だが、大沢は止まらない。棒術の男のほうへ、まっすぐに突っ込んでいく。

瑞之助は思わず、舟の上で身を乗り出した。

棒が唸りを上げて繰り出される。しかし、空を薙いだだけだ。棒術の男の目には、大沢が刹那、消えたように映ったことだろう。

大沢は棒をかいくぐり、敵の利き腕側の死角に滑り込んでいた。

脇差の一閃。

棒術の男は軸足を切り裂かれ、ぐらりと体を傾けた。それでも男は棒を手離さない。無理のある格好で振り回されようとした棒を、大沢は蹴り飛ばす。

再び脇差が閃いた。

男の利き腕に斬撃が決まる。吹っ飛んだ棒が地に落ちた。大沢は男の顎を蹴り上げる。どうと倒れたとき、男はすでに白目を剝いて気を失っていた。

「すごいな。手練れだ」

瑞之助と大沢の目が合った。大沢がふんと鼻を鳴らして笑うのがわかった。得意げな顔を見せたのは一瞬のことで、すぐさま大沢は捕り方たちに材木置き場の探索を命じた。

おおうっ、と、あちこちで勇ましい声が上がった。

やがて光鱗寺の山門が見えてきた。繁華な深川のただ中ではあるが、このあたりは日頃からひとけが少ないらしい。

山門はごく質素なものだった。扁額も飴色の板に墨書されているだけだ。しかし、みすぼらしくはない。生け垣は手入れが行き届いている。門前がきちんと掃き清められているのも見て取れた。

岩慶は山門のそばで舟を泊めた。

「拙僧はここで舟を守りながら待っておるのでな」

岩慶は櫓を固定すると、どっしりとした杖(つえ)を手に取った。瑞之助の腕の太さくらいありそうな木でできており、中には太刀が仕込まれている。

巴の手を借りて、おそよが瑞之助の背に負ぶさった。瑞之助はおそよとともに陸に上がった。

材木置き場で繰り広げられている捕物の喧騒が、わずかに聞こえてくる。

瑞之助は鋭く周囲を見やった。

「やはり待ち伏せされていましたね」

殺気立った息遣いを隠せていない者が、そこここに潜んでいる。

巴が船底から薙刀を取り出した。刃を布でくるんであるのは、広木による指図だ。奉行所の捕物では、相手がどんな悪党だろうと、生け捕りにするのが定めである。

「さて、あたしの出番だね。そっちの柳の陰に潜んでるあんたたち、出といでよ。あたしが相手してやるからさ!」

船頭に扮した巴は、腰を落として薙刀を構えた。尻っ端折り(しりっぱしょり)の短い裾から、黒い股引(ももひき)に包まれた脚が伸びている。男の装いでいてもなお、一目で女とわかる肉づきだ。

柳の陰から出てきた二人の男は、いかにも好色そうに、にたにたと笑っている。

巴は声を張り上げた。

「さあ、瑞之助さん、おそよさん。早く行って！」

おそよを負ぶった瑞之助は、地を蹴って駆け出した。

巴の薙刀の腕前は、稽古に付き合う瑞之助がいちばんよく知っている。長柄の武器の扱いにかけては、ちょっと習っただけの瑞之助より、巴のほうがよほど見事だ。

ごろつき風情(ふぜい)の喧嘩剣術では、巴を好きにするどころか、薙刀の間合いの内に踏み込むことすらできまい。舟には岩慶もいる。

瑞之助は二人を信じて足を速めた。

山門をくぐる。

何事もないのなら、野の趣を感じさせる庭の静かなたたずまいに、ほっと息をつくところだろう。

だが、今はそんな風情に思いを馳(は)せる暇(ひま)もない。

庭は閑散としている。日当たりのよい墓場までの道すがらには、凶賊が身を潜めるのにおあつらえ向きの巨石と古木、庫裡と庵があって、思いのほか見通しが利かない。

瑞之助は静かな声で言った。

「おそよさん、行きましょう」

かすかな声で、おそよが「はい」と応じた。

敷石を踏んで歩き出す。

自分のものとは違う足音が、すぐさま聞こえ始めた。殺気が追いすがってくる。瑞之助は体ごと振り向いた。

疫病神のお面をつけた男が、凶刃を振りかざして突進してくる。と、その頭上から礫が飛んできた。ごつん、と硬い音がして、お面の男は地に転がって呻く。そこをめがけ、さらに礫が降ってくる。

本堂の屋根の上からだ。そちらを仰ぐと、お貞とおあきが礫を投じていた。上から見れば、ごろつきがどこに潜んでいるのか、丸わかりなのだろう。木の陰や岩の陰、本堂の脇へも、次々と礫が飛んでいく。

雨あられと降ってくる礫に耐えかねたごろつきどもが、姿を現した。

こうなると、相手もやけっぱちだ。

「ちくしょう！　鍵を寄越せや！」

お面をつけた者が一人と、つけていない者が一人、手に手に得物を携(たずさ)えて襲いかかってくる。

瑞之助は本堂を背にして立った。おそよを負ぶったまま、両手はふさがっている。

ごろつき二人はじりじりと間合いを詰めてくる。

「鍵を寄越せ！　おとなしく従えば、女の命だけは助けてやる」

「鍵だと？」

瑞之助は眉をひそめた。

ごろつきは吠(ほ)えた。

「しらばっくれんじゃねえ！　賀田屋の隠し金を納めた蔵の鍵だ！　まだその女が身につけていやがるんだろう。だからてめえらも、女が死ぬまで身柄を預かって、死んだら大金を好きにしようって腹なんだろうが！」

何のことだかわからない。おそよも瑞之助の右肩のあたりで、戸惑いのこもった息をついた。

いきなり本堂の戸が開いた。丹兵衛、知蔵、吉八の三人が躍り出てきたのだ。

「ここは手前らにお任せを！」

丹兵衛が叫びながら、ごろつきどもへと飛びかかっていく。

ごろつきどもは一瞬ひるんだ。その隙に、丹兵衛が十手で、知蔵が杖で、吉八が棍棒で、ごろつきどもを打ち据えた。立て直す間を与えず、ぼこぼこに伸していく。

知蔵の目配せを受け、瑞之助はまた墓場をめがけて駆け出した。

巨木の陰から大声を上げて、ごろつきが姿を現す。長ドスを構え、瑞之助とおそよの行く手をふさいだ。

「女を寄越すか鍵を寄越すか、どっちか選べ！」

吠えるような叫び声は、明らかに酒精がこもっている。見れば、顔も赤い。酒を飲んで気を大きくしないと、この場へ出てこられなかったのか。

本堂から黒巻羽織の男が現れた。年の頃は三十代半ばといったところだ。

「南町奉行所の村山だ。その酔っ払いは私が引き受けよう」

村山は、刃引きした刀を低く構え、気迫の声とともに、ごろつきとの間合いを詰める。その背を守るべく、吉八がすかさず続いた。

広木と並ぶ切れ者で鳴らす村山は、剣技の冴えも見事なものだった。吉八の加勢も必要とせず、長ドスの酔っ払いをあっさり打ち倒す。

庭の隅にまだ若い男が二人、立ち尽くしていた。瑞之助がそちらを見やると、ひぃ、と情けない悲鳴を上げて逃げ出した。

知蔵が、地に転がされた者を捕縛しながら、瑞之助とおそよに告げた。

「調べたところによると、こいつら、小卯吉の口車に乗せられて、ありもしねえ隠し金の噂に踊らされてるみたいなんでさあ。小卯吉を除けば、ほかの連中がおそよさんをしつこく付け狙う理由もないはずなのにね。その答えがこれでさあ」

「では、この人たちは、嘘を信じ込んだために命懸けの闘いに駆り出されてしまった、ということですか？」

「愚かで哀れでさあね。救いようがねえや」

行け、と村山に促され、瑞之助は会釈をして墓場を目指した。

松九郎は逃げていた。

「小卯吉の野郎にゃ、もうついていけねえ。賭場で掻き集めた連中だけじゃなく、俺や栄二でさえ、あいつにとっちゃ、ただの捨て駒なんだ」

松九郎は、栄二とともに島崎町の材木置き場で待ち伏せし、おそよを捕らえる役目を負っていた。小卯吉は「おまえらに花を持たせてやる」と言った。重要だが、さして難しくなく、危険もない役目だ。そのはずだった。

蓋(ふた)を開けてみれば、北町奉行所の大沢が手勢を引き連れて島崎町に網を張っていた。小卯吉は知っていたに違いない。だからこそ、間違いなく獲物の舟が通るはずのこの材木置き場に、小卯吉は来なかった。

棒術が得意な栄二が大沢に敗れるのを見て、松九郎は持ち場を放り出した。捕らえられたら命がない。栄二と離れるのは残念だが、もはやどうしようもなかった。

松九郎は一ツ目の鬼面を投げ捨て、捕り方の目をかいくぐって逃げた。昔、この深川で材木運びの人足として働いていた。おかげでいくらか土地勘がある。人混みに紛れることができれば、こっちのものだ。松九郎も体の厚みは大したものだが、背丈はさほどでもなく、隆左衛門のように奇妙に人目につく外見でもない。

「ほとぼりが冷めるまで江戸を離れるか」

だが、入船町(いりふねちょう)から深川富岡門前町(とみおかもんぜんちょう)のほうへ向かう足が、ぴたりと止まった。

横合いから駆けてきた者がいた。ご丁寧に、松九郎の名を呼びながらだ。

「おじさん、松九郎って人だよね？　小卯吉の仲間で、おそよさんの命を狙ってるんだろ？」

十五、六の少年だった。向こう傷のある顔は、妙に人懐っこくにこにこしている。だが、目尻の切れ上がった三白眼はぞっとするほどに鋭い。

どこかで見た顔だ。

松九郎は記憶をたどろうとした。しかし、そんな暇はなかった。

少年を追って、黒巻羽織姿の男が現れた。小卯吉が天敵と呼んで忌み嫌っていた男、広木宗三郎である。

広木は、涼しげな顔に危険そうな笑みを浮かべた。

「お手柄だな、太一。さすが振十郎の弟だ。そう、こいつが松九郎だよ。二年ほど前から小卯吉の手足として、賭場でのいかさまから押し込み強盗まで、あれこれ罪を重ねている。そろそろお白洲に引っ張り出さねえとな」

広木は抜き身の刀の切っ先を松九郎に向けて、すたすたと近づいてくる。気負いのない足取りだが、松九郎は動けなかった。

獣のような勘が告げている。勝てる相手ではない、と。

背を向ければ、逃げる前に斬られるだろう。向かっていっても、むろんあっさり斬られるに違いない。

広木は軽妙な口調で言った。

「松九郎よ、俺を知っているだろう？　なに、悪党どもの間じゃ、俺も有名なんでな。南町奉行所が定町廻り同心、この広木宗三郎が、てめえに引導を渡してやる。神妙にお縄につけ。さもなけりゃ、痛い目に遭(あ)うぞ」

広木は大声を張り上げたわけではない。だが、冬の冷気がびりびりと震えるほどに、凄まじい気迫を発していた。

松九郎は我知らず、吠えていた。恐怖に駆られて吠えながら、腰の長ドスを抜いて、広木に突っかかっていく。

勝敗はたちまち決した。

気づいたときには両腕の筋を断たれ、地に転がされていた。寄ってたかって縄をかけに来る捕り方どもを追い払うこともできず、松九郎は土を嚙みながら呻いた。漁網をかぶせられ、身動きをすっかり奪われる。

広木の無情な声が降ってきた。

「よし、次だ。大沢や村山どののところから逃げてきたやつは、きっとほかにもいる。目を光らせろ！　一人残らず捕らえるんだ！」

おうっ、と捕り方たちが唱和した。ひときわ元気に拳を突き上げた太一が、先陣を切って駆け出した。

八

無縁墓には、瑞之助の身の丈よりも高い自然岩が墓標として立てられている。いくぶん苔むした、穏やかな感じのする岩だった。

林立する墓標の中で、奥まったところにあるその岩は、まるで目印のようだ。

「おそよさん、あの岩のところが、目指す場所です。あと少しですよ。寒くないですか？」

肩越しに声を掛けると、おそよは「大丈夫」とささやいた。

明るい日差しの中、瑞之助はおそよを負ぶって、墓場の道を歩いていく。荒れたり寂れたりした様子は少しも感じられない。この大捕物が仕掛けられているのでなければ、日頃から墓参りに訪れる人がいるようだ。

瑞之助は、鋭く左右に目を走らせた。

「やはりここにも」

墓石の陰に身を潜め、近づいてくる者がいる。

道の最奥にあたる無縁墓の陰から、すっと登志蔵が顔をのぞかせた。来い、と唇の形が動く。瑞之助はおそよにささやいた。

「走りますよ。舌を嚙まないように気をつけて」

おそよがまばたきをしてうなずいた。それを見て取った瞬間、瑞之助は地を蹴って走り出した。二十間（約三十六メートル）ほどの距離を一気に駆け抜ける。

無縁墓までたどり着き、体ごと向き直る。

二人の曲者が、ぎくりとした様子で立ち止まった。

登志蔵が無縁墓の陰から出てきて、瑞之助とおそよを庇うように歩を進めたのだ。その手は愛刀の柄に掛かっている。

「二対二だ、瑞之助。片方、頼めるか？」

曲者はどちらも疫病神のお面をつけていた。大柄なほうは、思いがけず美しい輝きの刀を手にしている。身なりも身のこなしも、どうやら武士のようだ。

「登志蔵さんはどちらを？」

「でかいほうだ。あいつ、たぶんお尋ね者の人殺しだぞ」

「お気をつけて」

「おまえもな」

登志蔵はすたすたと、無造作に見える足運びで間合いを詰めていく。大柄な曲者は刀を八双に構えて威嚇した。

びりびりとした闘志と殺気がほとばしる。

小柄なほうの曲者は、自分が登志蔵の目に留まっていないことを察したようだ。狡猾に笑う顔が、お面に透けて見える気がした。小柄な曲者は登志蔵の間合いを避けながら、長ドスを抜いて、瑞之助とおそよのほうへ近づいてくる。

おそよが瑞之助にささやいた。

「わたしを置いて、刀を抜いて」

「承知。すぐ終わります」

瑞之助は、おそよを下ろして無縁墓に寄りかからせた。触れた岩肌はざらりとして、日差しに暖められていた。

おそよを背に庇って立つ。鞘を払い、正眼に構える。華やかな刃文が冬の日を受け、きらりと輝いた。

目の端で登志蔵が抜刀するのが見えた。

登志蔵は広木から、疫病神強盗の生き残りとみなされている悪党について、名や顔の特徴、どれほどの罪を負っているのかを教えられていた。

今まさに敵対している者こそが、その悪党に違いない。剝き出しの太い腕は男盛りの武芸者といったところだが、月代を剃っていない髪はぼさぼさの半白だ。年の頃がよくわからない。

「おまえが隆左衛門って名の人斬りだな？」

おそろしく執拗な男だという。斬ると決めた相手はどこまでも追っていって斬る。獲物が逃げれば逃げるほど、無残ななぶり殺しにしたがるらしい。

「邪魔するんじゃねえ！　俺は、あの疫病神の小娘を斬るんだ！　十年前に逃しちまったから、十年ぶんまとめて斬ってやる！」

「おかしな具合に律義なやつだな。感心するぜ。しかし、はいそうですかとは言ってやれねえ」

隆左衛門が上段から斬りかかってくる。登志蔵はそれを迎え撃つ。

一撃がずしりと重い。だが技が粗い。

早く殺したくて高ぶっていやがるのか、と登志蔵は見て取った。そんな邪念は隙を生むぞ。

登志蔵はすかさず二の太刀を放つ。隆左衛門は辛うじて受ける。登志蔵のさらなる追撃。隆左衛門はのけぞって躱す。

ごく近い位置で、まなざしが交わる。

登志蔵に見据えられ、隆左衛門は一瞬、動きが止まった。それなりの手練れであればこそ、力の差を感じ取ったのだ。

剣技の応酬が再開する。

「えいッ！」

登志蔵は気迫を声に乗せた。びりりとした剣気がほとばしる。隆左衛門が気勢に呑まれるのが見て取れる。

だらしねえ、と思った。冷たい怒りを感じた。

隆左衛門の生まれ育ちは武家に違いない。ある程度長い間、真っ当な剣術を修めていたはずだ。

手練れと聞いていたから、登志蔵は覚悟していた。

否、むしろ楽しみにすら思っていたかもしれない。人を斬った剣客の技の重さはいかほどかと、ひそかに心を躍らせていたのに。

結局、この程度の腕か。弱者をなぶり殺すのを好む卑劣な罪人なんてものは、この程度の覚悟で刀を握っているのか。

登志蔵の刺突が隆左衛門の左脇腹を裂いた。

「あああぁぁぁっ！」

隆左衛門は絶叫した。ぐらりと体勢の崩れたところへ、登志蔵は肩から当て身を食らわせる。

大げさに吹っ飛んで転がった隆左衛門は、その勢いを活かして跳ね起きた。登志蔵の間合いからすでに逃れている。

お面が外れ、ねじくれた傷痕のある顔が剝き出しになっていた。

登志蔵は鼻で笑った。

「半白の頭にその傷痕、やっぱり間違いねえな。広木の旦那にゃ悪いが、手柄は俺がいただくぜ。人斬り隆左衛門、神妙にお縄についてもらおうか！」

登志蔵は隆左衛門に追いすがる。

隆左衛門は横っ飛びに跳んだ。力任せに誰かの墓石を打ち倒し、登志蔵の行く手を阻む。隆左衛門は板塔婆を蹴散らして走った。

「遅いな。その程度で逃げられるとでも？」

登志蔵は凄まじい勢いで駆け寄った。隆左衛門にたちまち追いつく。手近な墓石に手をついた。

「ちょいと失礼」

一言断りを入れつつ、ひらりと墓石を飛び越える。

これでもはや、隆左衛門との間にさえぎるものはない。隆左衛門が悲鳴のような声で吠える。

登志蔵は一気に間合いを詰めた。

小柄な曲者は瑞之助にお面の一ツ目を向け、言った。長ドスをだらりと垂らしたまま、懐手をしている。

「俺は欲張りじゃあねえんだ。こたびの目的はただ一つ。そこにいる死にぞこないの女だけだ。そいつを置いていけ。そうすりゃ、てめえは痛い目に遭わずに済む」

瑞之助は問うた。

「あなたが小卯吉さんですね？」

「だったら何だ？」

「では、そのお面を外して、おそよさんに顔を見せてください」

「顔を見せて何になるってんだ？　昔を懐かしみてえのか？」

小卯吉はいきなり、懐（ふところ）から引き抜いた手を翻（ひるがえ）した。何かを投じたのだ、と理解したときには、体が動いた後だった。

瑞之助は刀でそれを打ち落としていた。

「棒手裏剣？」

小卯吉の忍び笑いがお面の内側から漏れ聞こえた。

「鉄くずを継いで作ってんだが、急ごしらえのわりには使えるぜ。ほら、気をつけな。あんたがよけたら、後ろにいる大事なお嬢さんに中（あた）っちまうぞ！」

小卯吉は嬉々（きき）として声を高くすると、棒手裏剣を打ってきた。

瑞之助は辛うじて刀で防ぐ。冷や汗が噴き出した。小卯吉が嘲笑（あざわら）ったとおり、瑞之助がしくじれば、おそよの身に危険が及ぶ。

「うまく防いだなあ。だが、いつまで続くかな？　よう、色男。もっと怯えてみせろよ。いい顔をしてくれたら、てめえには手心を加えてやる」

「何をほざいている？」

「ああ、生意気な顔だな。そういう面は憎たらしい！　怖がれ！　痛がれ！　怯えてみせろ！」

棒手裏剣が三本、立て続けに飛んでくる。狙いは瑞之助の体の中心だ。

二本までは刀で弾き飛ばした。無茶な姿勢になり、足がもつれかける。三本目の棒手裏剣は身をひねり、腰に括(くく)った荷で受けた。

荷に棒手裏剣が突き立った。風呂敷の中身は、墓に手向(たむ)けるための花だ。太い竹筒に山茶花(さざんか)と猫柳(ねこやなぎ)の枝を挿したものである。

小卯吉は懐に手を入れた。

だが、次の棒手裏剣が飛んでくる前に、瑞之助は動いた。

「反撃だ」

荷に突き立った棒手裏剣を引き抜くと、見よう見真似で打った。くるくる回りながら飛ぶ棒手裏剣が、小卯吉のお面の端に当たった。弾みでお面が吹っ飛ぶ。

「うおっ」

小卯吉が呻いた。瑞之助に向けられた憎々しげなまなざしは火を噴かんばかりだ。

瑞之助は冷静だった。

小卯吉の身のこなしを見れば、剣術においてはまったくの素人だとわかる。場数は踏んでいるようで、妙に肝が据わっているが、おかしな具合だ。

ひょっとすると、相手に抗われたことがないのかもしれない。武器を振るえば確実に相手を殺せる、という場面しか知らないのではないか。

瑞之助は棒手裏剣を拾って構えた。力を入れずに振り下ろすようにして、まっすぐに打つ。一打目よりも回らずに飛んだ。身をよじった小卯吉の右肩に当たる。刺さりはせず、地に落ちた。

「な、何だと？　てめえ、このっ……！」

小卯吉は動揺し始めた。脅し文句も続かない。

瑞之助はもう一本、棒手裏剣を拾って、すかさず打った。棒手裏剣はまっすぐに飛んだ。小卯吉は辛うじてよけた。

「なるほど」

瑞之助のつぶやきに、小卯吉のわめき声が重なった。

「て、てめえ、ふざけんな！　俺を誰だと思っていやがる！」

小卯吉はじりじりと後ずさった。手にした長ドスがぐらぐら揺れている。

怒りが瑞之助を冷静にしていた。こんな男のために、おそよは十年間、苦しめられていたのか。悪辣で卑怯で臆病で、どうしようもなく愚かな、こんな男のために。

「おまえだけは許せない」

瑞之助は、さらに一打、棒手裏剣を放った。

脚を狙った。

棒手裏剣はあやまたず、まっすぐに、小卯吉の太ももに突き立った。小卯吉は絶叫し、後ろざまにひっくり返った。

「コツがつかめた。次も外さない」

瑞之助は最後の棒手裏剣を左手で拾って頭上に構えた。右手には抜き身の刀がある。

形勢が完全にくつがえった。

と思うと、小卯吉は引きつった顔で瑞之助を見上げ、慌てて懇願し始めた。

「や、やめろ、見逃してくれ！　もうその女を付け狙いやしねえからよ！　そ、そもそも、その女を何としても斬りてえと言ったのは、あいつだ。隆左衛門だ！　俺はまともに堅気の暮らしをしてるんだぜ？　女房も子供もいるんだ」

小卯吉は立ち上がらないまま、じりじりと後ずさった。その動きが突然阻まれる。音もなく背後に立った人にぶつかったのだ。

登志蔵だった。

小卯吉は、まなじりが切れんばかりに目を見開いた。

「な、何?」

登志蔵は、長ドスを握ったままの小卯吉の右手を踏みつけた。ぐしゃりと手の形が変わった。小卯吉の絶叫が響き渡る。

「がたがたうるせえやつだな」

登志蔵は小卯吉の正面に回ると、喉をぐいとつかんだ。首の動血脈を押さえつけたのだ。あっという間に、小卯吉はぐったりと白目を剝いて気を失った。

瑞之助は棒手裏剣を捨て、登志蔵に駆け寄った。

「助太刀ありがとうございます」

「こいつがあんまりやかましいんで、辛抱できなくなってな。俺が横やりを入れずとも、瑞之助ひとりで片をつけられただろうが」

「それでも、こんなに速やかにはいきませんよ」

登志蔵は小卯吉の両手首を縛り、その紐を首につないだ。

瑞之助は刀を鞘に納め、もう一人の曲者の姿を探した。墓石の陰から、地に横たわった浪人の半白の頭がのぞいている。

「あっちの野郎は右手と両足の筋を切って、ざっと縛っておいた。瑞之助、おそよさんを連れてきてくれ。本当にこいつが親の仇（かたき）で間違いないか、確かめてもらいたい」

「わかりました」

瑞之助は、おそよのところへ駆け戻った。失礼しますと声を掛け、おそよを横抱きにする。

おそよはささやいた。双眸がきらきらしている。

「私がですか？」

「強いのね」

「ええ」

「怖くありませんでした？」

「少し。瑞之助さんが、けがをするのが怖かった」

「私は無傷ですよ。心配してくださってありがとうございます」

瑞之助は、白目を剝いた小卯吉の傍らで体を低くした。登志蔵が小卯吉の首根っこをつかんで起こして、おそよにその顔が見えるようにした。

「おそよさん、こいつだよな。こいつが小卯吉で間違いないだろ?」

「はい」

「お縄にするぜ。奉行所に引き渡して、お白洲の裁きを受けさせる。疫病神強盗でやりたい放題に暴れていやがったんだ。こいつの打ち首は間違いない。こんな形の仇討ちだが、気は晴れたか?」

おそよは目に涙を浮かべた。その目をわずかながら細めて微笑んだ拍子に、涙がこぼれた。

「十分です」

登志蔵はそれを聞いてうなずくと、まるで汚いものでも扱うように、小卯吉の首根っこから手を離した。

「よし、瑞之助。こいつらの世話は、俺と村山の旦那でやっておく。おまえは、おそよさんと一緒に墓参りだ。おそよさん、あの世のおとっつぁんやおっかさんに、今までのことをゆっくり話してくるといい」

瑞之助は、おそよを抱えて立ち上がった。

「お供えの花が少し傷んだかもしれません。でも、おかげで助かったんですよ。見えない力に助けられたようにも感じました」

瑞之助はきびすを返した。

さっきは気づかなかったが、無縁墓のそばには湯呑や線香などが置かれている。身寄りのない死者にも、供養のために祈ってくれる人がいるのだ。

座って瑞之助に体を支えられた格好で、おそよはしばらくの間、黙って無縁墓と向き合っていた。

声に出しての言葉はなかった。しかし、その実、胸の内では饒舌(じょうぜつ)にいろんなことを語っているのだろう。おそよのまなざしは、まばたきするたびに表情を変え、冬の日差しと影とを映し込んで輝いていた。

瑞之助が持ってきた山茶花と猫柳は、やはり少し花が傷んだり枝が折れたりしていた。竹筒の真ん中には、棒手裏剣に穿(うが)たれた穴もある。

次のときはもっときちんと持ってきますので、と瑞之助は胸中で言い訳をした。

やがて、おそよが瑞之助の名を呼んだ。

「瑞之助さん。今日は、本当にありがとう」

「いえ、私はそんな……いや、どういたしまして。おそよさんの望みを叶えるこうでしょう」
とができて、私も嬉しく思っています。きっと蛇杖院の皆も、広木さんたちもそ

耳を澄ませば、下手人を引っ立てる荒っぽい声や、手柄を立てた鬨の声が聞こえてくる。無縁墓のまわりの日だまりだけは穏やかだ。静かな風も日差しに暖められ、そっと優しく吹き過ぎる。

おそよがささやいた。

「手を合わせたい」

瑞之助は少し迷った。どういう体勢をとればよいかと思案し、答えを出す。

「ちょっと、失礼しますね」

瑞之助はおそよのすぐ後ろに腰を下ろし、おそよの細い体を胸で受け止めた。後ろから覆いかぶさるようにして、おそよの両手を取る。冷えた手だ。

おそよの両手を包み込みながら、瑞之助は、みずからも墓前に手を合わせた。

吐息のような声で、おそよが言った。

「今日、生きてここに来られたことが、とても嬉しい。心残りがなくなった。今日は、わたし、何でもできるような心地なんです。不思議ね。本当は、手を合わせることも、一人ではできないのに」

おそよの手がじんわりと温かくなる。瑞之助の手のぬくもりに染まっていく。

瑞之助はおそよの耳元にささやいた。

「おそよさんにできないことがあれば、私が手伝います。おそよさんが望んでくれるなら、代わりに何だってしてします。私がおそよさんの手になる。足にもなる。声にもなる。だから、私に望んでください」

「ありがとう。頼もしい。瑞之助さんは、わたしと違って、何でもできるから」

「何でもはできません。私ひとりでは、おそよさんと言葉を交わすことはできない。こうして触れ合うことはできないんです。私ひとりでは、決して」

なぜこんなにも当たり前のことを言葉にしたいのだろう。当たり前のことを言葉にするだけなのに、なぜこんなにも泣きたい気持ちになるのだろう。

「瑞之助さん」

「はい」

「わたし、明日になったら、また泣き言ばかりかもしれない。体がつらくて、気が弱って、みんなを困らせるかもしれない。でも、今日は元気。うまく笑えないのが残念」

「わかりますよ。おそよさんが今、笑顔でいることが、私にはわかります」

「今日のわたしを忘れないで。これから先、わたしが元気じゃなくなっても、今日という日があったこと、精いっぱい元気に過ごすわたしがいたこと、覚えていて」

瑞之助はただ、はい、とだけ答えた。ほかに何を口にしても、言葉が上滑りしてしまいそうだった。

二人で一緒に合わせた手は、二人ぶんのぬくもりで、いつまでもぽかぽかしていた。

岩慶の操る舟で蛇杖院に帰り着く頃には、おそよは、うつらうつらしていた。

蛇杖院では、走って先回りした登志蔵が待ち構えていた。登志蔵は、こたび小卯吉が引き連れていた悪党をすべて捕らえたことをおそよに知らせた。小卯吉の賭場に連なるほかの悪党も、芋づる式に捕縛の手がかかっているところだという。

「広木の旦那が、おそよさんにお礼をしたいってさ。見事な仇討ちだった、とも言っていた。手土産(てみやげ)を持って、明日にも顔を見せると思うぜ」

おそよは満足そうに微笑んだ。

着替えて髪を解き、化粧を落とし、体を拭いて清めると、おそよは夕餉も待たず、横になりたいと訴えた。

「疲れましたか？」

瑞之助の問いに、おそよはまばたきでうなずいてみせた。

寝台を軽く倒し、冷たい手を少しさすってやってから、掛布を整える。おそよの唇が動いたので耳を寄せると、椿、と言った。

「椿、今日も、まだでしたね」

「裏庭の椿ですよね。咲いたらすぐにおそよさんに見せようと思って、毎日気にしているんですが、今日もまだ蕾でした。近いうちに開きそうでしたが」

赤い花びらでその縁だけが白いという、珍しい椿だ。おそよが心待ちにしているので、瑞之助も楽しみだった。

おそよは、ごく小さなあくびをして、まぶたを閉ざした。

「おやすみなさい」

瑞之助はおそよの耳元でささやいて、部屋を出た。

おそよがこのまま夜の眠りに就くのなら、見守る役目は瑞之助でないほうがよい。瑞之助は、女中たちのにぎやかな声が聞こえる厨へ足を向けた。

第四話　悔いは尽きせず

一

　まだ明けやらぬ刻限のことだった。

「起きなさい、瑞之助」

　瑞之助は揺り起こされた。切羽詰まった声の主は桜丸だ。

　開けっぱなしの戸口から、常夜灯の明かりと冷えた夜風が忍び込んできている。

「どうかしましたか？」

　起き抜けで舌がもつれた。呻きながら身を起こし、襟元を掻き合わせる。

　桜丸は肩で息をして、告げた。

「おそよが亡くなりました」

「え……」

「おそよが、亡くなったのです」

繰り返されても、やはり何と言われたのかわからなかった。

耳は確かに桜丸の声を聞き取っている。

だが、言葉の意味するところを受け止めることができない。

瑞之助はまた訊き返した。

「今、何と……？」

声が震え、しまいまで言葉を紡げなかった。

わかりたくない。何が起こっているのかなど、知りたくない。

桜丸は瑞之助に答えず、目を伏せた。瑞之助は思わず桜丸に取りすがり、その肩を揺さぶった。

駆けてくる足音が聞こえた。

巴が戸口で叫んだ。

「瑞之助さん、起きて！　おそよさんが、もう息をしてない……！」

おそよは寝台に横たわっていた。

まっすぐ仰向けになっているのではなく、背もたれを緩やかに斜めにして、少し体を起こした格好だ。

仰向けでは喉や胸が押し潰されるようで息が苦しいと訴えたので、瑞之助がおそよの寝台にあれこれ工夫を施した。その苦しくないはずの格好で夜着にくるまり、おそよは目を閉じている。

先に駆けつけた玉石が、おそよの首筋の脈を探し、口と鼻に手をかざし、また脈を探していた。瑞之助が部屋に入ると、玉石は泣き笑いの顔で振り向いた。

「つい今しがただったようだ。まだぬくもりが残っている。だが、もう、どこも動いていないんだ」

「嘘だ」

瑞之助はつぶやいて、おそよのそばへ近寄った。

少しも寝乱れたところがないのは、いつものことだ。寝返りはもちろん、近頃は首を動かすこともほとんどできなくなっているのだから。

眠りは浅いことが多い。呼びかければすぐに目覚め、重たげにまぶたを開く。そして、瑞之助に寝顔を見られたと気づくと、はにかむように目をそらす。半年近くすぐそばで過ごしているのに、そういう場面には慣れないようだ。

瑞之助は普段のとおりに、おそよに呼びかけようとした。

けれど、駄目だった。怖くて声が出ない。

目覚めないことを確かめてしまうのが、ただ怖い。

瑞之助が何もできないでいるうちに、皆が続々と駆けつけた。初菜が呼吸と脈の確認をし、小さく頭を振った。真樹次郎が同じことをした。登志蔵と岩慶がおそよを畳の上に寝かせ、おそよの名を呼びながら、胸骨のあたりを繰り返し細かく揺さぶった。

登志蔵が瑞之助を怒鳴りつけた。

「おまえも手伝え！　教えただろうが！　口から肺に息を吹き入れろ。俺は道具を取ってくる」

蘭方医術の道具には、呼吸が止まった者の肺に気を吹き込むための鞴がある。按摩より確かに心ノ臓を揺さぶるエレキテルもある。

登志蔵は走り去った。ほかにも誰かがばたばたと行ったり来たりしている。

瑞之助は岩慶の指図に従って、おそよの顎をのけぞらせ、おそよの口を己の口でふさいだ。

息を吹き入れるごとに、おそよの胸は力なく膨らんだ。口を離せば、そのまま息が漏れ出てきた。瑞之助は何度も、おそよの胸に息を送った。

登志蔵が取って返してきて、蘇生の道具を試した。女中たちはおそよの手足をさすっていた。

むなしい試みが繰り返された。皆が懸命に、おそよの名を呼び続けていた。だが、聞こえますかとどれほど尋ねても、答えが返ってくることはなかった。

最後に桜丸が皆を下がらせ、おそよの襟元を整えてやって、静かに言い渡した。

「おそよは戻りませぬ。眠ったまま苦しむことなく、おのずと息が止まって、穏やかに逝ったようです。もう、そっとしておいてあげましょう」

空がほんのりと明るみ始める頃だった。星の光は空に溶けつつあったが、朝日が昇るまでにはまだ時がかかりそうだった。

二

おそよが息を引き取ったことを知らせると、昨日の大捕物に関わった捕り方たちが入れ代わり立ち代わりやって来た。

広木は、口どけのよい和三盆の干菓子を手土産に、真っ先に駆けつけた。体を張って囮を引き受けてくれたおそよに、何か褒美をあげたかったのだという。

「ご馳走は無理でも、口の中で溶ける菓子なら食いやすいかと思ってな」

そう言って、広木は寂しそうに微笑んだ。

捕り方たちは皆、口々におそよへの感謝の言葉を述べていった。おそよのおかげで、かつての捕物にまつわる不正を改めることができた上に、新たな手柄を立てることもできたのだ。

あの大沢でさえ、弟の太一を伴って、昼前に蛇杖院に顔を出した。

「あんな思い切った策を打ったのが死にかけの病人だったとは驚きだ」

言葉は不愛想だったが、おそよの亡骸を前に、丁寧に手を合わせていた。太一は白い水仙を手向けていった。

昼過ぎになると、岩慶が、年の頃十二、三とおぼしき少年を連れてきた。門前で出迎えた瑞之助は、少年の顔をどこかで見た気がした。

少年は瑞之助のまなざしに気づくと、胸を張って名乗りを上げた。

「石田村の土方家の裕吾だ。奉公先から許しをもらって、おそよ姉さんの弔いによう？」

「お由祈さんの弟御ですね。おそよさんがよく、あなたに手紙を送っていたでし

来た」

ああ、と瑞之助はうなずいた。

裕吾はぶっきらぼうな態度でうなずいた。お由祈も武士嫌いで、二刀を差した瑞之助への当たりがきつかったが、いかにも負けん気が強そうに睨みつけてくる顔が姉弟でそっくりだ。

瑞之助は微笑んだ。

「おそよさんから裕吾さんの話も聞いていますよ。手習いや三味線を教えていた、と。体も手も小さくて、絃をうまく押さえられなかったような頃から、熱心に稽古していたそうですね」

「あんたが瑞之助って人か？」

「そうですよ。おそよさんの手紙に私のことが書いてありましたか？」

「俺がもし大人の男だったら、あんたなんか、おそよ姉さんに近寄らせなかったんだからな！」

吐き捨てるように言うと、裕吾はわざと瑞之助に肩をぶつけて、門の中へ入っ

ていった。数歩先で立ち止まり、振り向かずにじっとしている。

裕吾の目は真っ赤に腫れていた。ずいぶん泣いたのだろうし、今も涙が止まらないのだ。その顔を決して瑞之助に見せまいとする意地が、まだ線の細い背中から伝わってきた。

岩慶は瑞之助の肩に手を置いた。

「裕吾どのは、来月の藪入りの折には石田村へ戻らず、おそよどのに会いに来ることを考えていたそうだ。簪か紅を贈ろうと、小遣いを貯めていたらしい」

「そうでしたか」

「裕吾どのは奉公先でかわいがられておる。おかげで、流行り病の噂がひどかった折には、蛇杖院との関わり合いを止められてしもうた。拙僧が裕吾どのに手紙を渡すことも許されず、烏丸屋や菊治どのに預け、代わりに届けてもらったこともあったな」

「では、そろそろあの噂の件も沙汰やみになってきたということですね。裕吾さんが蛇杖院に足を踏み入れることを、奉公先が許してくれるとは」

「ああ。おそよどのも蛇杖院も疫病神の汚名を被っておったが、ようやく返上できたようだな」

「それはよかった」

岩慶は裕吾に声を掛け、おそよの亡骸を横たえてある部屋へ連れていった。

今朝、早く起きてしまったせいだろうか。頭がぼんやりしている。皆がおそよのために涙を流すのを眺めながら、瑞之助だけは妙に落ち着いていた。

何かとせわしない一昼夜だった。女中たちは、おそよの亡骸を清めたり死に化粧を施してやったりと、慌ただしくしていた。瑞之助や泰造や朝助は、女中たちの手が回らない掃除や炊事、洗濯などに追われた。

翌日には岩慶が弔いの経を上げ、玉石がささやかな野道具を用意した。二人はあらかじめ、弔いは質素なものがよいと、おそよに望まれていたという。

おそよは、蛇杖院に来たときから、どれほど長くともあと一年だと悟っていたらしい。十二月に入った頃には、桜丸や玉石や岩慶、初菜、そして女中たちも、おそよが年を越せないことを察していたそうだ。

そんなふうに言われてみれば、瑞之助もうっすらとわかっていた気がする。少なくとも、治らぬ病であることは、冬も半ばを過ぎる頃には理解していた。

広木や村山から野辺送りのための人手を貸そうかと打診されたが、岩慶がやんわりと断った。おそよの亡骸は静かに蛇杖院を去ることとなった。

江戸では、亡骸を荼毘に付す。焼いて骨にするのだ。

荼毘所は江戸の外れに何か所かあるが、おそよの亡骸は、両親の眠る無縁墓から遠くない砂村に運ばれることとなった。

夕刻、おそよの亡骸を舟に乗せた。硬く冷たくなったおそよは、人形のようだった。ここに横たわっているのは本当におそよなのかと、瑞之助はまだ呑み込めずにいた。

見送りの舟には、玉石と岩慶と巴が乗った。ほかの皆は岸辺に集まっている。

岩慶が舟の艫から瑞之助を見やった。

「瑞之助どの、来ぬのか？」

「いえ。岩慶さんと玉石さんと巴さんにお任せします」

玉石は舳先に掲げた提灯のそばでうなずいた。

だが、巴は花籠を抱きしめ、泣き腫らした目で瑞之助を睨んだ。

「来たらいいじゃない！　最後なんだよ」

瑞之助はかぶりを振った。泣き止まないおうたと手をつないでやっている。おふうも昨日からずっと真っ赤な目をして黙りこくっている。

「私はこれから、おふうちゃんとおうたちゃんを駒形長屋まで送ってきます。おなつさんの具合を診てくるように、真樹次郎さんから言われているんですよ」

「真樹次郎さんが自分で行けばいいのに」

「無茶ですよ。真樹次郎さんたち、てんてこ舞いになっていますから。今も、人を待たせたままで出てきたんでしょう？」

水を向けると、真樹次郎はむっつりとした顔でうなずいた。

悪評が拭い去られ、おそよの大舞台の手柄話が広まりつつあるおかげで、蛇杖院で診てもらいたいという者たちが戻ってきた。

忙しいのはよいことだ。瑞之助も、昼餉をとる暇もなく、真樹次郎の手伝いや弔い客のあしらいなどに奔走していた。

日が落ちた。すっと風が止んだ。川の水が鏡のように凪いだ。提灯の明かりが水面に映り込んで美しかった。

「では、参る」

岩慶は櫓を漕ぎ始めた。おそよの亡骸を乗せた舟が遠ざかっていく。

岸辺の皆は無言で見送った。すすり泣く声だけが聞こえている。泣き疲れたと言いながらも、皆、どうしても涙が止まらないらしかった。

やがて、遠ざかる提灯が見えなくなった。

おうたが瑞之助を見上げた。

「死んじゃったら、あんなふうになるの？」

「あんなふうって？」

瑞之助は膝を屈(かが)め、おうたの顔をのぞき込んで問い返してみた。おうたは答えを探そうとしていたようだが、言葉にならなかった。しゃくりあげていたかと思うと、声を上げて泣き出した。

昨日から、おうたはずっとこんなふうだ。瑞之助に何かを言いたそうにしては、途中で泣き出してしまう。声もすっかり嗄(か)れている。

瑞之助はおうたを抱き上げた。

「どうしたの？　おうたちゃんは、お弔いが怖かった？」

おうたはいやいやをして瑞之助にすがりついた。

おふうが、瑞之助に抱えられたおうたを見上げた。

「うちでもうすぐお弔いがあるんだよ。野辺送りは、長屋のみんながお世話してくれるんだって。あんまりお金はかけられないけど」

おうたの涙で肩のあたりが濡れていくのがわかる。

瑞之助はおふうを促した。

「すっかり暗くなってしまう前に、帰ろうか」

おふうはうなずき、瑞之助の隣をのろのろと歩き出した。

おそよの墓は、両親が眠る無縁墓の隣に造られた。小さな墓石が立ったと聞いても、瑞之助はやはり、ぴんとこなかった。墓参りに誘われたが、忙しさを理由に避けている。

掃除や片づけに追われていた。おそよのために作った座椅子や寝台は、今後も使えるかもしれない。かぶせていた布団や綿入れなどをいったん取り払い、磨いたり日に干したりして手入れをした。

瑞之助は、借りていた三味線を玉石に返しに行った。

西棟の玉石の部屋は、寒さに弱い日和丸のために暖かい。日和丸は、肌がぬくい瑞之助が手を差し伸べると、大喜びで這い上がってきた。

玉石は小さく笑った。

「日和丸め、久しぶりに瑞之助にかまってもらえて、はしゃいでいる」

「そんなに久しぶりでしたか？」

「いつぞや書庫で『本朝故事因縁集』を探していたとき以来だろう。おそよにつきっきりになっていた間、瑞之助はほとんど西棟の戸をくぐらなかったはずだ」

「そうか……そうだったかもしれません。毎日があっという間で、時がどれほど過ぎたのか、よくわからなくなっていました」

「この五か月の間、大変だったな。ご苦労さん」

瑞之助は曖昧に笑って首をかしげた。

「大変だったんでしょうか？　蛇杖院に住んで働くようになってから、私はいつもあんなふうじゃないですか？　医者としてできることがあまりないので、とにかく精いっぱい、目の前のことと向き合うしかないんですよ」

玉石は、瑞之助から受け取った三味線をひと撫でした。

「これっきり聴けなくなるのは惜しいな。たまには弾いてくれんか？」

「さほどの腕前でないことは、私自身がいちばんよくわかっていますよ。そこまで下手ではないにしても、お耳汚しでしょう？」

「確かに、不器用そうな音色だな。味があっていいよ。『鷺娘』をよく弾いていただろう？」

「おそよさんが『鷺娘』を聴きたがるので。長い唄だし、途中に拍子が速いところがあって難しいから、それなりに格好がつくよう、いっときは『鷺娘』ばかり稽古していましたね」

「わたしもたまに二の長屋の表まで行って、瑞之助が稽古しているのを、桜丸やおけいと一緒に聴いていた。おまえはいい声をしているな。三味線の音色はこんなにも優(やさ)しかったのかと、それにも驚かされたよ」

瑞之助は目を見張った。

「どこにいたって聞こえてしまったでしょうに、わざわざ部屋の表に聴きに来ていたんですか?」

「北棟の部屋の前にも、よく聴衆がいたぞ。おうたや朝助は聴いているうちに何曲か覚えたようで、二人で洗濯物を干しながら口ずさんでいた」

玉石は、洋灯が置かれた机(つくえ)の上から、一本の簪を手に取った。見覚えのある青いガラスの簪だ。

「おそよさんのものですよね」

「ああ、おまえが直してやった簪だ。おそよの形見分けだよ。ほら」

玉石は瑞之助にガラスの簪を差し出した。金継ぎでガラスの破片をつないだだけの、意匠も何もない簪である。

瑞之助は簪を見つめたまま、両腕をだらりと垂らしていた。

「男の私がこれを持っていても、どうしようもないと思いますが」

「おや、男が簪を挿してはならんという法はないぞ。唐土の古風な正装では、男の髪を結うのに簪を使うものだ。おまえも髪に挿せばいい。この色は似合うだろう。試しに挿してやろうか？　ほら、後ろを向け」

玉石は冗談めかして言った。瑞之助は苦笑して一歩、後ずさった。

「からかわないでください。簪は受け取りますから」

玉石は瑞之助の手をつかまえて、簪をしっかりと握らせた。

「渡したぞ。おそよとの約束だったからな」

ぬくい肌が名残惜しそうな日和丸を玉石に返し、瑞之助は部屋を辞した。扉を閉ざした途端、顔に貼りつけていた笑みが剝がれ落ちた。

柔らかな絨毯の敷かれた廊下で、何となく立ち尽くす。

瑞之助は懐から布包みを取り出した。中身は木彫りの簪だ。椿の花を模したこの簪は、おそよに渡そうと思って買ったものだった。

おそよの野辺送りのときに持っていってもらうつもりだったが、なぜだか言い出せなかった。人形のごとく横たわる亡骸と向き合うと、悪い夢を見ているようにしか感じられなかったのだ。

結局それっきり、何となく簪を懐に入れたままにしていた。

「使いもしない簪が、二本。どうしようか」

瑞之助は二本の簪をまとめて布に包み、懐に収めた。

二日、三日と時が過ぎていく。

おそよが使っていた北棟の部屋は、風を入れ替えているうちに、おそよの匂いがすっかり薄らいだ。それに気づいたのは、おそよが身につけていた着物を洗って干して取り込んだときだ。

着物にはまだ、おそよの匂いが残っていた。

おのずとその着物を抱きしめてしまった。胸いっぱいに匂いを吸い込んで、そして苦笑した。

「桜丸さんに知られたら、また助平だと言われてしまうな。私は何をしているんだろう」

瑞之助の目は乾いていた。心も妙に凪（な）いでいる。

人の死に立ち会えばもっと悲しくなるものかと考えていたのだが、瑞之助は落ち着いていた。涙も流していない。仕事でしくじってもいない。ただ、夜にふと外に出て、北棟のおそよの部屋の明かりを探してしまうことがある。むろん、そこに明かりがともっているはずもない。

じきに慣れるだろう、と思っていた。

実際、蛇杖院の皆はときどき湿っぽくなりながらも、だんだん笑えるようになってきている。おなかがすくことにも、食べたらほっとすることにも、後ろめたさがなくなってきた。

舟での野辺送りから五日経った日、真樹次郎や岩慶と湯屋に出向いた折だった。

湯上がりに、珍しく湯屋の二階で一杯ひっかけて帰ることになった。

岩慶は一人だけ白湯を飲みながら、瑞之助を旅に誘った。

「行海どのとの約束でな、おそよどのを多摩でも弔ってやりたいというので、骨を分けておいた。瑞之助どの、一緒に来ぬか？　おそよどのの骨を届けるのだ」

瑞之助はぐい飲みの酒を一息に呷り、かぶりを振った。

「今は蛇杖院を離れられませんよ。ここ数日、何かと忙しいでしょう。かぜをひいたとか、おなかを壊したとか、不調を訴えて駆け込んでくる人が後を絶ちません。そうだ、湯屋から戻ったら、甘草を薬研でおろしておかないと」

真樹次郎が、濡れたほつれ髪を掻き上げながら、きっぱりと言った。

「瑞之助、行ってこい」

「でも、真樹次郎さん。今は手が必要でしょう？」

「通いの女中を呼び戻せば、どうにかなる。おまえはいったん江戸の外に出て、気を整えてこい。今のまま仕事を続けていては、おまえのためにならん」

「どういう意味ですか？　私が何か、へまをしましたか？」

真樹次郎は自分のぐい飲みに酒を注いだ。いくら飲んでも赤くならない顔には、あからさまな苛立ちが浮かんでいる。真樹次郎は手酌の酒を飲み干すと、また徳利からぐい飲みに注いだ。

「登志や初菜の忠告に耳をふさいで己の道を選んだからには、覚悟を持って死と向き合え。おまえは今、逃げている。見ないふりをしている。だが、おまえの心は悲鳴を上げたがっているはずだ。己の心を知れ。さもなけりゃ、体もろとも心が病んでしまうぞ」

真樹次郎は、行儀悪く徳利をつかんだままの手で瑞之助の胸を小突いた。

瑞之助は曖昧に微笑んで首をかしげた。風呂上がりのせいで、早くも酒精が回り、頬や首筋がひどく熱い。

岩慶は、まるで酔っ払っているかのように瑞之助の肩を抱いて、白湯の入った湯呑を掲げた。

「真樹次郎どののもこう言っておるのだ。瑞之助どの、たまには拙僧にも付き合ってくれ。多摩へ行こうぞ」

そこでうなずいたつもりはなかったのだが、いつの間にか外堀が埋められていた。湯屋で酒を飲んだ翌々日、瑞之助は岩慶とともに甲州街道を歩くこととなった。

三

日の出より前に小梅村を発った。

行海のもとに届ける遺骨は、ちんまりとした骨壺に収まっていた。瑞之助の両の掌ですっぽりと包んでしまえるほどの、青磁の骨壺である。

おそよを迎えに行く折には、旅が初めての瑞之助のために、岩慶が道中であれこれと知恵を授けてくれた。

こたびはただ黙々と、旅慣れた岩慶の脚に合わせて歩いた。疲れたら知らせるよう言われたが、瑞之助は遅れることなくついていった。休息らしい休息も入れず、昼餉も立ったまま街道脇の松の木に寄りかかって食べた。

街道を進むにつれて、日差しの中でも雪が残っているところが増えてきた。地面はいくぶんぬかるんでいたが、瑞之助は泥はねの汚れも厭わず歩き続けた。そうすると、まだ日の高いうちに十里（約三十九キロメートル）余りの道のりを歩ききり、日野宿石田村の千波寺に着いてしまった。

行海は穏やかな顔つきで瑞之助と岩慶を迎えた。こちらから話を切り出すまでもなく、すべて察したようだった。

「おそよが帰ってきたのだな。小さな骨になって」

「ああ。知らせるのが遅くなってしまったが、八日前のまだ明けやらぬ頃、いや、十二月八日の夜半過ぎと言うべきか。おそよは息を引き取った。安らかな顔であったよ。大手柄を立てて、ほっとしたのであろう」

「ほう、大手柄とは勇ましい。ゆっくりと話を聞かせておくれ。おそよの最期の日々を知りたがる者も少なくない。どれ、村の皆にも知らせを出そう。岩慶どのと瑞之助どのは、しばし休んでおくといい」

おそよが使っていた庵に泊まるよう、行海は言った。

寺の手伝いに来ていたのは、見覚えのある女だった。おそよを負ぶって蛇杖院まで連れていくときに弁当を渡してくれた二人のうちの一人で、すらりと背の高い女だ。

女は、岩慶だけでなく瑞之助もいるのを見て、顔を強張らせた。

「もしかして、おそよちゃん……」

言葉が続かない。

岩慶が静かに告げた。

「亡くなった」

瑞之助は黙って頭を下げた。

女は口元を手で覆った。大きな目に、みるみるうちに涙がたまっていく。何度もまばたきをしてごまかそうとしたが追いつかず、涙がぽろぽろとこぼれ落ちた。

「手紙が来なくなってしまったから、もう手も動かなくなったんだって……もう長くないのはわかってたのに、ごめんなさい、やっぱり悲しい」

瑞之助は手紙と聞いて、ぴんときた。

「お香乃さん、ですよね？」

女は目を丸くした。

「そうです。あたしのこと、おそよちゃんから聞いてました？」

「手紙を書くのを手伝っていたので。必要があったとはいえ、手紙の中身を知ってしまって申し訳ありません」

お香乃はまじまじと瑞之助を見た。それから、泣き笑いの顔になった。

「じゃあ、あなたが瑞之助さんなんですね。あたしも、おそよちゃんの手紙で知ってます。手紙を書くのを手伝ってた人、瑞之助さんのほかにもいたんですよね？」

「おふうちゃんのことですね。お香乃さん宛ての手紙は、おふうちゃんが手伝って書いたもののほうが多かったかもしれません」

「うん、たぶんそう。和尚さま宛てのは、瑞之助さんが手伝ってたんでしょ？」

書字の手助けは、ほかの女中たちも試みたようだが、うまくいかなかったらしい。おそよの手首の微妙な動きを指先で感じ取るのはコツが必要で、瑞之助とおふうにしかできない仕事だったのだ。

「おそよさんが手紙を書くのは、ずいぶん時がかかったんですよ。体を起こしておくのも、筆を握るのも、日に日に難しくなっていきました。それでも、手が動かなくなる前にと、毎日机に向かっていました」

「ああ、おそよちゃんらしい。あたし、おそよちゃんとは同い年なんですけど、こんな田舎育ちでしょ。子供の頃は、字なんか名前を書ければいいってくらいの手習いしかできなかったんです。本当は、もうちょっとやってみたかったけど」

瑞之助と岩慶が目顔で促すと、お香乃は饒舌に続けた。

「おそよちゃんは、十五で石田村に来たときから物知りだったんです。お嬢さん育ちで、字がとっても上手で。だからあたし、炊事や洗濯のうまいやり方を教える代わりに、手紙の書き方を教わったの。漢字を使った『香乃』っていう名前の書き方も、おそよちゃんが考えてくれたんです。あたしとお美保ちゃんの二人ぶん。素敵でしょう？」

「お美保さんというのは、おそよさんを見送りに来ておられた、もう一人の友達ですよね？」

お香乃はうなずいた。

「三人とも同い年で、おしゃべりを始めたら止まらなかった。女を三つ書いたら、とてもうるさいという意味の字になるんでしょ？　おそよちゃんが畑にその

『姦（かしまし）』という字を書いて教えてくれた。あたし、その隣に、『姦』の字の並びになるように、そよ、みほ、かの、と書いたの。三人で大笑いしたわ」

　お香乃は三人娘の思い出の字を宙に書いてみせた。目も鼻も真っ赤にして涙をこぼしながら、くすくすと笑い続けている。

　瑞之助もつられて笑った。

「その様子が目に浮かぶようです」

「あたしとお美保ちゃんが嫁ぐ前の、十七か十八の頃よ。あの頃がいちばん楽しかった。こんなこと言うと薄情に思われるんでしょうけど、おそよちゃんがいなくなってから、楽しかった頃のことをちゃんと思い出せるようになったんです。おそよちゃんのお世話、やっぱりどうしても大変で、嫌になってしまいそうだったから」

　岩慶は、分厚く大きな両手を合わせた。

「薄情などではない。亡き人との楽しき日々を思い出すことは、先に逝ったその者への供養（くよう）となる。いつもでなくともよい。折に触れてふと思い出し、語ってやればよい」

「でも、昔が楽しかったぶんだけ、悔（く）いることばっかりでもあるんです。あたし、おそよちゃんのためになることが、もっとできたかもしれない。家でおもしろくないことがあっても、おそよちゃんの前では笑って過ごせばよかった。ごめんね、ごめんねって、いつも謝りながら手紙を書いてました」

「同い年の友がおかしな病に冒(おか)され、一つひとつできなくなっていくのをそばで見守るのは、苦しかったであろう？　お香乃どのはよくやってくれた」

瑞之助は口を挟んだ。

「おそよさんは、お香乃さんやお美保さん、お由祈さん、行海さんたちのことをいろいろ聞かせてくれましたよ。世話になったという話も、楽しかった思い出も。あまり気に病まないでください」

お香乃は袖(そで)を顔に押し当てながら、何度もうなずいた。

おそよの訃報を聞いた村人たちが三々五々、千波寺の庵にやって来た。皆、小さな骨壺を前に神妙な顔をし、岩慶に礼を述べたり、蛇杖院でのおそよの様子を知りたがったりした。

瑞之助は、岩慶に水を向けられたときに口を開く程度だった。

自分の心や魂(たましい)が自分の中に入っていないかのような、奇妙な感じがしていた。岩慶の傍(かたわ)らで冷たい床に座っている自分を、斜め上のあたりから見下ろしている。そんな心地だ。

座っている瑞之助はいかにも礼儀正しそうに、静かな笑みを浮かべている。

おそよの親戚(しんせき)を名乗る者が現れたときも、大げさに泣き崩れるその人にお由祈が食ってかかったときも、岩慶と行海が場を治めてお開きを宣言したときも、瑞之助の体はそこに置かれていたのに、ここにいるという実感がどんどん薄らいでいった。

「ああ……何だか、おかしいな」

額(ひたい)を押さえてかぶりを振った。こぼれた言葉を岩慶が聞きつけ、振り向いた。

「疲れておるのであろう？」

瑞之助は曖昧に微笑んで首をかしげた。

「そうですかね」

岩慶は腰を上げた。

「どれ、拙僧はちょっと、本陣のほうへあいさつに行ってくる」

「本陣というと、北西に見えている大きな屋敷ですよね？」

「ああ。瑞之助どのがもとの旗本の身分のままであれば、寺の庵ではなく、本陣なり脇本陣なりに宿を取っておったであろうな」

本陣とは、街道の宿場に置かれた屋敷で、大名や大身旗本など身分の高い者が泊まるための宿だ。本陣の屋敷を任された者は、一帯の名主などを兼ねていることも多い。脇本陣は本陣に準ずる格式を持つ宿である。

日野宿は甲州街道の中宿という、重要な役割を占めている。本陣と脇本陣を司る佐藤家は、日野郷の名主と日野宿問屋を兼ねている。

「ごあいさつというのは？　私も行ったほうがよいのでしょうか？」

「いや、瑞之助どのはここにおってくれてよい。疲れておるように見えるのでな」

「ですが」

「おそよどののことを話してくる。十年前におそよどのが江戸でどんな目に遭って日野へ越してきたか、詳しい事情を知っておるのは、おそよどのの親戚を除けば、本陣の佐藤どのだけだ。疫病神強盗の顚末についても、きちんと知らせておくのがよかろうて」

岩慶はさっと蓑を羽織り、仕込み太刀の杖をついて行ってしまった。

瑞之助は一人、おそよの骨壺とともに、庵に取り残された。ほかには行灯と火鉢と、借り物の刀掛けに横たえた愛刀だけだ。

瑞之助は骨壺を手に取った。つるりと滑(なめ)らかな青磁の、小さな入れ物である。

「棗(なつめ)かな」

元来は茶葉を入れるための棗だったのではないか、と不意に思い至った。

玉石がこれを用意した。おそよは質素な弔いを望んでいたのに、この姿のよい青磁の小壺はきっと唐土からの舶来品だ。かなりの値打ち物である。

そんな品をおそよの弔いに使うとはと、不思議に感じていた。だが、すでに手元にあったお気に入りの棗をおそよに贈ったのだとしたら、合点がいく。実に玉石らしい、ちょっと酔狂だが風流な心配りだ。

ふと、庵の戸の向こうから女の声がした。

「ごめんください。岩慶さま、今よろしいでしょうか?」

瑞之助は座を立って、戸を開けた。

提灯を手にした女が、びっくりした様子で目を丸くした。戸の隙間から漏れる明かりで、中に人がいるのはわかっていても、瑞之助が出てくるとは思っていなかったのだろう。

女の顔に見覚えがあった。

「お美保さんですよね？」

「ええ、はい」

「おそよさんを迎えに来たときにもお会いしました。蛇杖院の医者見習いで、瑞之助と申します」

ああ、と、お美保は肩の力を抜いた。その拍子に、優しそうな丸い頰に涙がこぼれ落ちた。

「おそよちゃんの手紙によく出てきてた瑞之助さん。岩慶さまと一緒に、おそよちゃんを連れてきてくれたんですね。ありがとうございます。おそよちゃん、きっと喜んでます」

「だったらいいのですが。岩慶さんは今、本陣へ行っていますよ。岩慶さんにご用でしたら、どうぞそちらへ。明日の朝には発つことにしていますから」

お美保はかぶりを振った。

「おそよちゃんのお骨に手を合わせたいと思って、来たんです。さっきは息子たちが言うことを聞いてくれなくて、手が離せなかったんですけど」

「息子さんたち、連れてきてよかったんですよ。じっとしていられないなら、私が外で遊ばせておいたのに。六つと四つでしたっけ？」

「そう、そうです。二人とも、おそよちゃんにたくさん面倒を見てもらったの。上の子が生まれてしばらくの間、あたしが体を壊して寝ついちまって、お乳をあげることのほかは全部、おそよちゃんに任せっきりだったんです」

瑞之助はお美保を庵に上がらせ、青磁の骨壺を指し示した。

お美保は骨壺を前にすると、とうとう声を上げて泣きだした。この数日の間にたくさんの人の涙を見ている、と瑞之助は思った。

瑞之助は、特に意味もなく、刀の下緒（さげお）をいったん解いて結び直した。わざとゆっくりと下緒をいじっているうちに、お美保は泣き止み、骨壺を前に目を閉じて、じっと手を合わせていた。

やがてお美保は深々と瑞之助に頭を下げた。

「おそよちゃんを大切にお世話してくださって、ありがとうございました。瑞之助さんをはじめ、蛇杖院の皆さんには、どれだけ感謝してもしきれません」

「顔を上げてください。おそよさんが蛇杖院の皆のことをよく思ってくれていたなら、私たちも報われます」

お美保は体を起こし、袖で涙を拭いた。

「あたしもお香乃ちゃんも、ずっと十七、八の娘の頃のままなら、二人でおしまいまで、おそよちゃんの世話をしたかったんです。本当ですよ。そよ、みほ、かのの三人で姦しいという字を書いていた頃なら、笑ったり喧嘩したり、やっぱり笑ったりしながら、ずっと一緒にいられたはずだもの」

「そうでしょうね」

「でも、あたしもお香乃ちゃんも嫁がなけりゃならなかった。旦那や子供のお世話をしたり、義理のおとっつぁんおっかさんとうまくやろうと頑張ったり、あれやこれやで頭がいっぱいで、おそよちゃんに助けてもらったぶんすら返せなかったんです。悔いることばっかりだわ」

「悔いること、ですか」

その言葉もまた、涙を見るのと同じくらい何度も聞いた気がする。ああすればよかった、本当はこうしたかったのにと、おそよを取り巻くさまざまなことを、悔いの念とともに思い返すのだ。

瑞之助から見れば、少し不思議だ。この人はなぜそう自分を責めるほどに悔いているのだろう、と思ってしまう。悔いずともよい、あなたは十分なことをしてきたではないか。そう言ってなぐさめたことが、幾度あっただろうか。

「おそよさんは、お美保さんやお香乃さんに感謝していると言っていましたよ。

私にそういう話をしてくれたのは、遠からぬうちに今日のような日が来ることを悟っていたからでしょう。私がお美保さんたちにおそよさんの言葉を伝えられるようにと」

お美保は無理やり微笑んだり、泣き顔を袖で隠して涙を拭ったりと、せわしなく繰り返した。そうしながら、瑞之助に告げた。

「あたしも、おそよちゃんからの最後の手紙で、瑞之助さんへの言伝てを預かってるんです。たぶん、お香乃ちゃんも」

「私への言伝て？」

お美保は幾度もうなずいた。

「おそよちゃん、瑞之助さんに手紙を書いていたはずです。自分が死んだ後、瑞之助さんの心が落ち着いてきた頃に読んでほしいって。手紙のこと、心当たりありませんか？」

瑞之助は曖昧に微笑んで首をかしげた。近頃、いつもこんな顔をしている気がする。

「私は何も聞いていませんね。おそよさんの最期は急だったもので、やれ通夜だ、やれ野辺送りだ、それが終わったら今度は片づけだ、掃除だと、ずっと慌ただしく過ごしていたんです」

「ああ、確かに、本当に身近な人のお弔いって、そんなふうかもしれない。あたしも父を亡くしたときは、気づいたら十日くらい経ってましたね。父はそれこそ急な最期で、胸を押さえて倒れて苦しんでたと思ったら、あっという間に息も心ノ臓も止まっちまって」

「胸の太い血脈が詰まって、心ノ臓の動きが固まってしまったのかもしれませんね。その病は本当に急なので、医者も打つ手がないそうですよ」

「うん、まさに父の弔いのときに、岩慶さんから同じことを聞いたわ。これは呪いや祟りの類ではない、れっきとした病なんだって。それで安心するってのもおかしな話だけど、まだまだ働ける年の元気な男が急に倒れて死んじまったら、やっぱり怖くなるでしょ？　何がどうなって起こった病なのか、知ることができたほうがいい」

　お美保は一息つくと、瑞之助の目をまっすぐに見つめて言った。

「これだけは、はっきり聞かせてください。おそよちゃんが生きて帰ってきてたとしても、あたしとお香乃ちゃんは同じことを瑞之助さんに訊いたと思う」

「何でしょう？」

「瑞之助さんは、おそよちゃんのこと、好きでしたか?」

その言葉を紡いだ途端、お美保の目からまた涙がぼろぼろと落ちた。お美保は、すっかり濡れた袖をまた顔に押し当てた。

瑞之助は青磁の小さな骨壺を見つめた。

「難しい問いです」

「どうして? どこが難しいの?」

瑞之助は目を閉じた。

「その問いについて考えないようにしてきたせいです。答えを探してはならないと思っていました。まだ見習いとはいえ、私も医者の端くれですから」

「本当にまじめなんだ。だったら、もしもおそよちゃんの病が治ったとしたら、そのときは瑞之助さん、何て答えるつもりでしたか?」

「わかりません。もしも治ったら、そのときに考えるしかないと思っていました。いや、でも、おそよさんがいなくなった今、もしもの話に意味があるんですか? 今さらでしょう。私が何を答えようと、もう、何ひとつ間に合いません」

声が揺れた。鼻の奥がつんとしている。深い息を吸って吐いて、胸の底から湧き起こりそうな何かを抑え込んでいる。

瑞之助は、まぶたを開くことができなかった。涙があふれてしまいそうで、何も見たくなかった。

お美保が嗚咽(おえつ)交じりの笑い声を上げた。

「ああ、もう、じれったい。もっとちゃんと、はっきり言っちゃったほうがいいですよ。そうじゃないと、きっと、ずっと悔いに苛(さいな)まれます」

お美保は捨て台詞(ぜりふ)のようにそう言って、深々と頭を下げるような衣擦(きぬず)れの音を立て、帰っていった。

瑞之助はずっと目を閉じていた。

お美保の足音が聞こえなくなった頃、閉じた目尻(めじり)から涙があふれて、頬を伝って落ちた。ひとたび涙が流れ始めると、もう駄目だった。

堰(せき)を切ったように、止まらなくなった。

「なぜ、今……」

瑞之助は泣きながら呆然(ぼうぜん)として、へたり込んで動けなかった。

どれほど時が経ったのだろうか。

瑞之助は岩慶に肩を揺さぶられた。

「いかがしたのだ、瑞之助どの？　ややっ、すっかり冷えておるではないか。火鉢の炭が尽きておるな。瑞之助どの、ひとまず拙僧の蓑を着るがよい。拙僧は行海どのから炭を分けてもらってくる。このぶんだと、夕餉もまだであろう？」

岩慶の身を包んでいた蓑は大きく、温かかった。

瑞之助はのろのろと顔を上げた。

「岩慶さん、お帰りなさい」

習い性のように、あいさつの言葉が口から出た。ひどいしゃがれ声だ。泣き疲れた喉がひりひりと痛んだ。かぜをひいたり熱を出したりしたときとは違う痛み方だった。喉が潰れるほどに泣いたことなど、覚えている限り一度もない。

「瑞之助どの、しばし待っておれよ」

岩慶はてきぱきと庵を出ていったり戻ってきたりした。炭を足された火鉢が、狭い庵を暖め始める。岩慶があつあつの湯漬けなどをこしらえてきてくれるのを、瑞之助はなおも呆然としたまま眺めていた。

「ほれ、瑞之助どの、まずは生姜湯（しょうがゆ）を飲むとよい。葛（くず）でとろみをつけてあるゆえ、喉の通りがよいぞ」

勧められるままに湯呑を受け取り、生姜湯を口に含む。甘草（かんぞう）のほのかな甘みと、ぴりりとした生姜の味が舌の上に広がり、喉を滑り落ちていった。

次いで、湯漬けを口に運んでみた。腹が減っているとは感じない。みぞおちのあたりがきりきりと痛むので、何も食べたくないくらいだ。

案の定、温かいもので膨れ始めた胃は、不平を訴えるようにしくしくと痛んだ。

それでも、瑞之助は黙って湯漬けを平らげた。生姜湯もすべて飲み干すと、腹立たしいくらいに体が温まった。瑞之助は蓑を脱ぎ、岩慶に頭を下げた。

「ご馳走さまでした。手間をかけさせてしまって、すみません」

「なに、頭を下げるほどのことではない。拙僧がおらぬ間に何かあったか？」

「お美保さんが来て、少し話しました。おそよさんがこの村で暮らしていた頃のことを聞いたんです。子供たちに読み書きや三味線なんかを教えていただけじゃなくて、赤子や幼子の世話も得意だったんですね」

「ああ。とびっきりの働き者で、どれほど忙しいときでも明るくてな。子供らの面倒を見るときは特に楽しそうにしておったよ」

「お美保さんから、もしもおそよさんの病が治っていたとしたら、という問いを立てられたんです。そうしたら急に、おそよさんが蛇杖院で働く姿が鮮やかに頭に浮かびました。源ちゃんと一緒にどんぐりを拾ったり、おうたちゃんと人形遊びをしたり、洗濯だとか掃除だとか薬草畑の草取りだとか、まるで見てきたことを思い出すかのように……」

また声が詰まった。涙がこぼれ落ちそうになったが、上を向いてまばたきをしてごまかす。

「お美保どのからの問いには何と答えた?」

「答えられませんでした」

「そもそも答えのない問い、というものも、この世にはあるぞ」

瑞之助はうなずいた。それから、かぶりを振った。

「私は、答えることができればよかったんです。お美保さんに問われるより前に、おそよさんがすぐそばにいるうちに、答えを探すことができればよかったとも思います。いえ、でも、駄目なんです。駄目だったんです。医者見習いの瑞之助、という立場でなければ、おそよさんのそばにはいられなかったのだから」

岩慶は静かに問うた。

「果たして、そうかな?」

「試すようなことを言わないでください」

「もしもの話であるよ。起こりえなかったことの話だと、瑞之助どのも拙僧も初めからわかっておる。だが、その話をして腹を立てる者はどこにもおらぬ。咎めだてする者もおらぬ。抱えておる想いを言葉にしてみるがよい。瑞之助どのは何を悔いておる？」

悔いという言葉をまた聞いた。

瑞之助は唇を嚙んだ。いつの間にか傷になっていたようで、歯を突き立てたところがじんじんと痛い。

「ありすぎるほどたくさんの悔いが残っています。本当に、おそよさんのことを思い出すたびに、私はあのときそうするのが正しかったのか、もっとおそよさんのためになることがあったのではないかと、胸が苦しくなるんです」

「たとえば、どのようなことがあった？」

「病が進んで動けなくなって、取り乱すようになったおそよさんに、もっと優しくできればよかった。気の利いた言葉なんか探している暇があったら、何かほかにできたんじゃないか」

「瑞之助どのは、よくやっておったではないか。おそよどのの言葉をきちんと受け止め、苦しみを少しでも晴らしてやりたいと、一心に尽くしておった」

「受け止めていたんじゃないんです。うまく受け止めきれずに戸惑ってばかりでした。この頭がもっと機敏に回っていれば、いろんなことができたはずなのに。後になって考えると、やってみたかったことやできたはずのことをいくつも思いつくんです」

「おそよどのとともに、やってみたかったことか？」

「芝居を観に行きたかった。貸本屋を呼びたかった。もう一度、次こそはちゃんと向島で椿を見たかった。おそよさんの身を案じている昔馴染みを捜してみればよかった。おそよさんが望むなら、私の育った麴町の屋敷には山茶花がきれいに咲くから、連れていくこともできた」

行灯の明かりに照らされた岩慶は真剣な顔をしている。その姿は明王の座像のようにも見えた。瑞之助は己の不甲斐なさを叱咤されていると感じた。

嗚咽が込み上げてきて苦しい。瑞之助は胸を掻きむしるように、襟元をきつくつかんだ。

「おそよさんから『死にたい』『わたしを斬って』と言われたとき、その後『死にたくない』と言われたとき、どうするのが正しかったんだろう？　考えても考えても、やっぱり、うまい答えが出ないんです。でも、ちゃんと言えばよかった。私の望みではあるけれど、命ある限り生きていてほしい、と」

拒まれるのが怖かった。自分の想いばかりを押しつけてしまうのも怖かった。

だから、ろくに伝えることができなかった。

この弱腰を、まじめだとか優しいとか親切だとか、おそよは言ってくれた。

違う、ただの怖がりだったのだと、打ち明けてしまいたい。

「おそよさんはもういないのに、私はあれこれ思い返すたびに悔いてばかりいます。なぜあの夜、私はおそよさんから離れてしまったんだろう？　なぜ最期だと気づけなかったんだろう？　ただそばにいることしかできないのなら、呼吸が止まってしまうそのときまで、そばにいさせてほしかった」

岩慶の声が聞こえた。

「瑞之助どの」

頭の上から降ってきたのだ。瑞之助はいつの間にか板張りの床に両の拳を押し当て、うつむいていた。涙が落ちるのを止められない。

「昔、父を亡くしたときのことは、私は幼すぎたので何も覚えていません。私は、人の死というものを知らなかったんです。だから今、おそよさんがいないということをどう受け止めればいいか、本当にわからない」

もう一度、岩慶は瑞之助の名を呼んだ。染み入るような深い声は、包み込むように柔らかくもあった。

「瑞之助どの、人を看取るというのは難しいことだな。そのときはよかれと思って選んだ道も、振り返ってみれば、本当にこれでよかったのか、もっとよい道はなかったのかと悔いることばかりよ」

「はい……」

「どれほど悩んで選んだ道も、やはりどこかに悔いが残る。悔いずに済む道は、きっとないのだ。先に逝ってしまう者を看取るとき、我らは誰もがそうやって、悔いを残しながら選んで、進んでいくしかない」

瑞之助はみっともなくしゃくりあげ、裏返った声で、すがるように問うた。

「この抱えきれないほどの悔いは、どうなりますか？　これからどうすればいいんですか？」

岩慶は静かに答えた。

「忘れる。いずれ薄らいでいく。だが、思い出すことができる。悔いのみならず、もっとたくさんの、光に満ちた思いとともにな」

「嫌だ。忘れたくありません。どんなに苦しくとも、この想いは、おそよさんの思い出は、一つも失いたくない」

瑞之助は駄々をこねるように激しく頭を振った。

ああ、そうだ。もう一つあった。おそよとともにできたらよかったのに、やらなかったこと。

どこにも行ってほしくないと、おそよの前で、本当は泣きたかった。死にたくないとおそよが言ったとき、その言葉が嬉しいと泣けばよかった。

「もう会えないのが、信じられない」

瑞之助は今度こそ疲れ果てるまで泣いた。

岩慶は何も言わず、明王の座像のようにどっしりと構えて見守ってくれていた。

翌日、瑞之助が目を覚ましたときには、すでに昼時だった。ちょうど昼餉を持ってきた岩慶は晴れやかに笑っていた。

「日野を発つのは後日にしようぞ。瑞之助どの、今日はのんびりと羽を休めるのだ。ささ、まずは昼餉だな」

ありがとうございます、と瑞之助は言ったつもりだった。昨日さんざん泣いたせいで、喉がすっかり嗄れており、声がほとんど出なかった。

そういえば、目もずいぶん腫れぼったい。瑞之助は何となく目元に触れた。

岩慶は呵々と笑った。

「男前が台無しであるな。喉と目元の腫れが引くまで、あと幾日か、日野で過ごすことにしようか」

瑞之助は顔をしかめ、素直にうなずいた。

四

瑞之助と岩慶は千波寺の庵に三晩泊まり、四日目の朝に日野宿を発った。数日離れていただけなのに、蛇杖院がひどく懐かしく感じられた。

この数日、蛇杖院では、さほど仕事が立て込みはしなかった。ただ、年の瀬が迫ってきていることもあり、皆が何となくそわそわしていたそうだ。

厨に餅をつくための臼と杵が置かれていた。登志蔵が餅つきをやりたいと言い出し、玉石もその案に乗って、烏丸屋から臼と杵を届けさせたらしい。登志蔵は、瑞之助と岩慶が戻ってくるのを今か今かと待ち構えていたようだ。

瑞之助たちが帰り着いたのは、西日の差し始める頃だった。おふうとおうたは裏庭にいて、急いで洗濯物を取り込んでいた。瑞之助は旅装を解く間もなく、二人の仕事を手伝った。

おふうは、瑞之助がまず二人のところへ来た意味を察していた。洗濯物を東棟の空き部屋に放り込むと、先回りして早口で言ったのだ。

「おっかさんはまだ大丈夫。年を越せそうだよ。その先はわかんない。年明け早々、大変なことになっちまうかもね」

「そうか。変わらずに留まっているものって、何ひとつないんだな」

「でも、あたし、蛇杖院に越してくるのは楽しみなんだよ。おうたもそうだよね？」

おうたはこっくりとうなずいた。探るような上目遣いで、じっと瑞之助を見ている。と思うと、瑞之助の腰に抱きついてきた。どすんと、案外強い力だ。

おや、と瑞之助は気がついた。

「背が伸びたね」

おうたがこうやってくっついてくるのが久しぶりなせいだった。

瑞之助はおうたの頭をぽんぽんと撫でてやった。おうたは泣いてはいないようだが、むくれているのか何なのか、顔を上げない。

おふうが、やれやれと頭を振った。

「瑞之助さんがなかなか帰ってこない間、おうたったら、すっかりしょげてたんだよ。登志蔵さんが『瑞之助はこのまま多摩に住み着くかもしれないなあ』なんて、わざと意地悪を言うもんだからさ」

「登志蔵さんもひどいな。私が帰る場所は蛇杖院のほかにないのに」

おうたはちらりと瑞之助を見上げた。

「本当?」

「もちろん本当だよ。おうたちゃん、そんなに心配だった?」

「だって、うた、意地悪したもん。悪い子だったもん。おそよさんのこと、本当は嫌いじゃないのに、仲良くならないことにしてた。おそよさんがお茶を飲むとき、手伝わなかった。本当は、うたにもできること、いっぱいあったのに!」

おうたは泣きだしていた。

瑞之助の中で、一つ疑問が溶けて消えた。瑞之助は膝を屈め、しゃがんでおうたを抱き寄せた。

「おそよさんが亡くなった後、おうたちゃんがずっと何か言おうとしているように見えたんだ。今言ったことを私に伝えたかったのかな。悔いているということを、言葉にしたかった？」

おうたはうなずき、瑞之助の肩に顔を押しつけた。

「本当はおそよさんのこと、すごく心配だった。背中が痛いとき、さすってあげたらよかった。読み書きの稽古、もっと見てもらえばよかった。『鷺娘』のほかにも、歌ってもらえばよかった。瑞之助さんが作ってくれたお人形、貸してあげればよかった」

「うん、そうか。おうたちゃんも、たくさん手伝ってくれようとしていたんだね。でも、うまくできずにいた。そのことを一人で悩んでいたんだね」

「瑞之助さんが、うたよりもおそよさんのところに行ってたからなんだよ。だから、おそよさんに意地悪したくなったの。ごめんなさい。おそよさん、何も悪くないのに。瑞之助さんも悪くないのに」

おふうは呆れ顔で腰に手を当てた。

「おうた、それ、やきもちっていうんだよ。子供のうちはともかく、もうちょっと大きくなったら、やっちゃ駄目だからね。おそよさんはわかってたみたいで、おうたのことも許してあげてたけど」

瑞之助は苦笑して、おふうにかぶりを振ってみせた。

「そう厳しく言わなくても大丈夫だよ」

「瑞之助さんは甘すぎる。おそよさんも、瑞之助さんがあんまりにもお人好しだから、心配してたよ。悪い人に騙されそうだって」

「やっぱり、おそよさんは世話焼きだな。石田村でおそよさんの話を聞いて回ったときも、おそよさんは人のために働いてばかりだったんだな、と思ったよ」

おうたが涙目のまま、少し顔を見せた。おふうは話を促すように、目をぱちくりさせた。

瑞之助は、石田村の冬景色を思い出した。

田んぼはうっすらと雪をかぶっていた。初秋に水浴びをした小川は半ば凍っていた。むくむくした冬毛の狸を見掛けた。子供らに誘われ、枯葉を集めて火を焚き、芋や栗や茸を焼いて食べた。

おそよが元気な頃に住んでいたのは、大きな農家の離れだった。冬の冷え込みが厳しい土地柄ゆえか、造りのしっかりとした建物で、住み心地はよさそうだった。今では、近頃雇われたばかりだという下男が暮らしていた。

「おかしなことを言うけれど、石田村を回っている間、おそよさんがずっと隣を歩いているような気がしていたんだ。知っているはずもないのに、働き者のおそよさんがくるくると動き回る姿を、たやすく思い描くことができた」

お香乃が冗談めかして、こんなことを言っていた。死んじまった人はみんな善人になるんだよ、と。

おそよを疫病神と呼び、家に不幸を招いてしまいそうだからと遠ざけていた者たちも、瑞之助や岩慶の前では、それをおくびにも出さなかった。わけありでなければ倅(せがれ)の嫁にと望んだのに、という言い方をする老人もいた。

「ああ、そうだ、おふうちゃん」

「何、瑞之助さん？」

「おそよさんが手紙を交わしていた相手、お香乃さんやお美保さんやお由祈さんから、お礼を伝えておいてほしいと言われたよ。おふうちゃんのおかげで、おそよさんの胸の内をいろいろ知ることができたからって」

おふうは噛み締めるようにうなずいた。そして、千代紙に包まれた薄く小さなものを、懐から取り出した。千代紙を開くと、中から現れたのは、どうやら手紙のようだ。おふうはそれを瑞之助に差し出した。

「ほかの誰にも知られないように渡してほしいって、おそよさんに言われてた手紙。おうた、あんたも内緒にしとくんだよ」

おうたは神妙な顔で「わかった」と応じた。

瑞之助は、おうたの頭をぽんぽんと叩いて体を放し、おふうから手紙を受け取った。表書きには「みずのすけさま」と記されている。

「今ここで読んだほうがいいのかな？」

「後で一人になってから読めばいいんじゃない？　手紙の中身を知ってるのは、蛇杖院ではあたしだけだよ。だいぶ前から預かってたの。あたしがおそよさんと最後に話したのも、この手紙のことだった」

登志蔵と泰造が、おふうとおうたを呼んでいる。駒形長屋まで送っていくというのだろう。おうたはおふうに手を引かれ、瑞之助にちょっと笑顔を見せて、風の冷たい外へ出て行った。

瑞之助は一人、裏庭に赴いた。空には冴え冴えとした星がまたたき始めている。

白い息を吐いて、常夜灯のそばへ歩を進めた。

おそよからの手紙を、震える指先で開いてみる。見覚えのある細い字が、わずか三行の手紙を綴(つづ)っていた。

生まれかはツて
また、出あへたら
おはなししたき事がございます

瑞之助はそっと笑った。思わず空を仰ぐ。青みがかった墨色に似た、暗くなりゆく空の色は、おそよの着物を思わせた。おそよは、ああいう色の着物がいっとう似合っていた。

「これも、もしもの話ですね。もしも生まれ変わってまた出会えたら、私もですよ、おそよさん。話したいこと、伝えたいことがあります」

ささやく声を、晩冬の夜風がさらっていく。

その風が赤い花を揺らした。花はただ赤いだけではなく、花びらの縁がきっぱりと白い。おそよが楽しみにしていた椿である。

瑞之助は、椿の木へと歩み寄った。

「いつの間に咲いていたんだろう」

足下に転がっていた花を拾い上げる。また一つ、どうしようもない悔いが胸に湧き上がった。

おそよと並んでこの椿が咲くのを見ることができればよかったのに。

時が経つにつれ、瑞之助はきっと、おそよを亡くしたばかりの今のなまなましい痛みを忘れていく。

だが、いくら時が経っても、この椿が咲くたびに瑞之助は思い出すだろう。

胸が軋(きし)むように痛い。おそよの、えくぼのできる笑顔が、脳裏から離れない。

さよならは、まだ言えそうになかった。

一〇〇字書評

儚き君と

切・り・取・り・線

購買動機（新聞、雑誌名を記入するか、あるいは○をつけてください）

□（　　　　）の広告を見て	
□（　　　　）の書評を見て	
□ 知人のすすめで	□ タイトルに惹かれて
□ カバーが良かったから	□ 内容が面白そうだから
□ 好きな作家だから	□ 好きな分野の本だから

・最近、最も感銘を受けた作品名をお書き下さい

・あなたのお好きな作家名をお書き下さい

・その他、ご要望がありましたらお書き下さい

住所	〒				
氏名		職業		年齢	
Eメール	※携帯には配信できません	新刊情報等のメール配信を 希望する・しない			

この本の感想を、編集部までお寄せいただけたらありがたく存じます。今後の企画の参考にさせていただきます。Eメールでも結構です。

いただいた「一〇〇字書評」は、新聞・雑誌等に紹介させていただくことがあります。その場合はお礼として特製図書カードを差し上げます。

前ページの原稿用紙に書評をお書きの上、切り取り、左記までお送り下さい。宛先の住所は不要です。

なお、ご記入いただいたお名前、ご住所等は、書評紹介の事前了解、謝礼のお届けのためだけに利用し、そのほかの目的のために利用することはありません。

〒一〇一－八七〇一
祥伝社文庫編集長　清水寿明
電話　〇三（三二六五）二〇八〇

祥伝社ホームページの「ブックレビュー」からも、書き込めます。

www.shodensha.co.jp/bookreview

祥伝社文庫

儚(はかな)き君(きみ)と　蛇杖院(じゃじょういん)かけだし診療録

令和 5 年 5 月 20 日　初版第 1 刷発行

著　者　馳月基矢(はせつきもとや)
発行者　辻　浩明
発行所　祥伝社(しょうでんしゃ)
東京都千代田区神田神保町 3-3
〒 101-8701
電話　03（3265）2081（販売部）
電話　03（3265）2080（編集部）
電話　03（3265）3622（業務部）
www.shodensha.co.jp
印刷所　堀内印刷
製本所　積信堂
カバーフォーマットデザイン　中原達治

Printed in Japan ©2023, Motoya Hasetsuki ISBN978-4-396-34887-8 C0193

祥伝社文庫の好評既刊

馳月基矢　伏竜　蛇杖院かけだし診療録

「あきらめるな、治してやる」力強い言葉が、若者の運命を変える。パンデミックと戦う医師達が与える希望とは。

馳月基矢　萌　蛇杖院かけだし診療録

因習や迷信に振り回され、命がけとなるお産に寄り添う産科医・船津初菜の思いと、初菜を支える蛇杖院の面々。

馳月基矢　友　蛇杖院かけだし診療録

蘭方医の登志蔵は、「毒売り薬師」と濡れ衣を着せられ姿を隠す。亡き者にと二重三重に罠を仕掛けたのは？

五十嵐佳子　女房は式神遣い！　あらやま神社妖異録

町屋で起こる不可思議な事件。立ち向かうは女陰陽師とイケメン神主の新婚夫婦。笑って泣ける人情あやかし譚。

澤見　彰　鬼千世先生　手習い所せせらぎ庵

この世の理不尽から子どもたちを守る。牛込水道町の「鬼千世」と恐れられる手習い所師匠と筆子の大奮闘。

澤見　彰　だめ母さん　鬼千世先生と子どもたち

子は親を選べない。とことんだらしない母を護ろうとする健気な娘に寄り添う、手習い所の千世先生と居候の平太。

祥伝社文庫の好評既刊

今村翔吾　火喰鳥　羽州ぼろ鳶組

かつて江戸随一と呼ばれた武家火消・源吾。クセ者揃いの火消集団を率いて、昔の輝きを取り戻せるのか!?

今村翔吾　夜哭烏　羽州ぼろ鳶組②

「これが娘の望む父の姿だ」火消としての矜持を全うしようとする姿に、きっと涙する。最も〝熱い〟時代小説！

今村翔吾　九紋龍　羽州ぼろ鳶組③

最強の町火消とぼろ鳶組が激突!?　残虐な火付け盗賊を前に、火消は一丸となれるのか。興奮必至の第三弾！

あさのあつこ　にゃん！　鈴江三万石江戸屋敷見聞帳

町娘のお糸が仕えることなった鈴江三万石の奥方様の正体は——なんと猫!?　抱腹絶倒、猫まみれの時代小説！

葉室　麟　蜩ノ記　ひぐらしのき

命を区切られたとき、人は何を思い、いかに生きるのか？　大ヒットし数多くの映画賞を受賞した同名映画原作。

葉室　麟　潮鳴り　しおなり

『蜩ノ記』に続く、豊後・羽根藩シリーズ第二弾。〝襤褸蔵〟と呼ばれるまでに堕ちた男の不屈の生き様。

祥伝社文庫の好評既刊

辻堂　魁　はぐれ烏　日暮し同心始末帖①

旗本生まれの町方同心・日暮龍平。実は小野派一刀流の遣い手。北町奉行から凶悪強盗団の探索を命じられ……。

辻堂　魁　花ふぶき　日暮し同心始末帖②

柳原堤で物乞いと浪人が次々と斬殺された。探索を命じられた龍平は背後に見え隠れする旗本の影を追う！

辻堂　魁　冬の風鈴　日暮し同心始末帖③

佃島の海に男の骸が。無宿人と見られたが、成り変わりと判明。その仏には奇妙な押し込み事件との関連が……。

有馬美季子　はないちもんめ

口やかましいが憎めない大女将・お紋、美貌で姉御肌の女将・お市、見習い娘・お花。女三代かしまし料理屋繁盛記！

有馬美季子　はないちもんめ　秋祭り

お花、お市、お紋が見守るすぐそばで、娘が不審な死を遂げた――。食中りか毒か。女三人が謎を解く！

有馬美季子　はないちもんめ　冬の人魚

北紺屋町の料理屋〝はないちもんめ〟で「怪談噺の会」が催された。季節外れの人魚の怪談は好評を博すが……？